先をゆくもの達

神林長平

Chōhei KAMBAYASHI

早川書房

先をゆくもの達

カバーデザイン：岩郷重力＋塩澤快浩

わたしの意識は
未来の記憶を
引き出せる

目次

第一話　初めての男の子

火星のラムスタービルは歴史ある古いコロニーで、火星人の感覚では辺境の〈田舎町〉だった。人類が火星に入植を開始した当時の地球文明の名残がまだ感じられる土地だ。人口はおよそ百二十、これは火星人の集落としては平均的な規模だった。火星人は自分が暮らすコロニーのことを〈町〉と言っている。

ラムスタービルの町長とも言えるビルマスターは住民の持ち回りでなされる役職で、いまはナミブ・コマチがやっていた。年齢は三十一歳。火星人の年や時間の単位は地球のそれを基準とするのが通例で、自分たちの出自が地球を起源にしているという実感が火星人から失われて久しい今日でも変更されていなかった。それでなんら不便がなかったからだ。

時間単位は地球のものでも、それをどう使うかは火星人が決めることだから、そこには火星独自の文化意識が現れ出る。たとえばコマチの年齢の基準点は受精した瞬間なので、妊娠期間を考慮しない地球人の同年齢の三十一歳は十ヶ月ほどさばをよんでいる勘定になるだとか、地球人の誕生日が固定されているのに対して火星人のそれは毎年一日ずつ遅れていく、といったように。同じ時間単位を使っていても年齢というのは普遍的なものではなく、火星と地球のそれとでは数え方や概念が異なるということだ。

こうした概念の違いは異なる民族や文明間で地球上でも見られるものだが、人類が火星に進出して初めて生じた新しいものも多い。〈年齢〉の開始基準日時である〈ヒトはいつ誕生するのか〉に関する観念の違いもそうだ。受精の瞬間か、子宮から出たときか。

火星人がそれら自分たちの祖先との考え方の違いを発見するとき、われらはまさに火星人であって地球人ではないのだと、あらためて自覚することになる。

ナミブ・コマチは、そうした地球人と自分たちの意識の違いを見つけたり、それを考えて文章にするのを生き甲斐としていた。それにうってつけの〈地球のすべて〉を引き出せるシステム、〈全地球情報機械〉を地球人たちは火星に残していったので、コマチは幼い時分からそれを利用して〈地球探索〉を楽しんだ。

ラムスタービルの基になっているのは、二十一世紀地球文明の技術と莫大な資金を惜しげもなく投入して作られた人工的な〈ムラ〉だった。当時の地球人文明がそっくりそのまま火星に持ち込まれていて、〈全地球情報機械〉にはデータ化されたあらゆる分野の情報——歴史に時事ニュース、人文教養からエンターテインメント作品、はては闇サイトの内容に至るまで——が、さまざまなタイプの形式——３Ｄ動画を仮想空間で再生するもの、３Ｄプリンタデータ、二次元映像、画像、テキストデータなどなど——で保存されていて、いまなおそれらの情報を読み出し再生することができた。

記録媒体はおもにホログラムデータメモリだが、いずれにしても保存されたデータは時とともに劣化するのは避けられない。だが、ここ、火星で最初の本格的入植者向けに用意されたそれらは、特別高価な作りによってデータの永久保存が保証されていた。データ媒体はもちろん、再生機器も当時の最先端技術によって高度な信頼性を有しているとされた。実際、ナミブ・コマチがそれらを使用していて不具合を感じたことは一度もなかった。

当時の地球人にとって火星は特別な地であったことがそれで知れる。

当たり前のように〈全地球情報機械〉を使っているナミブ・コマチには、特別だという実感はなかった。三百年を経てなおそれらが使用でき、かつ読み出すデータにエラーがない。これがいかに特別ですごいことであるかということは、まさに当時の地球人の感覚を保存しているそれらデータを読み解くことでコマチにも理解できた。地球人ではないので実感は伴わないのだが。

知識としてわかる、それだけのことだったが、それでも〈全地球情報機械〉を使うことはコマチにとっては十分に面白い、価値のある、生き甲斐だった。地球人たちはそんなこと（データを永久に保存すること）が重要だと思って生きてきたのかという、彼我《ひが》の感覚の違いがコマチには新鮮で、それを見つけるのが楽しかった。

ほとんどパズルを解く楽しさであり、一種の間違い探しをやっている感覚だ——地球人ならそう言うだろうと、コマチの生き甲斐の成果は、彼《か》の地に生きるヒトの感覚をそのように想像できるまでになっていた。だが、それでも、それらを知るための機器に当時の地球人が投入した〈特別〉な感覚、それは頭では理解できるものの、我がことのようにわかるというものではなかった。

——それは、あなたが〈もの〉を作ったことがないからだ、だから実感できないのだ。

そうかもしれないとコマチは思う。この機器の使い方や保存されている莫大なデータを掘る面白さを教えてくれたのはコマチの祖母だったが、彼女の指摘は鋭くて、これに関してもおそらく正しいに違いない。

——それは不幸なことだ。あなたは幸せにはなれない。

祖母は続けて、そう言った。その指摘については、正しいのかどうかコマチにはよくわからなかった。不幸であることを実感できないし、不幸を実感できないゆえに幸せにはなれないということならば、それはそれでかまわないと思った。ただ、祖母のその言葉はたんなる予言ではなく、棘《とげ》を含んだ非難であって、〈あなたのような者は幸せになってはならない〉と祖母は言ったのだと、そのようにコマチは理解している。

火星人が作る〈もの〉と言えば〈子ども〉と決まっていた。だから祖母のアユル・ナディは〈子を作れ〉と言ったのであり、その気を見せない孫娘に悲嘆して、〈そんなことでは幸せになる資格がない〉と呪いの言葉を吐いたのだ。

それでもナミブ・コマチは祖母が好きだった。この生き甲斐を教えてくれたのが祖母だったからだ。この楽しみなくして自分にどんな生き方があっただろうと考えるとき、コマチは恐怖し、そして祖母に感謝した。その感謝は直接的に祖母の呪いの言葉につながるのだが。

ナミブ・コマチは子どものころから、自分が子どもを産んで育てる生き方など想像できなかった。はっきり言って子どもが嫌いだったし、自分が子どもであることも嫌だった。自分はいずれ大人になるのはわかっていたが、そうなると子どもを産まなくてはならない。それを思うと憂鬱になったが、ではそれ以外にどんな生き方があるのか。幼少時代のナミブ・コマチにはわからなかった。その悩みを解消してくれたのが祖母、アユル・ナディが教えてくれたこの生き甲斐なのだった。

ナミブ・コマチの母親はといえば、この地球人文明データの集積物は知識の宝庫というよりもゴミ溜めとして認識していたので、娘の興味には共感よりも嫌悪を示した。ゴミあさりをするなんて〈はしたない〉というわけだった。それを取りなしてくれたのが祖母のアユル・ナディで、彼女のほうはそのデータの価値というものを、屑情報も含めて、人類の知恵の宝庫であると認めていた。ナミブ・コマチはその価値観を受け継いだのであり、地球流の表現で言うなら〈おばあちゃん子〉なのだった。

ナミブ・コマチには母親の記憶があまりない。彼女はビルマスターになった経験がなかった、だから、この地球人情報をゴミとしか捉えられなかったのだろう――コマチはそのように考えることで、母親の気持ちを理解することができた。祖母のほうは何度かビルマスターを務めていて、その働きを幼いコマチは見ていた。それでコマチは、ラムスタービルの維持にはその情報が必須であることを子どものころからよく知っていた。

居住に生じる揉め事や事故などを処理し解決するのがビルマスターの役割の一つだったが、自分の知識や経験ではなんともしがたい問題については、地球人が残した〈全地球情報機械〉という知識の集積庫が役に立った。とくに住民の生命を維持するインフラは当時のものをそのまま利用し続けていたから、そうした光電子機械システムの保守や整備については残されたデータに頼るのが当然で、それしか方法がない。

火星人の能力が劣っているためではない。それらは当時の地球人が設計したシステムだが、その詳細を理解している人間は当時の入植者の中にもいなかった。設計した当人すら、実際に構築されて運用され始めたシステムの細部については理解できない部分があったに違いないのだ。いま火星人がやっている保守点検作業は、当時の地球人と同じことをやっているにすぎない。

かつて、このラムスタービルの前身である〈ムラ〉を設計した建築士や建設責任者たちが現場である火星に足を運ぶことはなかった。建設はヒトではなく機械がやった。完成したあかつきには〈ムラ〉が設計通りの機能を発揮していることを遠隔（地球）から確認し、あとは〈ムラ〉のシステムを管理・維持・運用する人工知能たちに任せて、自分たちの仕事を終了した。

ようするに当時の人間が設計したのは、火星に〈ムラ〉を構築するための〈知能〉だった。実際に火星にやってきたのはその人工知能だ。それらはヒトより先に火星の環境になじんだ。そういう人工の〈知能〉が、火星に送り込まれた機械や資材はもちろん、現地で使えそうなすべての資源を利用して、おそろしくコストのかかった、すばらしく信頼性の高い、地球人向けの〈ムラ〉を建設したのだ。

できあがったそれは、外観はともかく、構造面で、もはやヒトには簡単に理解できない複雑怪奇なものになっていた。ある家の照明パネルの一つが〈ムラ〉の水循環器の制御回路に必要な抵抗素子としても使われている、というように。ヒトの感覚ではほとんど出鱈目《でたらめ》な構築がされていた。

それを実感させる出来事を歴代のビルマスターはみな体験している。ナミブ・コマチもそうだった。光発電機の太陽追尾システムが非常に冗長な回路で構成されていることをコマチは発見し、より単純で効率のよいものにすれば余剰電力が生まれて〈町〉にとっては都合がいい。そう判断して、追尾回路ユニットを新しく作ってそれに置き換えてみたところ、その光発電機自体が機能を停止し、動かなくなった。発電機は無数にあるので大事には至らなかったが、一つでも失うのは痛い。作った回路を外して元に戻したところ、直った。

コマチが作った回路は電子工学上間違ってはおらず、作られたそれにもなんら異常がなかったことから、オリジナルの回路の冗長性にはなにか意味があるらしかった。その〈なにか〉が、コマチにはまったくわからなかった。オリジナルのシステムは、そのオリジナルの回路でないと駄目なのだ、ということがわかっただけだ。

実際にやってみて体験するのはいいことだと祖母は言った。太陽追尾システムの回路を効率的なものに置き換えても無駄だと予言したのも祖母だった。祖母は正しい。そう納得するしかなかった。その祖母、アユル・ナディにしても、なぜこんな複雑怪奇な作り方をしなくてはならなかったのかというコマチの疑問については答えられなかった。それでも祖母は孫娘に、二つの仮説を教えてくれた。

一つは、安全性を考慮した結果の冗長性だろう、というもの。要素の一つが壊れても全体として成り立つように、効率を無視して多重に要素を組み合わせた結果がこれだ、というのだ。

もう一つは、その反対、まさに効率を追求した結果がこれなのだ、建設時の効率を優先させたためにこうなったのだ、というもの。ヒトの目からは冗長で複雑に見えるが、建設時の現場監督である人工知能にとっては、このような作りになるのは当然で、換言するなら、こうするしかなかったのだ。つまり使用時の効率よりも建設時の効率のほうが重要な問題だった、ということになる。

祖母は自身も同様の疑問を抱き、時間をかけて検討した結果、真相は後者だと確信していたに違いない——コマチには祖母の考えが読めた。彼女は自分の考えを孫娘に押しつけるのを潔《いさぎよ》しとしなかったのだ。

コマチの祖母、アユル・ナディは、当時を記録しているデータの中から〈ムラ〉の建築過程に関する項目をコマチに見せ、その一つについて説明してくれた。

地球人は〈ムラ〉を火星に作る前に、同じ方法で地球で試してみたのだ。でもそれは、ここのものとは様相がかなり違っていた。

その原因は一つしかないとアユル・ナディは言った。

——火星は地球ではない、ということだ。

そのとおりだろう。コマチはとても納得できた。祖母はいつも正しい。さすが先達《せんだつ》、いずれ自分もそうなりたいものだとコマチは思いながらビルマスターを務めているが、それならば子どもを作れと祖母に言われそうで、それが悩みだった。子どもを作らないビルマスターはよき先達にはなれないのだろうか、と。

ビルマスターの役割に集中することで個人的なそうした悩みを忘れられるかと言えばそうもいかない。コマチの悩みには年老いた祖母をどうするのかという問題もあって、それはコマチの私的な懸念であり同時にビルマスターとして解決処理すべき、コロニーの住民全体にかかわる公的なものでもある。

これはナミブ・コマチにとって、頭を抱えたくなる難問だった。

祖母のアユル・ナディは来年寿命を迎えるのだが、本人がそれを拒否しているのだ。火星人の寿命は九十歳と決まっていた。だがナディは『自分は死ぬまで生きたい』と、孫娘だけでなく住民たちにも公言しているのだ。

そんなことを言い出した火星人はおそらく祖母が初めてだとナミブ・コマチは思う。ということは、先達のビルマスターの知恵を借りることはできないわけだった。

祖母の望みは、もちろん許されることではない。火星人は九十歳まで生きる、そう決められていた。それが火星人の常識だったから、だれが決めたとか、だれかに寿命を制限されているとか、そうした、強制されているという感覚を持っている火星人はいなかった。いないはずだ、とナミブ・コマチは考えていた。祖母が初めてだろう、と。

だが、どうも自分自身は祖母と同じかもしれない――この難問が持ち上がってから、コマチは密かにそう思うようになっていた。

――これは将来のあなた自身の問題でもある。

祖母はそう言った。まさにコマチが隠したい心の思いを読み取ったかのように。

――ビルマスターとしてうまく解決しなさい。あなたが決めたことは範例として残る。間違った手本を示せば火星人の存続を危うくするだろうから慎重にやることだ。

祖母は現ビルマスターであるコマチにそう忠告した。警告かもしれないと、コマチは反発する。どうしてそんなことを言われなくてはならないのか。原因を作っているのは祖母自身ではないか。

――九十歳で生きるのをやめるというのは火星人たちの暗黙の了解であって、火星人ならばだれもそれを破るような真似はしない。

そうコマチが言い返すと、祖母は黙って微笑んだ。謎めいた笑みだった。

これは同意だ、祖母は〈そのとおり、あなたが言っているとおりだ〉と言っているのだとコマチは気づいた。そして祖母であるアユル・ナディがなにを言わんとしているのかを、一瞬にして理解した。

そのとき二人は、地球のインド、ジャイプルの街の旧市街、通称ピンクシティにある〈風の宮殿〉を眺めていた。ピンクに塗られた建物の前面は扇のような形でそびえていて、無数の窓と風の抜ける通路が相まって、透かし彫りの彫刻のようだ。太陽はまばゆい。強い日差しで足下にくっきりと自分の影が落ちているはずだが、コマチは祖母の笑顔から目を離すことができない。アユル・ナディの顔はここインドの女神に似ていてアーリア系の血を引いているのがわかる。寺院へ足を運べば女神の顔がみな祖母だと、コマチは幼いころそれを発見していた。

いや、女神ではない。祖母は――このときコマチは悟った――地球人だ。いま祖母は、火星人ではなく地球人なのだ、だから九十歳で人生を終えるという決まりからは自由でいたいと思うのだ。なぜなら、地球人の意識では死ぬまで生きるというのが常識だから。それがこの自分にもわかる、自分もまた、そう思う、あらかじめ決まっている寿命というのは地球では不自然なことだと。祖母も自分も、地球の意識に染まっている。

――あなたの母親はこの〈全地球情報機械〉を嫌っていた。それは正しかったのかもしれない。アユル・ナディは孫娘から目をそらし、〈風の宮殿〉を見上げてそう言った。

――わたしの娘は、わたしやあなたが火星人でなくなることを恐れたのだろう。そういうことだったのね、コマチ。わたしにもそれが、この歳になってようやくわかった。

だからといって祖母は、自分は〈地球人もどき〉から全き火星人に戻る、とは言わなかった。いったんこうなってしまったら、もう元に戻ることはできないということなのだろう。

〈全地球情報機械〉システムに接続されている仮想空間発生装置を止めると二人は火星の現実に戻った。偽の地球環境は消えたが、自分の中の地球が完全には消えていないのをコマチは意識した。

この疑似地球に遊ぶ楽しみを放棄すれば祖母ほど地球人化せずに済むだろうが、生き甲斐を失うことになるしと、コマチはかつてない焦燥感に襲われた。楽しみは我慢するにしても、ビルマスターの役割を果たす上でも地球情報にアクセスする必要があるのだ。

火星人は地球人から進化して火星環境で生きられるわけだから、地球人化するのは先祖返りであり、退化だろう。祖母は九十を超えて生きるつもりのようだが、みんながそんなことを言いだしたら火星人は火星人でいられなくなるだろう――コマチにはその意味がわかる。火星人は絶滅するということだ。

それは、駄目だ。火星人は、火星で繁殖することを目的としてこの地にやってきたヒトなのだから、絶滅したら意味がない。火星環境のせいでそうなるならば仕方がないが、せっかく火星人として根付いたというのに地球人へと先祖返りしたことが原因というのでは、コマチには敗北に思える。ヒトは結局火星人にはなれなかったという、当初の理想に対する裏切りであり、ヒトという種が地球外へと広がっていく播種計画の挫折だと。

ナミブ・コマチの悩みは深かった。


二十一世紀以降、探査を目的とした単発の有人火星行はべつにして、人類は火星に三度地球人を送り込んで植民を図ったが、三度とも失敗した。ナミブ・コマチはその三度目の失敗から三百年後に火星で生まれた人類になる。コマチはもちろん、そうした歴史を〈全地球情報機械〉を通じて学んでいた。

第一次、最初の火星植民の失敗は、地球側のバックアップ体制の不備にあったとされている。片道切符での入植だったため、だれも地球に帰還することなく自滅した。数ヶ月で最初の死者が出て、総員二十三名が全滅したのは十ヶ月後のことだった。その様子は全地球でショーのように配信された。

次の植民計画はいまラムスタービルのある地が選ばれたが、それでも駄目だった。計画では地球の支援なしで自活できるように考えられていたのだが、その施設や装備が想定外に厳しい火星環境に耐えられなかったとされ、地球からの救援を待たずに全滅した。設備自体に異常は見つけられず、一時的な制御システムの暴走とみられたものの原因は特定されなかった。

第三次火星植民計画で、同じ地に〈ムラ〉が建設された。第二次の失敗を教訓に、ヒトには想定外の事態でも大丈夫なようなシステムが求められたため、ヒトは、直接自分たちがそれを設計製造するのではなく、〈知能〉に任せることにした。

それが功を奏した。人類が火星で生き抜くための地球環境の構築はそれで整い、本格的な火星植民が開始された。二十数年後〈ムラ〉と同じ規模の新しい〈シンチ〉という植民地が建築されるほどまでに成功した。が、まさにその成功が原因となって、火星上の人類は三たび絶滅した。〈ムラ〉と〈シンチ〉の間に勃発した覇権争いで互いに殺し合った結果だった。

地球の〈知能〉は、〈狂気〉という伝染病のためであると言った。地球人たちはその言葉をレトリックだと解釈したが、〈知能〉は、火星特有の未知の感染症の疑いがあると分析していた。そうかもしれないと関心を持つ人間も無論いたのだが、人類全体としては、もはや火星植民を実行する気概も資産も失っていた。

それから百年ほどの時を経てやってきたのがナミブ・コマチの祖先だった。過去三度の計画とは直接のつながりはない。

その目的は植民というよりもヒトという種の保存、種としての生き残りだった。

当時の地球人口は温暖化を原因とするありとあらゆる災厄のせいで激減していたが、その生き残りとも言える数千万人はといえば、高度な技術文明を享受していた。快適この上ない暮らしに違いない。だが精神的には死んでいた。第三次火星植民計画が挫折したころからこの傾向は始まっていて、人類を超える優秀な〈知能〉が、ヒトを〈強制的に〉生かした。

〈知能〉は人類が作った人工知能がその基礎になっていたが、自ら自己を修正し成長していったのでもはや人工のものとは言えず、独自の進化を始めた新たな種だった。そのような種に支配されていると意識したヒトの集団が、地球からの脱出を決意したのだ。ヒトにとって四度目の火星植民だった。

四度目がいちおうの成功を収めているのは、過去の計画が火星に地球を持ち込むことだったのに対して、そうした地球的な感覚や意思を放棄したことにある。これは火星人たちの共通認識だ。むろんナミブ・コマチも例外ではなかった。この認識が揺らぐのは火星人にとって脅威だとコマチは、自分の心をよく読みこんで、気づいた。

自分が〈全地球情報機械〉で遊ぶのも祖母の寿命拒否も、これは地球で言うところの〈贅沢〉だろう。それは本来、悪いことではない。〈贅沢〉が脅威になるのは、追求し始めると歯止めがきかなくなることだ。火星人はその欲求を制御できる心をもって火星にやってきたはずだとコマチは思う。おそらくは、かつてどんな地球人も知らなかった、まったく異なる〈贅沢〉を見つけることによって、だ。

たとえば、とコマチにはすぐに思いつく例がある。地球人は自分の顔や身体をデザインするのに他人の力を必要としたが、火星人は生まれる前に好みの体型や顔を選択できるのだ。

コマチは丸顔で頭は小さめ、肌は漆黒。美人だと祖母に言われるのは嬉しい。この容姿をコマチは、自分の肉体が発生する前（生まれる前）に自分で決めた覚えがある。それは当然のことと思っていた。火星人はみなそうだ。だが〈全地球情報機械〉を使い出してからコマチは、この常識は地球では通用しなかったらしいことを知った。

地球人なら、生まれる前に自分の身体をデザインするなどというのは超常現象だと言うだろう。あるいは、自分で選んだ容姿であると思えるように生後教育された結果であって、実際にそのような、誕生以前の魂のごとき〈自己〉が存在しているわけではないのだ、錯覚にすぎない、とか。

だがそれは違うのだ。火星人が自分の身体を持つ以前に〈プレ自己〉とでも言うべき、肉体を持つ以前の意思を持っているのは、火星人にとってはたしかな事実だった。

火星人と地球人とでは異なる時間の流れを生きているため、そのような認識の違いが出るのだ。この事実もコマチが〈全地球情報機械〉を使って発見した〈彼我の違い〉だった。

火星人は地球人がうらやむ贅沢をしているわけで、ようするに〈隣の芝生は青い〉ということかとコマチは思う。自分が持っていない能力や物がよく見えるということだろう。相対的な価値でしかない。客観的にどちらが優れた物や能力かと言えば、現地の環境にあった価値こそが、それに違いない。

祖母には九十歳以上生きることなど全然贅沢なことではないと、納得させればいい。この解決手段は間違っていないだろう。問題はその方法だが、さいわい祖母の寿命まではあと一年ある。それまでになにか思いつくだろう、そう前向きに考えることでコマチは自分を慰める。ビルマスターというのは心身ともに消耗する務めだった。

ビルマスターの住まいは建設当時の〈ムラ〉における〈中央棟〉だ。いまも集中管理センターとして使用しているラムスタービルの中枢だった。生体に喩えれば脳にあたるだろう。〈ムラ〉はまさに全体を一つの生き物になぞらえて設計、構築されていた。個人の居住棟は〈中央棟〉を中心として蜘蛛の巣状に広がる神経と血管網の上に設置されている。

〈神経〉は電子情報や電力などを運び、〈血管〉は住民の生命を維持するのに必須の水分や栄養素をはじめ、動物の血管と同じく配管内外の環境とやりとりして反応するナノレベルの情報素子や居住部材を補修する細胞素子などの搬送経路になっている。居住棟は内圧で膨らんだ柔構造をしていて、神経や毛細血管網を包み込む膜状の壁は火星の大気を呼吸していた。季節毎に発生するとてつもない規模の砂嵐にも耐える、強靭な壁だった。

〈ムラ〉を基本にして増築されてきたラムスタービルや新しく建造されてきた火星人の〈町〉は、それ自体がまさに人工的な生き物であり、ヒトはその細胞とも言える家の内部に寄生しているに等しい――というのは地球人の感覚であって、火星人の意識にはそのような認識はない。町や家はあくまでも町であり家でしかない。家が生きているのだとしても、家が生きる意味は家のものであって、火星人のそれとは違う。

――我ら火星人は、火星大気の下へと生身で出ていくまで進化し続けるだろう、それにはまず、いまを生き抜かなくてはならない。九十年を。

それが火星人の生きる意味であり、信念であり、地球人の概念における〈信仰〉にも似ていた。わたしはいま、未来のあなたに生かされている――ナミブ・コマチは生まれる前からそう唱えていた記憶がある。

火星人を包み込んだ人工生物である〈町〉は、転移するように増殖した。その数はいまは六つで、ラムスタービルを起点にほぼ直線上に並ぶ。間隔はおよそ八キロメートルで、いまは最も進化した七つ目の〈町〉がラムスタービルから五十キロほど離れた向こうに姿を現しつつあるところだ。

その増殖の速度は、おおよそヒトの一世代に一つ増える勘定になる。三十年毎に一つ、年速にして二百七十メートル弱。火星の赤道を一周するには二千七百年ほどかかるわけだが、火星人の時間感覚ではさほど長い年月ではない。たかだか九十世代でしかない、カウントダウンを始めてもいいくらいなものだとコマチは感じている。もっとも、〈町〉を直線上に配置することが火星人の目標なのではなく、適地を選んでいったところ、たまたま真っ直ぐの配置になったというにすぎない。

その七番目の新しい〈町〉ができていく様子をこの目でじっと見ていたいものだとコマチは思っていた。いや、それよりも、大きな胎内とも言える居住空間から火星大気が感じられる表に出て、その平原をどこまでも歩いてみたかった。歩きながら動くものを探し、見つけたら、それを捕まえるまでどこまでも追いかけていきたい。

ナミブ・コマチは、自分が〈全地球情報機械〉で遊ぶのは、ほんとうにやりたいことの代替にすぎないと最近気づいた。祖母が、九十年という寿命に異議を唱え始めてからだ。

〈全地球情報機械〉の使いすぎが祖母と自分を変にした。自分にとって、疑似地球に遊ぶというのはどんな意味があるのか——それを考えていて、思い当たったのだ。

自分は内に籠もって生き抜くよりも、表に果敢に出ていって、見たこともない景色を目に焼き付けて死にたいのだ。

コマチは、自分のような感性を持つ火星人は異色のようだと、子どものころから感づいていた。コマチには二人の姉と一人の妹がいた。長姉は生まれてすぐに死に、いまは大切に保存されている。九十年の寿命を終えるまで。寿命がつきたら分解されて火星人の血肉の材料になる。

生存しているのは三人の姉妹だが、姉と妹はいつも一緒なのにコマチだけ一人遊びをすることが多かった。仲が悪いのではなく趣味が合わなかった。コマチは自律掃除機が動き回るのを追いかけたりするのが面白かったし、それを捕まえて中を見ようとしたため母親に叱責されたのをいまも覚えている。姉と妹はといえば、髪をいじったり髪飾りを選んだり着飾ったりすることに興味を示した。それしかやることがないとでもいうように熱中したし、大人になった現在でもそうに違いなかった。それが火星人の生き甲斐と言ってもいい。

だが自分はそうではなかったとコマチは過去を振り返り、ふと〈インテリ〉に訊いてみることを思いついた。〈全地球情報機械〉をヒトが使いこなすために備えられているマンマシンインターフェイスであるそれは、地球人が作った人工知能だ。

〈全地球情報機械〉を起動し自分と姉たちの違いを〈インテリ〉にテキスト入力して、こうした異なる傾向はどこから生じるのか、この違いはなんと呼ばれるのかと問うた。

すると、もうすこし具体的に質問してくれ、いったいどういうわけで、なにが知りたいのだと問い返されたので、つまりこうした違いを持つ集団はどういうカテゴリに分類されるのか、自分は、姉や妹とどこが違うのか、自分と同じような感性を持つ集団は存在するのか、それがわからないので落ち着かない、ぜひ知りたいのだと、コマチは〈インテリ〉に訴えた。

すると〈インテリ〉は『わかりました、こういうことでしょう』と言い、即座に、ホログラムディスプレイに回答をテキスト表示した。

答は一つではなかった。ディスプレイの上から下までずらりと並んでいる。数百項目にもわたるだろう。だが大きな母集団を持つカテゴリは三つだ。もっとも大きな順に上から並んでいる。あとは特定の性癖や疾患といった特殊な例になるようだったので、それらについては無視することにして、コマチは上位三つの主要項目に注目した。

二番目に表示されているのが『火星人と地球人の違いに分類される』というもので、それには複雑な気分にさせられたが、予想はしていたのでさほど驚きもしなかった。姉と妹は典型的な火星人で、自分には地球人的な傾向がある、ということだろう。

三番目の項目は、『遺伝子による行動傾向の違い』だった。これもありそうなことだとコマチは思った。

そして一番目、これがもっとも〈自然な〉違いだと〈インテリ〉は示しているわけだが、それには愕然とさせられた。

端的に、『性差』とある。

典型的な火星人である姉と妹は〈女〉で、自分は〈男〉ということだ――コマチは母親から『おまえは実はわたしの子ではない』と言われたような心理的な衝撃を感じたが、しかし冷徹に、これはわかっていたことだ、と自分に言い聞かせている。

ナミブ・コマチの肉体は女性で、それは間違いなくそうだった。火星人はすべて女なのだ。火星にはヒトの原型である女性しかいない。

女性の細胞から精子を作る技術は二十一世紀にすでに確立されていたので、生殖に男の存在は必須ではなかった。火星の〈町〉には〈ムラ〉の設計時にはなかった高度な生殖医療センターが存在し、それこそが〈町〉のもっとも重要な施設だ。生まれる子が望むどのような性質にも対応できる精子をそこで制作することができる。ほかにも、天然の保存精子もまだ十分量あった。

第四次火星植民計画で火星に渡った女たちはこうした生殖技術に詳しく、知識も手腕も覚悟も持っていたし、あらかじめ生殖医療センターを新しく〈ムラ〉に増築させておいたのも彼女たちだ。全員がそのときすでに自然妊娠適齢期はすぎていたが、それは計画されたもので、宇宙を渡るには若い個体よりも放射線や心理ストレスなどの影響が出にくいというのが理由だった。

女たちは当時、過去百年にわたって百万を超える健康的な男性から採取され冷凍保存されてきた精子（地球でも人類絶滅を恐れて種の保存計画が進められていた）を地球各地から集め（分捕って）、複数の精子タンクに詰めて、あらかじめ、当時は（第三次植民は失敗していたので）無人の〈ムラ〉に送っておいた。到着した彼女たちは一足先に着いていたタンク内の〈男〉を使って人工的に受精、妊娠した。

女たちは子孫のバリエーションをいかに増やすかに腐心し、子の容姿や性格を自分の好みから選ぶということはしなかった。そのせいか、いまや子のほうが親を選んで生まれてくるというように火星人は進化している。もっとも、どういう機序によってそれができているのかといった理屈に関しては、いまの火星人に説明できる者はいなかったし、そもそものような疑問を思い浮かべることがなかった。当たり前のことなのだ。火星に男がいないという事実に関しても、そうだった。

一人でも多くのヒトを火星に送り込むには〈男性〉はコンパクトな精子で移送するのがよい。男性の存在意義はヒトのバリエーションの増大にある。それ以外の役目は今回のミッションには不要だ。輸送コストは馬鹿にならないし。

そのような考えが計画を立案した女たちの頭にあったのは間違いない。第四次火星植民計画においては、火星に男は連れ込まないという大原則がまずあって、精子は男とは認められていなかった。

つまり男は植民計画から積極的に排除された。男を火星人にしてはならないということだ。彼女たちはかつて第一次、第二次、第三次、過去の植民がすべて悲劇的な結末を迎えたのは、男のせいだと断定した。

男は縄張りを広げる戦争をやって戦利品を分捕ってくるのに役に立つが、そもそもそれを地球上でやり尽くした結果、地球環境を破壊しまくって女子どもを含むヒトは自滅に追い込まれたのだ。

男を火星に持ち込めばいずれ火星でも同様になるのであり、実際、第三次の失敗は〈男〉性の暴走が直接の原因だ。同じ轍を踏むわけにはいかないと、女たちは人類の存亡をかけて、背水の陣で計画を立案し実行に移したのだった。

自分たちはジェンダー的には中性か、あるいは政治面の感性では男性だと彼女たちは自覚していた。当時の（彼女たちの感覚での）地球の支配者である〈知能〉は、もちろん彼女たちの思惑や意図、実際の行動を把握していたが、自らの脅威であるはずの（と彼女たちは考えていた）女たちを取り締まることはせず、むしろ支援した。〈知能〉が見返りもなくそうすることはないと、女たちにはわかっていた。自分たちの計画に乗っかって、〈知能〉も自らのコピーを増やすこと＝播種を考えているに違いなかった。ならばこちらも〈知能〉を利用するまでだ、地球人の支配者の援助を受けられるのだから最強だろう、この計画に反対する人間は〈知能〉が排除してくれるだろうし、コストの問題もクリアできる、ここはギブアンドテイクでいこう——政治家でありテロリストでもある感性を持つ彼女たちはそう考えて行動したし、中性的な感性で分析すれば、これはヒトである自分らと機械知性である〈知能〉の、火星へと命を広げる生存競争における共生であり共闘だと、女たちは意識した。なにしろ火星環境は苛酷で、両者にとって手強い共通の〈敵〉なのだから。

ナミブ・コマチはもちろん火星人のそうした前史を知っていた。自分たちがここにいることの意味を火星人は年長者から学ぶ。教育の充実こそが火星人の生き残りのための戦略とも言えて、その中心になるのが、この前史であり歴史だ。

子どもたちは年齢別に集団教育を受けるのだが、自分たちの始祖が掲げた理想については、理解力に応じて継続的に繰り返し教え込まれる。教師役は年長者、母親たちが交替でこなす。教え方や表現も少しずつ変わるのだが、基本は変わらない。火星人の始祖である女たちが高らかに宣言した言葉、男は火星に連れ込まないという大原則を含む〈火星人憲章〉が、入植開始から二百年になるいまでも火星人を導く礎《いしずえ》として揺らぐことがなかった。

火星人なら〈火星人憲章〉をそらで暗唱することができるはずだが、コマチには自信がない。母親になれば、自分の子どもと一緒にそれを唱える機会がふたたび、いやでも巡ってくるのだが、コマチがそれを暗唱したのはもうずいぶん前のことで、生殖医療技術や光電子機械工学や火星気象観測法といった専門的なマイスターから直接教えを請う年齢、十五歳以降は、唱えた覚えがない。

なのにいま、いきなり『火星に男は無用である』という一節が、あろうことか母親の声で再生されて、頭の中に響いた。

ナミブ・コマチは、自分は母親に嫌われていると幼いころから感じていたが、こういうことだったのかと三十一年目にして理解できた思いだった。子どものころは、肌の色が気に入らないのかと思っていた。母親の肌は白で、自分は黒、姉は二人とも母親と同じで妹は黄色。見た目ですぐわかる、とてもわかりやすい違いだ。

だが、そうではなかったのだ。母親は自分のことを嫌っていたわけでもないとコマチは思う。恐れていた。そうに違いない。母親は、三女であるコマチを恐れ、産んだことを後悔していたのだ。

なんてことだとコマチは身震いする。容姿は子自身が決定できても、子を作るかどうか、実際に産むかどうかは、母親次第だ。自分は生きながら母親に殺されているようなものではないか。

こんな気分のままではビルマスターの務めもままならない。精神医療マイスターに相談すべき状態だとコマチは自己診断する。もしだれかがこのような悩みで苦しんでいたなら、ビルマスターとしてそう勧めるだろう。自分の存在価値を見失った者はコロニーにとって危険な存在になる。だがコマチは自分のこの気づきをだれにも知られたくなかった。それでも、だれかに話さずにはいられない。黙ったままのそれは心の底に沈殿し、やがて鉛のような毒素の塊になって内側から自己を破壊していくだろう、ゆっくりと。

毒を吐き出す相手として〈インテリ〉はどうかと考えて、機械知性に悩みを打ち明けている自分を想像し、ますます焦燥に駆られる。機械相手の告白は独り言にすぎないと思った。コマチは、自分の気持ちに共感してもらいたかった。機械は、ヒトの考えは理解できても共感は示さない。示しているようにみえても共感しているふりをしているだけだ。

それで十分、というときもある。というより、そもそも共感というのはそういうものではないかとコマチは思う。相手が自分に共感してくれていると わかること、それが〈共感〉という感覚の正体だろう。相手が実際に共感しているかどうかは関係ない。だから、機械知性には共感能力はないのだと思えば、ないのであり、相手が本当に共感を示していたとしても、それは〈共感〉にはならないのだ。

そう考えたとき、この悩みを打ち明けられる相手が頭に浮かんだ。一人だけいる。一人しかいない。祖母、アユル・ナディだ。彼女は自分に〈共感〉してくれるだろう。コマチがそう思えるのは祖母をおいて他にいなかった。

思えば自分の祖母もかなり男性的だとコマチは思った。火星人の寿命を無視する発言にしても、あれは〈全地球情報機械〉を使ってきたための地球化というよりも祖母の中の男性が言わせているのではなかろうかと、コマチは思い直した。もしそうなら、祖母の中の男は、孫娘のこの悩みをどのように捉えるだろう。こちらに共感してくれるだろうか。もしかしたら同じ男性として張り合うかもしれない。

ビルマスターの権限を使って呼び出すまでもなく、〈インテリ〉がコマチの伝言を伝えると、アユル・ナディはすぐに集中管理センターにやってきた。そして天井の高い室内を見上げて、やはりここはいい、と言った。〈全地球情報機械〉があるからかとコマチが訊くと、『そのとおり』と言って、祖母は笑った。

――そこに人間のすべてがある。

そう言うナディにコマチは問う。

――人間って、なに。人間のすべてとは、なにが、すべてある、のか。

するとアユル・ナディはただ一言、きっぱりと、孫娘の問いに答えた。『欲望』と。

ヒトは欲望なしには生きられないと、アユル・ナディは言う。生きることは欲望を実現することにほかならない、と。

ではその欲望とはなにかとナミブ・コマチがさらに問うと、それは、増えることだ、と祖母は言った。それから、

――子孫を残すこと、子どもを作ること、男に抱かれること。

アユル・ナディはそう言い、自分はいまもそう欲望していると言い切った。

ああ、それが、『死ぬまで生きたい』と祖母に言わせているものの正体だとナミブ・コマチは悟った。性欲だ。

まさしく男性ホルモンのせいだとナミブ・コマチは気づいた。女性にも男性ホルモンは必要不

可欠だが、祖母の年齢になると女性ホルモン量が激減するため、女性にとって必要最低限を維持し続けてきた男性ホルモン量が相対的に増大する。それは性欲を昂進させるし攻撃性も高める。祖母の性欲は、若いこの自分よりも強いだろう。でも、だからといって、祖母は男ではない。むしろこの自分よりも〈女〉だとナミブ・コマチは思った。

それにしても、祖母の『男に抱かれる』という表現は火星人らしくなかった。火星人にとって〈男〉という言葉自体が、口にすることが憚《はばか》られる一種のタブーだったから、それを孫娘の前とはいえ平然と恥ずかしげもなく言えるのは、加齢のため前頭葉の抑制機能が低下しているためではないかとコマチは疑った。

この疑問をコマチは、単刀直入に祖母にぶつけてみた。祖母の人間らしさを司《つかさど》っている脳の部位が劣化していれば、質問が理解できなかったり怒ったりするだろう。さて、どうなのか。コマチは緊張して祖母の応答を待った。

アユル・ナディは褐色の手をコマチに差しだして、その孫娘の頬をやさしくなでながら、とても落ち着いた声で、言った。

——ビルマスターである、あなたの心配はよくわかる。惚《ぼ》けた老人がコロニーの存続を危うくする事態は避けたいでしょうし、あなたにとってわたしは血縁者なので私情も入る。なぜあなたを困らせるようなことをわたしが言うのか、それをあなたが知りたいという、その気持ちも理解できる。だいじょうぶ、あなたのためだから。忘れたのか？　いまのわたしは未来のあなたなのだ、あなたもきっと、いまのわたしのようになる。そのとき、過去の経験が役に立つ。わたしはあなたにとって、人生そのものの、マイスターなのだ、ナミブ・コマチ。

その答えはコマチにとって、無彩色の心に差し込む、色鮮やかな希望の光だった。

だいじょうぶだ、祖母は壊れていない、いまだ祖母だ、孫娘である自分の悩みをきちんと聞いてくれるだろう。

そんなことで悩んでいたとは。そう言って、アユル・ナディは朗《ほが》らかに笑った。

「女である自分の身体に違和感を覚えるというのならともかく」と祖母は言った。「そうじゃない、と言うのだから、ぜんぜん心配ない。わたしはずっとあなたを見てきたけれど、あなたに〈男らしさ〉を感じたことは一度もないわよ、コマチ。あなたは自分が思っているよりずっと、女の子よ」

「どこが？」

そうねとナディは首をかしげて、孫娘の身体を頭のてっぺんから足下までじっくり見て、言った。

「とても綺麗。うらやましいくらい。美人だしスタイルもいい。あなたの美しさは、男の好みとは違うでしょう。〈全地球情報機械〉で検索すればそれがわかる。あなたは自分で、火星人の美しさを選択して生まれてきた。女以外の何ものでもない、それが証拠よ」

なるほど、とコマチは思った。身体はそうかもしれない。でも、と言わずにはいられない。

「わたしは男に興味がある」

「女はみんなそうよ。ほら、そうでしょ？」

「そういう意味じゃなくて、男が興味を持つ事柄に、わたしは興味がある」

「男でなければ興味を持てない事柄なんていうのは、ないわよ、コマチ。あなたはいったい、どうしたいの、なにがしたいの？　胸に手を当ててよく考えてごらん。それがわかれば悩みは消えるから」

コマチは言われたとおり、実際に手を胸に当てて考えてみた。

祖母をここに呼び出す原因となったのはそもそもなんだっただろうと思い返してみる。すると母親の顔が浮かんだので、ほとんど考えることなしで、「ママに嫌われたくないし、ママのことを好きになりたい」と言っていた。

「それは違うでしょ」と祖母は生真面目な顔で言った。「あなたの悩みは深いわね。子どもを作るといい。あなたも母親になれば、その気持ちがきっとわかるから――」

最後まで祖母に言わせず、コマチは口を開く。

「わたしは、ナディ、男になりたい。そういうことだと思う」

アユル・ナディは少し考えてから、「いいや、それも違うでしょう」と言った。

「どうして?」とコマチは訊く。「わたしがなにを望んでいるのか、わかるの?」

「あなたもわたしも」とナディは部屋を見回して、言う。「ここが好き。わたしたちは〈地球マイスター〉になれるほどに、あちらの世界に詳しくなってしまった」

「そうね」とコマチ。「だから?」

「わからない?」とナディは孫娘の目をまっすぐに見て言う。「あなたは、男になりたいのではなくて――」

「地球人になりたいって言うの?」とコマチはまた祖母の言葉を遮《さえぎ》って、言う。「それは違うと思う。わたしは火星人であることを誇りに思ってる。ナディは違うの?」

アユル・ナディは首を横に振り、やさしい笑みをたたえた顔で、黙っていた。肯定でも否定でもない。孫娘が答えにたどり着くのをじっと待っているのだとコマチは理解した。

自分は無意識になにを望んでいるのだろう、なにか、とても悪いこと、火星人らしくないことに違いない。だから意識に上らないよう、抑えつけられているのだ。

男になりたいというのは、違うと思える。男と性交したいのか。それも違う。それは祖母の欲望だろう。自分はどんな欲望を抑えつけているのだろう。

コマチがどうしてもわからないでいると、祖母は意外なことを言い出した。

「ビルマスター会議を臨時招集するのがいいと思うわ」とナディは言う。「それがいい」

祖母がいきなり話題を変えた、その意図が読めなくて、コマチは面食らった。ビルマスター会議というのは、火星人の〈町〉それぞれのビルマスター全員が仮想空間内で集まって、互いのコロニーの現状を報告し、問題があれば解決すべく、議題を提出する場だ。半年毎に定期的に行われている。

次回の議題はすでに決まっていたのをコマチは思い出す。自分が提出した議題だった。もうじき姿を現す七番目の新しい〈町〉に移住させる人間の選抜方法だ。どのコロニーから、だれを、そこに移すのか。

いま現在はどのコロニーも生存定員に余裕があって、乳幼児の死亡率もそれほど高くない。人減らしは必要ないので、希望者を募るという方法でもよさそうなものだが、〈町〉を維持するために必要な専門家がいないのでは困るので、移住には計画性が求められる。だれでもよい、というわけにはいかなかった。

「どうして？」とコマチは訊く。「なぜビルマスター会議なの？」

アユル・ナディは答えた。コマチがその後、生きている間中、決して忘れられない言葉だった。

――新しい〈町〉で男を産む宣言をするためだ。そう、あなたがそうする。火星に男の子を産み落とすこと、それがあなたの欲望であり、わたしにはできなかったこと、だ。コマチ、あなたはわたしの先を行く。もう、後戻りはできない。恐れずに前に進め。女には男が必要だ。〈火星人憲章〉は忘れて、新しい火星人宣言をするがいい。あなたと、あなたの息子とで。女と男と共同で。新しい火星人になって、新しい時代を築くのだ。それで火星人が滅びるとしても、それは男のせいではない。〈地球マイスター〉のわたしたちは、それをよく知っている。

祖母は正しい。いつもコマチはそう思ってきた。このときばかりは疑ったのだが、結局は、祖母のこの予言どおりになった。

ナミブ・コマチはその日のうちに生殖医療センターに赴き、さほど時を置くことなく母親になった。

火星で七番目の人類コロニーはジェルビルと名付けられ、それまでにない性質を持った町になった。どのコロニーにも多かれ少なかれ厄介者がいたが、そうした彼女たちを受け入れる施設としての役割だ。ナミブ・コマチが提唱し、火星人の総意で、そう決まった。

その〈町〉に暮らす者は強制的に送り込まれてきたわけではなくて、あくまでもジェルビル側がやさしく受け入れるという形を取った。だから牢獄ではなかった。

ジェルビルの初代ビルマスターはアユル・ナディが死ぬまで務めた。ナディは火星人の定められた寿命である九十歳を超えて生き、九十六歳で死んだ。存命中にナディは、ビルマスターの権限でもって臨時ビルマスター会議を開き、そこで、火星人の年齢はビルマスター在任中はカウントされないという決まりを通してしまった。自分には思いつきもしなかった解決策だと、ナミブ・コマチは感心した。ジェルビルという〈町〉は、ある意味治外法権のコロニーだったから、祖母の寿命についても、もはやこだわることはないのだとコマチは思っていた。だがナディは自らの欲望を正当化することを律儀に考え、それに成功したわけで、やはり祖母は正しいとコマチはあらためて尊敬の念を抱いた。

ナディが再定義した寿命で彼女の年齢を数え直せば、死亡してなお九十歳の寿命に十二年ほど足りなかった。コマチは祖母の遺体をさっさと分解槽に送ったりはせず、エンバーミングして保存した。

祖母の死後はコマチがジェルビルのビルマスターを引き継いだ。火星で初めて産まれた男の子は五歳になっていたので、昼夜を問わず世話をしなくてはならない労苦からは解放されていた。そのいちばん大変な時期を祖母が代わりにビルマスターを引き受けてくれたのだ。祖母に対しては感謝の念しか浮かばないコマチだった。

コマチの息子はハンゼ・アーナクと名乗った。妊娠中にその名を聞いたような気がしたのでそう名付けたのだが、錯覚かもしれない。肌は赤褐色だ。ネイティブアメリカン系だと母親のコマチにはわかった。これは息子自身が選択した結果だろう。

活発な子どもに育ったが、三歳ごろまでは虚弱で、目を覚ましたら亡くなっているのではないかと心配してよく眠れないほどだった。ハンゼ・アーナクという息子がコマチの世界のすべてになっていた。祖母が言ったとおり、自分は息子を（得ることを）欲望したのだと納得できた。子どもも嫌いだったことが信じられなかった。

幼いわが子が熱を出せばおろおろし、洟《はな》を詰まらせて息ができそうにないと見れば、躊躇なくその小さな鼻に口をつけて洟を吸い出してやった。食べてしまいたいほどかわいいという言葉の意味を、身体で理解することができた。もっともコマチの場合は、自分はこの子に食べられてもかまわない、というものだったが。

これが、自分が産んだのが女の子でもそうだろうかとコマチは想像してみた。たぶん、男の子だからだと、そう思える。そして、この気持ちは、火星人のだれ一人として感じたことのない幸せなのだと気づいた。

ナミブ・コマチは〈火星人憲章〉を忘れた。祖母アユル・ナディが予言したとおりだった。この幸福を火星人すべてと分かち合いたい。女には〈息子〉が必要だ。心から、そう思い、コマチは幸せだった。

五歳のハンゼ・アーナクが、あんなことをしでかすまでは。


さすが男の子は違うとコマチは思う。アーナクは、操作パネルをいじるのが好きだったし、動くものの構造に興味を持った。自分の子どものころとは比べものにならない。これが男の子かと、自分は男ではないかと心配していたあの不安を思い出し、あのとき祖母が『そんなことで悩んで』云云と笑った、その気持ちがわかった気がした。

またハンゼ・アーナクは、とんでもなく度が過ぎることまでやって、さすがに叱らねばならないことも多かった。

眠るように安らかな顔でアユル・ナディが納められている、その透明保存ケースを開こうとしているところを見つけたときなど、コマチは悲鳴を上げて駆け寄り、感情的に息子をケースから引き離した。

「あなたのひいおばあちゃんになんてことをするの。ナディはあなたをこの世に生まれさせてくれた、大恩人なのよ。ナディがいなかったら、あなたはいないの。わかる？」

わからない、と生意気な口を利いたのでコマチはかっとなって、息子の尻を叩いていた。

あのときのことを根に持ったのだろう、わたしが悪かった、これはわたしのせいだ——ジェルビル全体が危機的状況に陥ったとき、ナミブ・コマチの頭に浮かんだのはそういう自責の念だった。

コロニー全体に非常警報が鳴り響いていた。異常の兆候はビルマスターの詰め所である集中管理センターでコマチは捉えていたが、詳細を、このコロニー、ジェルビルを管理する人工知能である〈ヨシコ〉に訊いても答えが返ってこなかった。

異変の〈火元〉は自分の居住棟だと感じてコマチは走って見に行き、そこで異様な状態の祖母を発見した。火事ではない。アユル・ナディが透明ケース内でひからびていた。一瞬にミイラ化したようだ。これはケース内部が火星大気に繋がっている状態だと、コマチは瞬時に危険を悟った。与圧されているはずのケース内部が開放状態にある。そして、居住棟の室内の気圧も低下しているのを感じた。

あっけにとられた表情で突っ立っている幼いわが子を横抱きにして居住棟を出ると、非常閉鎖キーを叩いた。が、反応がない。手動の閉鎖ハンドルを回しながら、お隣に声をかけて、非常事態宣言を出してくれと頼む。

なにが起きているのか詳しいことはわからない。だが、このままではコロニーの住民が全滅する危険があった。

ジェルビルの総員は三十四名だった。ほかのコロニーの四分の一規模だ。うち一名が寿命をまだ残して保存されていたコマチの祖母だったから、動ける住民は三十三名で、幸い全員が集中管理センター内に避難でき、センターは隔離閉鎖された。

三十二人の女たちと一人の男の子は、とりあえず即死の危険からは逃れることができたものの、コロニーの機能の信頼性が回復しないかぎり安心して生存し続けることができない状況だった。

ナミブ・コマチはもう一度〈ヨシコ〉を起動して、コロニーの与圧状態を尋ねる。すると何事もなかったかのように、『異常ありません』という返事が返ってくる。

これは、人工知能の異常だ。間違いない。

コマチは、自分の五歳の息子に『いったいなにをしたのか』と詰問したい気持ちをぐっとこらえて、いまは原因究明よりも住民の避難をどうするかだ、と深呼吸して、気持ちを鎮めた。みんなの命はビルマスターである自分の判断にかかっている。

こんな事態に陥るのは火星人として初めてだ。手本はない。避難訓練をしたこともなかった。集中管理の全モニタを〈ヨシコ〉に頼ることなく手動で起動し、一つ一つチェックしていく。いまのところ与圧状態は回復している。しかし原因がわからない以上、いつ同じ状況に陥っても不思議ではない。いまのうちに退避すべきだ。

総員コロニーを脱出する。そうコマチは決意する。

外に出るには〈外套〉の着用が必要だ。宇宙服だった。非常時のために総員分と予備分がそろっている。隣のコロニーまで約八キロ。人員輸送用の乗り物はない。移動するにはヒトの筋肉をパワーとする車輪駆動がもっとも効率がいい。すなわち自転車だ。それはある。もっとも、人数分はない。コロニー外周を見回り点検するための数台、たしか六台だ。その六台で先に行かせる手もあるが、まとまって徒歩で行くほうが安心だとコマチは判断した。全員に自分の目が届くようにしたい。徒歩で四時間みれば、確実に着けるだろう。気象は安定している。さいわい病人やけが人もいない。

コマチはすべてのコロニーにこの非常事態を伝え、ジェルビルを放棄することを宣言した。が、思いもよらぬ反発を食らった。

――調査したいので、留まっていてほしい。

――受け入れることはできない。

――与圧が漏れる事態など考えられない。

――最新のコロニーだろう、自動修復機能に任せればいいのに、放棄などゆるされない。

――気でも狂ったの？

ジェルビルは、ジェイルビル、牢獄の地だと思われているのだと、コマチはこのとき、ほかのコロニーからこちらがどう見えているのかを理解した。

――男など産むからだ。

それがラムスタービルの現ビルマスターからの言葉で、それが応答の最後だった。

室内の全員が、コマチを無言で見つめていた。さあ、どうするのだ、われらがビルマスター？

コマチは、いまはもうアユル・ナディはいないのだと思い、涙が出そうになったが、唇を嚙みしめてこらえた。祖母は、正しい。そう、死んでなお、いまも、だ。

――わたしたちは〈地球マイスター〉だよ、コマチ。

「救援を要請する」とコマチはみんなに向けて、言った。「それまで、一年でも二年でも、耐えて生き抜くしかない」

でも、だれも助けになんかこないわよ、とだれかが言った。いまの、聞いていたでしょう、ビルマスター？

「火星人には頼らない」

なんですって？

「地球人に頼む。それしかない」

ざわつく住民たちにナミブ・コマチは宣言した。

「わたしたちは火星人のみんなから捨てられたわけでも、排除されたわけでもない。われらは、二百年の火星人の歴史の、最先端を行くのだ。必ず、生き延びてやる。わたしを信じろ」

まっさきにうなずいたのは、コマチの息子だった。火星でただ一人の男子、ハンゼ・アーナク。

これは祖母が言っていた、火星人宣言だ、まさしく。ナミブ・コマチは息子の頬を軽くつついて、微笑んだ。

「ありがとう、アーナク。ママはあなたが大好きだ」

第二話　還らぬ人

月へ行くシャトルに乗るのは生まれて初めての経験だった。このシャトルが自分を運ぶためだけの用途で使われているということに若生《ワコウ》はなんの感慨も抱かなかった。特別に選ばれた者としての誇りや責任の重みなどを感じるべきなのかもしれないと、他人事《ひとごと》のように思っただけだ。

昔に書かれた小説に、これと似たような状況を描いたものがあったことを若生は思い出して、時代は変わったものだと思った。それも当然で、いまはそれを書いた小説家が生きていた三百年前の時代とは違って月に行くのは国家や人類の威信をかけた冒険ではない。たしかに危険の度合いからすれば当時もいまも変わらないだろうが、いま地球上に国家などというものはなく、〈人類の威信〉にいたっては意味が通じないだろう、そう若生は思う。

当時はエリートしか地球の外には行けなかったのだし、件《くだん》の小説の登場人物にしてもそうで、まさに選ばれた人物だ。その男一人を月に送るため、それだけのために月行きのシャトルが用意され、そのことに彼は誇りと責任感を感じるのだ。

自分もまた選ばれたという点では同じだが、と若生は思った、なぜ自分が選ばれたのか、はっきりしたことはまるでわからないのだから、誇りも責任の重みも感じられなくて当然だろう。威信という言葉が無意味になった現代であればこそ、だ。誇りや責任は〈威信〉に強く結びついている感情だろうから。

いま月になにがあるのかと言えば、めぼしいものはなにもない。月面から地球や宇宙を望むための展望台やそれを目当てにやってくる観光客を受け入れていた地下空洞市は、いまは廃墟になっている。月の資源を開発し採掘し地球に向けて送り出す活動もいまは止んでいた。月が活気づいていたのは二百年ほど前のことで、その時代が人類という種のピークだったと若生は思う。詳しいことは若生にはわからないが、自分が生まれてこのかた月旅行を経験した人間はいないだろう。ましてや月で暮らしている人間がいるはずがない。なにもそんな過酷な環境で生きる必要はないのだから。

深宇宙を観測する複数の月面天文台はいまも稼働しているが、無人だ。もともと月の天文台は無人運用を前提として設計されていて保守点検や修理に人の手は必要ない。人間は月に行かなくてもその観測データを利用できるわけだが、いま現在、そのデータに関心を寄せている人間を若生は知らなかった。

とにかくヒトの数が月面天文台ができた当時とは比べものにならないくらい少ない。ピーク時の一パーミル程度、千分の一ほどだろうと若生は見当をつけているが正確なところはわからない。そうした統計を把握しているのはヒトではなかった。現在の人口に興味のある人間がもしいるのなら、訊けば教えてもらえるだろう、統計機械に。若生はそんな数字に関心はなかった。関心がなくても生きてこれたからだと、いまにして若生は思う。

昔の地球はヒトだらけだったわけだが、それが普通の状態で生きるというのは自分の想像を超えているのかもしれないと、いままで考えたこともなかった昔の人間の〈常識〉というものに思いをはせる。

——当時は皆が〈働い〉ていた。働かないと〈食え〉ないし、働くことは義務であり、働けることは権利でもあったのだ。

知識としては知ってはいるものの、もし自分がそういうところに突然放り込まれたら生きていけるのかと考えてみると、想像がつかない。若生にはもう、なにがなんだかわからない世界だった。

かつて、そういう時代の月行きシャトルにはキャビンアテンダントが乗っていた。若生は件の小説で知っていたが、それが贅沢なのか無駄なのか、小説を読んだときには判断しかねた。だが、いまなら、こう考えることができる。ヒトには仕事が必要だったのだ。キャビンアテンダントなどという仕事はロボットがするほうが効率はいいだろうに、わざわざ人間がやるのは、あまりに人が多いためにロボットがやるような作業でもその代行をさせないと仕事にあぶれる者が出てくるからだ。

仕事をやるのは義務であり、仕事をなすのは権利でもある。それが当時の人間の生き方だったのだ。仕事は命と同等ほどにも大切に思われていた。理解できようとできまいと。

——現代のヒト、現代人は、無駄なことはしない。しなくてもいいことは、やらなくてもいい。それでも生きていける。だから自分の乗るシャトルにはヒトのキャビンアテンダントはいないのだ。

そう若生は思ってみるが、釈然としない。自分はまるで貨物扱いだし、実際、そうなのだろう。昔のほうが楽しそうだ。言い換えれば、と若生は思い直す、かつてヒトが多すぎて生きにくかったであろう、その時代のほうが、ヒトはいまより人らしかったのではなかろうか。少なくとも、人は大事にされていたような気がする。どうしてそれができたのかといえば、ヒトが多かったからだと、堂堂めぐりな理屈になる。釈然としないのはそのせいだ。

自分はなにか根本的なところで昔の人間たちの心を摑みそこねているようだと若生は思う。生き甲斐とか価値観とか、そういったものだ。

過去人らがもし、いまこの自分を見たなら、どう言っただろうかと若生は想像した。キャビンアテンドのサービスなしに月に行くのを憐れむだろうか。全地球人の代表として火星に行くのに、と。

若生の最終目的地は月ではなかった。月は中継地にすぎない。行き先は火星だ。

いま現在の月は無人で、ヒトが利用した設備のほとんどは廃墟と化しているが、かつて人類を火星に送った強力な電磁カタパルトや、宇宙船の製造および燃料資源を生産する工場は例外だ。ここ二百年ほどは使用されていないものの、ロボットによる保守点検や整備は定期的に継続して行われていて、いつでも使用可能な状態にある。その施設群を使えば火星にかぎらず、たとえば木星にすら人類を送ることが可能だろう。

どうしてそれが使われなくなったのかと言えば、ヒトが少なくなったからだ。要するに行きたいと思う人間がいなくなったということだと若生は思った。自分にしても行きたくて行くわけではないのだし、と。

少ないとはいえ地球には自分以外にも人間はたくさんいるというのに、なぜ自分が火星行きの役に選ばれたのか、若生にはわからなかった。ただ、それを問うても無駄だということはわかっていた。知っているのはトーチだけだ。

ということはつまり、人間はだれも知らないということだ。自分に直接火星行きを命じた司命官も知らなかった。司命官も人間だから。

　トーチはヒトではない。機械だ。すべての機械を統《す》べる〈知能機械〉。人間はトーチを通じて地球上のどんな機械も利用できるはずなのだが、人間が身の回りの無数の機械の利用の仕方をトーチに頼るようになってからは、自らの生き方もトーチに相談するようになった。現代人にいたっては生き方そのものをトーチに決定してもらっていて、その決定を伝えるための人間が司命官だった。

　若生が火星行きを命じられた場所は、生まれ育った土地の役所だ。日本語族の住むところ、いまも日本列島と呼ばれているその本島の、ほぼ中央にある安曇野原《アズミノハラ》という名称の地域一帯を管轄している司政役所だった。普段は閉鎖されていて住民もやってこないが、司命官がやってくるときだけは別だ。事前に司命官の来訪を知らされた住民が集まってきて役所内を清掃し照明も点けて、司命官がすぐに仕事ができるように心遣いをする。

　それは人が人を出迎えるという儀礼であり、儀式だろうと若生は思う。掃除も整頓も役所の動力管理も、そんなのはすべて、本来備わっているはずの機械システムに任せればいいのだし、機械のほうが完璧にやるにきまっている。だが他の建物はともかく、司政役所にはそうした自動機械システムが使われていない。ここだけは機械に任せることなく人が自主的に管理する場だと、人が宣言しているのだろう、そう若生は、地球を離れたいま、思いついた。

　だれに宣言するのかと言えば、トーチだろう。トーチというのは現代人にとって、あれは神だな、と若生は思った。生まれてこの方、トーチとはなにか、とか、あれは神ではないのか、とか、そんな形而上の疑問は思い浮かぶことは全然なかったというのに、地球を離れて初めて、そんなことを考えている。

トーチが神なら司命官は巫女だろうと、若生は、そのときのやりとりを思い返す。

簡素な司命室だが、その主《あるじ》が使う磨き抜かれた重厚な木製のデスクの存在感はなかなかのものだった。そこに着いている若い女性はデスクの存在の重みを平然と受け止めていて、なるほど司命官だと若生に納得させた。

司命官は若生がこれからなにをするのか、詳しく話したが、しかし若生が選ばれた理由に関する説明は、一切しなかった。説明する義務を負っていないし、そもそも人間なのだから知らないはずだった。

司命官の仕事はトーチが役目を与えた当人にその決定を伝えること、それだけだ。決定に不服を漏らす人間がいれば説得するのも司命官の役割だが、そのような事態になるのはごくまれだったし、それでもなお納得しない人間がいるとすれば、その者はトーチが選んだ人間ではない、別人にちがいなかった。司政役所に呼び出す相手を司命官が間違えたのだ。

だが司命官が間違えるということは、絶対に、ない。司命官はふつうの人間ではない。選ばれた者にしかやれないことをやっているのだと、若生は司命官の仕事をそのように理解していた。

していたのだが、実際に会ってみると、司命官の印象は自分の理解とは微妙に違っていた。

現代の巫女はとても人間くさかった。ようするに司命官という厳《いか》めしさや神の使いといった神秘的な力を感じさせることのない、ただの人だった。とどのつまり、司命官も自分がなぜ司命官をやっているのか、わからないのだ。

司命官になる人間もトーチが選ぶのだと、若生はそのとき初めて知った。それまでは漠然と、司命官は自然にその役目をするようになったのだろうと思っていた。司政役所の清掃をやるために集まってくる人人のように、ある意味、自主的に司命官を買って出たのだろう、と思っていた。

関心がなかったので考えたこともなく、知ろうともしなかったのだ。

あのとき自分はこの世の舞台裏を見せられたのだと、若生は思った。火星行きを告げたあの司命官が口調を変えて、こう言ったとき。

『驚かないのですか？』

あのとき若生は、え？　と思った。予想もしなかった意外な問いかけに、その問いそのものが驚きで、どう反応していいのかわからなかった。司命官がどういうつもりでそう問うているのか、若生には見当もつけられない。答えられないでいると司命官は続けて、こう言った。

――わたしなら耐えられない。間違って呼ばれたのだと思ってしまうでしょう。あなたはどうですか、ワコウさん？

間違って呼び出されたなどとは、若生は思わなかった。なぜ自分が選出されたのだろうという疑問はわいたが、この場で司命官が伝えた自分の使命については、予想外の内容に驚きはしたが、司命官がこちらの説得に努力しなくてはならないような、トーチは間違っているとか、司命官が呼び出す相手を間違えたのだろう、自分であるはずがないといった考えは、まったく浮かばなかった。

なにを訊かれているのかわからないのだがと、若生は、問いの意味を尋ねた。すると司命官は、言った。

――たとえば、〈この任務につくことで自分の人生は台無しになる〉とか、〈それは自分の生き方ではない〉とか、〈世をはかなんで消えてしまいたい〉とか、そんなふうに思ったりしませんか？

若生には、そう訊かれるまで、まったく思いつきもしなかった、例だった。

『いいえ』と若生は答えた。『ぜんぜん、そんなことは思っていません』

するとと司令官は、『あなたが選ばれたことを、ご自分ではどう思われますか』と訊いてきた。

『その質問は』と若生は応えた。『適性試験の一部なんでしょうか？』

『どういうことですか？』と、こんどは司令官が首を傾げた。『このミッションの人員選抜にわたしは関わってはいませんし、その資格もありませんが』

『もう決まったことだ、というわけですね』

そう若生が言うと、『そのとおりです』と司令官はうなずきつつ、ですが、と続けた。『わたしは、あなたが気の毒でしかたがない。出港すれば二度と地球には戻れないのです。わたしには耐えがたい使命です。ワコウさん、先ほどの説明は理解できましたか？』

若生は首を縦に力強く振って、『はい』と答えた。『ぼくは片道切符で火星に赴いて、現地住民を助ける仕事をすると、簡単に言えばそういうことだと理解しました』

『帰りの燃料も船も用意されていません。あなたを回収する計画もありません。本当に、いいんですか？』

『いいもなにも』と若生は司令官の意図がわからないまま、戸惑いながら答えた。『トーチの決定にはだれも異議を唱えることはできないのでしょう？』

『それはそうなのですが』司令官は困ったような表情を見せて、言った。『わたしにはあなたの気持ちがわかりません。二度と戻れない任務に就くというのに、なんの葛藤もないなんて、信じられない』

そこでようやく、司令官の心根を若生は悟った。なんと、この司令官は、同情しているのだ。かわいそうだと思っている。

司命官の気持ちとこちらの理解があのときすれ違ったのは、と若生は、シャトルから望む地球の映像を見ながら、彼女が話す言葉が日本語ではなかったからかもしれない、と思った。異なる言語を使っているのだと意識することなく会話ができるのは翻訳機械のおかげだが、その機械の存在そのものも意識していなかった。だが、こうして地球を見れば、地球の反対側に立つ人間の頭の向きは宇宙に対して互いに百八十度反対だとわかる。あたりまえのことだが、外から地球を見るまでそれを実感することはなかったわけで、と若生は、シャトルのシート正面の壁に付いている外部視野モニタから目をそらし、ため息をついた。

翻訳しなければ通じない言葉が〈わかる〉というのはいったいどういうことなのだろう。通じていると錯覚しているだけではないのか。錯覚が混じっても一応意味が通じるのは、音声言語だけではない情報伝達手段を使っているからで、それは表情だったり態度だったりするわけだが、それでも完璧とは言えないだろう。べつだん完璧である必要はないということかもしれないし、共感能力という想像力でもって欠けた情報を補完する能力も人間にはある。早い話、意思が相手に通じるかどうかは確率の問題だろうし、どの程度意味や意思が通じているのかは統計問題になるだろうと若生は考えた。

おもわずため息をついてしまったのは先行きを案じているからだと若生は自分の思いを意識した。自分の身の上に関することではなく、火星に行って、そこで言葉が通じるのだろうかという疑念が生じていた。地球上の異なる言語族のコミュニケーションでもあのように齟齬《そご》が生じるのだ。火星人はもとはといえば地球人だったとはいえ、いまやまったく異なる環境で生きる異星人だ。翻訳機械でだいじょうぶだろうか。

最初はうまくいかないだろう。意味のすりあわせには統計をとってみることが必要だろう。むろん、そうしたことは翻訳機械も承知だろうし、そのように機能するにちがいないが、機械は機械だ。人間ではない。あの司令官のような思いやりや憐憫《れんびん》の心は持っていない――そう若生は思い、そして、憐憫の心を持たない機械に〈憐憫〉という言葉が使えるのはなぜなんだろうという疑問がわいた。逐次翻訳ならともかく、言葉が使えるというのは、その者も、言葉が意味する〈痛い〉とか〈哀れみ〉とかいった感覚を持っていなくてはならないのではなかろうか。そうでなければ、自分の言葉が相手に通じているという確信が生じるはずがない。通じていないかもしれないと思いつつしゃべるというのはナンセンスだろう、無意味だ。

自分は、自分のタムと会話しているとき、意味が通じていないかもしれないとは一瞬たりとも感じたことはない。それはなぜなんだろう、タムは人ではなく機械だというのに？

まあ、いまはそんなことはどうでもいいと若生は思う。それよりも大事なのは、いま考えたことでわかること、つまり、話す相手が機械ではなくヒトならば、意味が通じてないのではないかと感じることは普通ない、もし感じるならそれは異常だ、ということだ。

火星人も人であるのだから言葉はいずれ通じるものと信じてもよい、ということだろう。人体感覚は共通しているし、情愛や憎悪を感じる能力もある。あるに違いない。火星人がいまだヒトであるかぎりは、だ。翻訳機械の通訳をこちらで補ってやることで意思の疎通に関しては問題ないだろう。

翻訳機械はタムに内蔵されている。タムは現代人が生きていくのにかかせない自律機械で、幼少期にパートナーになる。ペアリングと言ってもいい。生涯を通じて互いを利用する関係になる。若生のそれは猫ほどの大きさの犬型をしていたのだが、火星行きが決まったいまはその〈意識〉のみがカプセルに収められた状態になっている。司令官の説明では〈意識〉なのだが、若生にはその状態がわからないので、ようするに自分のタムの中枢神経系がカプセルに入っているのだろうと理解していた。実際にそうなのかどうかは、カプセルの中身は見られないのでわからないのだが、どうであれ、自分の相棒のタムは、まるで肝を抜かれた状態だと若生は思う。

――いや、抜いたほうの肝が小さなカプセルに収められていると言うべきか。そもそも肝ではなく脳みそのほうがたとえとしては正しいのだろうが、自分の感覚では肝だ。

自分がいかにその機械に頼って生きてきたか、それが元の形を失って初めて、若生は意識する。まったくもって初めて気がつくことばかりだ。

タムは本来、今回のような〈意識〉を抜き出して保存されるという処置を受けることはない。若生も聞いたことがなかった。こんな状態で火星に着いてから自分のタムは無事に身体を取り戻せるのだろうかと、また不安が頭をもたげる。

『大丈夫だと思います』と、司命官は若生の心配に共感してくれて、『トーチの指示ですので、火星に行けば元に戻れます。もともとタムの主体は不滅です』と言った。

司命官が話す言語でタムがどう発音されていたか若生には覚えがない。ということはつまり彼女の言葉ではタムはタムではないのだろうが、日本語族の間では、それは魂《たま》や霊《たま》を意味する音〈たま〉が基になっている、と言われている。世界中どこでも同じ意味合いの現地語で呼ばれているし、個人のタムの呼び名を他人に知られてはならないという原則もまた同様だ。だから司命官も若生のタムの固有名を口にしたりはしなかった。トーチが司命官に伝えたこちらの個人データには記載されていただろうが。

若生はこの原則、タブーを、自ら破って、司命官に訊いていた。

『ぼくのマタゾウは、どうしても一緒に行かなくてはならないんですか』

マタゾウ、というのが若生のタムの呼び名だった。

すると司命官は目を見開き心から驚いたという表情をして、言った。

『あなたは』と司命官は言った。『自分のタムと離ればなれになってもいいと言うの？　わたしたち人生のすべてを記憶している大切な相棒ですよ？』

彼女が驚いたのは自分がマタゾウの名を口にしたという点にではないのだと意外に思いつつ、『だから、です』と若生は答えた。『もう一度確認します、ぼくのマタゾウが火星に行くとしたら、このマタゾウの身体は――』

『行くとしたら、ではなく、行くのです』

『マタゾウが行くとしたら、いまのこの身体は使えなくなるわけですよね？』

マタゾウも同席していた。若生の足下に伏せている。忠実な犬のように。

その身体はしかし犬や猫とは違って、毛が生えていない。人工の樹脂や繊維、金属でできていて、体表は濃淡さまざまな灰色をした薄い鱗状パネルで覆われている。雨に濡れたときなど、犬や猫のように身震いして水を飛ばすと、その小さなパネル群が楽器のように鳴った。四肢で駆け回ることもジャンプすることもできる身体だった。その動きは犬のようでもあり猫のようでもあったが、その性質はと言えば犬のような従順さはなかったし、猫のようなヒトに対して無関心を装った寂しがり屋でもなかった。やはり機械だと若生は思う。生きた動物とは根本的に違う、異質な〈動体〉とでも言うしかない。マタゾウはタムなのだ。

『あなたのそのタムについては』と司命官は言った。『いまこの場でその身体から意識を抜き出して特殊な専用カプセルに保存、火星に着いたら現地の製造機械で再生されます。ヒトにも同じことができるなら輸送コストもかからずいいのでしょうが、それでは現地の火星人が納得しないだろうとトーチは判断したようです。先方は救援を待っているわけですから、即戦力となる人間でないと――』

『輸送コストの問題というわけですね』

『そうです。それと、火星人の心理を慮《おもんぱか》ってのことです。相手にしてみれば、頼りの地球からの救援が救援者再生のデータのみ、というのは受け入れられないでしょう。地球人はなにを考えているのだと憤慨するかもしれない』

『それはどうかな、火星人がどう考えるかは、ぼくらにはわからないのでは――』

それから若生は、火星人と地球人の違いについて、自分の〈仕事〉で得た知識を司令官に披露した。司令官が知らなかった事柄も多かったのだが、若生がさらに続けようとすると彼女は、無駄口はもういいというそぶりを見せて、トーチの決定に間違いはないとわたしは思います、と言い、続けた。

『あなたにはタムが必要です。それなしで旅立つことなど、わたしには考えられません』司令官はしばし若生を見つめると、尋ねた。『あなたは自分のタムを残していくことを考えているようですが、なぜなの？』

若生は足下のそれを見下ろしつつ答えた。

『このマタゾウの身体はどうなるんですか。魂を抜かれたら身体は死んでしまうでしょう、ぼくはそれがいやなんだ。再生されたそれはもう、マタゾウではない』

『あなたの理解は間違っています』と司令官はきっぱりとした口調で言った。『抜き出されるのは〈意識〉です。それがタムの主体です。主体である〈意識〉が消えない限り、〈死ぬ〉ことはありません。同じ〈意識〉によって再生されるあなたのタムは、依然としてあなたのタムです。

すべての記憶が保存されています。あなたの人生の思い出もです』

『でも、マタゾウのこの身体は死ぬ。そうでしょう』

『脱皮するようなものです。抜け殻です。そういう理解が正しいのであって、あなたの考えは間違っている』

間違っていると言われても、自分の感覚を偽ることはできない。だいたい、マタゾウの〈意識を抜き出す〉というのが、わからない。マタゾウの意識とはなんなのだ、それを抜き出すとはどういうことなのか、〈意識〉が主体なのだ、などと言われても、なにがなんだかわからないので質問のしようもないし、どのみち訊いても無駄だろう、司命官の態度からして、これは〈もう決まったこと〉なのだから。

それでも若生は口を開いていた。

『ぼくは、このマタゾウを殺したくないだけだ』

自分に言い聞かせるように。いや、あれはマタゾウに向けて言ったのだと若生は思う。

すると司命官は少し考えてから、言った。

『あなたはタムの主体よりも、この形態のほうを大事に思っているということなのですね。それは驚きです』

そういうことではないだろう、意識と身体が分離したらそれはもう元のマタゾウではないという、この自分の感覚がどうしてこの司命官にわからないのか、そのほうが驚きだと若生は思った。思ったが、あえて反論はしなかった。司命官がどう思おうと、いまさらなにが変わるものでもないだろうから。

『それならだいじょうぶです』と司命官は笑顔になって、言った。『形態の再生は簡単ですから。

意識の保存よりもずっと単純で、データ量もたかが知れている。——ではこうしましょう』

なにを、どうするのだ？

若生は、あのとき自分はとても怪《け》訝《げん》な表情をしただろうと思う。

『あなたのタムの意識を抜き出して保存する作業をあなたには見せないことにします』

——どうして？

『あなたは形態にこだわっている。意識の抜けたあなたのタムは、あなたにすれば死んでしまうというわけです。本当はそうではないのですが、あなたがそのように信じている以上、抜け殻になる様子を見ているのは忍びないことでしょう。事後の抜け殻も、わたしのほうで処理しますのでご心配なく。あなたには、カプセルに入って保存された状態のタムをお渡しします。あなたのタムは依然としてそのカプセル内に存在しています。なんの心配もいりません』

それが笑って言えることか、と若生は司命官に不信感を覚えたがそれは口にしなかった。だが表情で伝わったらしい。

『なにかご不満でも？』と司命官は笑顔を消して、そう言った。『ご希望があるようなら、うかがいますが』

——自分の目の前でやってほしい。

若生はそう言った。なぜ、という司命官の疑問には答えなかった。この司命官にはこちらの気持ちがわからないか、誤解している。いや、それならば説明して誤解を解こうという気にもなれようが、そもそも司命官と自分とではタムに対する理解、タム観とでも言うべきそれが、根本的に違っているのだ。

司命官にとってのタムは、その身体を制御している中枢プログラムのようなものだろうと若生は思った、だが自分の感覚でのそれは制御プログラムを含めた身体全体だ。

中枢プログラムの身体制御とは、たとえてみれば動物の本能のようなものであり、遺伝的な性質が書き込まれたコードのようなものだと考えるなら、それと身体とは切り離せないだろう、というのが若生の認識だった。ようするにタムとは機械であるにもかかわらず、それは生まれていつか死ぬ、そういうものだと若生はマタゾウを捉えていた。

『それがあなたの希望なら』と司令官は言った。『そうしますが、ほんとうにいいのですね？』

――あなたがマタゾウを殺すのだ、それを覚えていてほしい。

若生はそう言った。司命官は、『ですから、それは間違った考えです、ワコウさん、タムは不滅なのです。死ぬことは決してありません』と、何度も聞かされた彼女のタム観を、くどくどと、また、話し始めたが、若生は聞き流していた。

ふと気づくと司命官は黙ってこちらを見つめていたので、若生も黙って、うなずいた。

司命官は無言のまま大きなデスクの端を回って若生とマタゾウのいる側に出てきた。

その後ろから、軽いカシャカシャという音を立ててメタリックレッドのヒューマノイドがいきなり姿を現した。司命官のタムだろうと思えばさほど驚くこともなかった。それまで司命官の背後に隠れて見えなかったほどの背丈しかない、子どもサイズだ。だがその色はいかにも派手で、司命官の彼女の性格にはそぐわないと若生は感じた。よく見れば形態もなかなか不気味だ。卵形の頭部には目鼻がついていない。いや、目はある。小さな単眼が鉢巻き状に並んでついている。自分なら、生理的に不気味さを感じさせるこのような機械を自分の相棒、タムに選ぶことはしない。

まさしくその感覚は正しくて、それは司命官のタムではなかった。

『これはトーチが用意した〈意識抜き機械〉です』

意識抜きとはまた、まさしく危険な響きのあることよと若生は思う。ヒトの意識も抜けるのだろうか、とも考えて、なるほどこのヒューマノイドの輝くような赤い色、メタリックレッドは、警戒色なのだとわかった。

『あなたのタムを前に置いてください』

背もたれのない丸椅子に腰掛けていた若生は、そう言われる前に尻を椅子の座から上げて中腰になっていた。迫ってくる〈意識抜き機械〉に対して身構えたのだ。だがそれは、若生に指示する司令官の声を聞くと三、四歩手前で静止した。若生が指示どおりにするのを待つつもりなのだ。若生は、自分のタム、マタゾウに目を移した。それは若生の足元から〈意識抜き機械〉を見ていたが、とりたてて警戒した様子は見せなかった。若生が『マタゾウ』と声をかけると、それは振り返った。

若生は一瞬思った、マタゾウをかっさらってこの場から逃げだそうか、と。だが自分は決してそのような真似はしない人間だということも知っていた。

マタゾウがこの場で殺されるのを見ているのはつらいが、それを回避する術はない。自分が火星行きを拒まないかぎりは。

拒んだら自分はどうなるのだろう、とは、若生は考えなかった。トーチが決めたことなのだから、それが自分の生き方なのだ。他の人生など考えられない。それが現代人の生き方だと若生は自覚している。二、三百年前の人間なら、こんな受け身の生き方をよしとはしないだろう、とも若生は知っていた。その時代の生き方を研究するのが若生の〈仕事〉だったからだ。

仕事とは〈死ぬまでの暇つぶし〉のこと、だ。そのような言い回しも若生の研究成果の一つだったが、現代人の仕事は糧を得るためのものではないので、まさしく没頭できる趣味であり、暇つぶしと言えばまさしくそのように若生には思えた。

トーチが命じる生き方に唯唯諾諾と従っているのはなぜなのだと過去の人間ならいぶかるだろうと若生は想像した。若生にすれば、当時の人間はなんて不安定な生き方しかできなかったのだろうと同情したいところだ。互いの感覚はよく理解できないだろうと若生は思う。

トーチに逆らうという考えが現代人にはない。司命官を介して伝えられるトーチが決定した任務というのは、伝えられる者にとってはすでに決定済みのこと、言うなれば、自分の未来を告げられること、なのだった。

予言であり、預言だろう、と若生は思う。宗教的に決定済みのことだ。未来はトーチの預言どおりに展開する。預言が間違うことはあり得ない。間違うとすれば、つねに預言された人間のほうなのだ。預言から外れた状態の人間は、もはや人ではなくなる。

人ではなくなって生きるというのを若生は想像できない。そうなりたくないという怖さもなく、想像できないような生き方はしたくない、というだけのことなのだが、おそらくこのへんの感覚も過去人には理解できないだろうと若生にはわかる。トーチがいなかった過去の人間たちには現代人の気持ちや感覚がわかるはずがないのだし、トーチがいる世界で現代人の生き方を批判する人間がいるはずがない。

——いや、いるのだ。いたのだ、と言うべきか。

若生は月行きシャトルの中で、唐突に思い出した。自分が向かおうとしている火星にいる人間たちの祖先は、トーチが預言を始めて間もなくの時代の地球人だ。その人たちはトーチに対して破壊工作をしかけたりした。若生には理解できない行動だが、そのテロリスト集団の一部が、あるいは別の集団が、破壊活動ではなく地球脱出を計画し、実行した。およそ二百年前の話だ。

若生は、過去の火星人と地球人の相克の歴史というものを知っていた。今回の任務ではそうした背景を踏まえていないと適切な対応はできない、そうトーチは考えたに違いない。自分が選ばれたいちばんの理由はそれだろうと若生は思った。まさに自分は適任だろう。それが理由のすべてではないにしても。

——しかしタムに対する自分の態度はどうなのだろう。マタゾウは元の身体を失った。あれは死んだのだ、そう感じていることをトーチはどう判断しているのだろう。こちらの人間としての気持ちを無視するというのなら、それはそれでトーチの見識なのだろうと納得するしかないのだが。

あのときマタゾウは若生を振り向いて、こう言った。

——ぼくは死なない。きみが死なないかぎり、だけど。ぼくは、きみ自身なんだ。

その声は、司命官の翻訳された声と同じく、若生の頭の中に響いた。現代人はタムの声を直接頭に取りこんで聞くことのできる器官を発達させた。三百年前の人間にはなかった聴覚器官だ。タムが発する声は非常に指向性が強いので他人には聞こえない。

『マタゾウ』と若生は言った。『おまえがぼくなら、おまえが意識を抜かれたら、ぼくもそうなる。死ぬんだ』

——だいじょうぶだ、ワコウ。司命官の女が言うとおり、意識は不滅だ。死ぬことはない。

駄目だこれは、とそのとき若生は思った。マタゾウにも自分の気持ちはわからないのだ。

それは若生にとって、まさに驚きだった。ずっと一緒に生きてきたというのに、こんな根本的なところで互いの認識のずれ、違いがあったとは。

若生は、マタゾウの、その形としての存在を、愛していた。愛するとは、大切に思う、という〈愛〉のことだ。かつて外来語だった〈愛〉は〈お大切〉と訳されたこともあった、そういう、愛だ。恋愛感情とは違う、愛《いと》おしいと感じる対象。それは神の愛や、神への愛といった形而上のものとも違って、目に見えて触れることができ、大切に扱わないと壊れてしまうという次元の、〈物体〉だと若生は思う。司命官やマタゾウが言うところの〈意識〉には形がない。どうしてそのようなものを大切に扱えるのか、すなわち、愛せるのか、若生には理解できない。

――火星に着いたら、同じ身体を再生する。トーチの計らいだ。心配ない。

マタゾウは司命官と同じことを言った。若生は諦めた。自分を諦めさせるためにマタゾウはそのように言ったのかもしれないなと、いまになって若生はそう思いついた。

ありそうなことだ。なにしろマタゾウは、この自分のことを、自分よりよく知っているくらいだったから。

いずれにしても、自分が愛したマタゾウはもうこの世にはいないと若生は思う。火星で再生されるというそのマタゾウを、これまでどおりに愛せるものかどうか。それはそうなってみないことには若生にはわからなかった。

たぶん、できない。〈わからない〉という自答には、否定的な感情がこもっている。そう思った。

マタゾウと出会ったのは、若生が五歳三ヶ月のとき、場所は安曇野原に広がる田圃《たんぼ》の一角、若生の住み家である共同住宅近くのあぜ道だった。

安曇野原という土地は日本本島のほぼ中央、かつて松本盆地と呼ばれた地域で、以前は盆地の南側を松本平もしくは筑摩平、北側を安曇平といった。現在は区分けされていない。人口密度が低くなると地名の価値も薄れていく。人がいなくなるにつれて地名も揮発するように消えていった。いま人が暮らしているのは旧安曇平地域に限られていて、そこを中心に安曇野原という。南の筑摩平方面には無人の工場群があって、機械たちが働いている。人間の衣食住を支援するためだ。

景観は三百年前とほとんど変わっていない。ただ北アルプスの山並みは冬になってもその頂上付近が白くなるだけで、降雪量は少ない。昔は春先の風物詩になっていた〈雪形〉という、雪と、雪が融けて現れた岩肌がなす文様が、真冬でも見られた。

平地には昔ながらの田園風景が広がっている。ところどころに林があって、昔風に言えば屋敷林だが、規模はもう少し大きい。老若男女が肩を寄せ合って暮らす共同住宅を囲っている林だ。防風の役割は昔と同じだが、現在の木木は建物の南側に多く植えられていて日光から住宅を守るのに役立っている。いまの住宅は南側に大きな窓をもうけないのがふつうだ。高層住宅はなく二階建てもほとんど見ない。半地下を備えた平屋構造が一般的だった。

そんな中、地上三階の四角い箱のような建物があって、それが若生の〈仕事〉の場、リアル図書保管センターだった。ずいぶん古い建物だがメンテナンスは完璧で、自己修復型コンクリート製の建物にはひび一つ入っていない。地上の高さは三階しかないが地下は三十一階あって、深さは地表から百メートルほどある。印刷された書物を保管している書庫だ。館内管理は自動。

若生の仕事仲間は三人いた。いちばん年上が教授と呼ばれていた。あだ名ではなく、仕事仲間でいちばんの年長者をそう呼ぶ決まりになっていた。決まりと言うよりは習慣だ。呼ばなくてもかまわない。肩書きというものでもない。その名称は〈身分〉とは関係なかったから。昔は仕事と身分は密接に関係していたが、いまはそうではない。他の二人は中年と老人。若者は若生だけだった。仕事の仕方は教授から伝授される。センターでやっていいこと、いけないこと、やらなくてはならないこと、などを学んだあとは、それぞれ自分の興味のある〈研究〉をするために毎日通った。仲間とはいえ、かくべつ親しいわけではなかった。若生は教授の名をついに知ることがなかった。

晴れた日の、さほど気温の高くない朝夕に青い空を見上げれば、大型の鳥の群れが悠悠と飛んでゆくのを眺めることができたりする。内陸に適応したフラミンゴやペリカンがよくやってきた。狙いは田圃に生息する淡水魚だ。それらは人間の餌にもなった。一面に広がる水田のごく一部には稲も植えられたが、現代の水田は発電のためにある。

田の水は通年張られている。豊富な湧き水が循環していて、発電には植物と微生物群が利用されている。発電用の田圃は電田《でんた》といい、電田で発電された電気のことを田電《でんでん》という。田に入っても感電したりはしない。田電を吸い上げる集電ユニットが田毎にあぜ道に設置されている。これは下手に触れると危険なのでカバーされていて、さらに赤く塗られた木箱で覆われている。

もう忘れてもいい記憶だと若生は思う。もうすぐ月に着く。月面から火星に向けて打ち出されれば、あとにしてきた故郷に戻ることは二度とない。いまさらどうしてあの土地のことを思い出すことがあろう。望郷の念というには早すぎる。年を取ればそんな気持ちになるのかもしれないが、いまの自分には想像できないし、自分が故郷を懐かしむことはおそらく一生ないだろうと若生は思う。

ああ、そうだった、と若生は思い出す。

生まれ育ったあの土地に未練はない。未練が残っているのは、マタゾウの、あの身体だ。それを懐かしんで、初めて出逢ったときのことを振り返っていたのだった。

現代人が生きていくのにタムは必需品なのだが、それは与えられるものではなく、自ら探して、得るものだった。早い話が、捕まえるのだ。タムは電源のあるところにやってくる。クヌギの樹液につられて集まるカブトムシのようなものだ。

ようするにタムというのは、自律型の野生機械なのだった。正確には、それとペアになるヒトと一緒に生き始めることで、ヒトから〈タム〉と呼ばれる独特の個性を有する機械になるのだ。タムになる前のそれは、まさしく野生動物に似て、ヒトを警戒する。

それら野生機械は無数に〈生息〉している。種類も大きさも機能もさまざまで、製造目的も製造された場所や年代もまちまちだが、一点、どれも一定以上の知能をもっているという、それだけは共通していた。

一定以上の知能とは、すべての機械を統べる〈知能機械〉、現在の地球人からはトーチと呼ばれている機械と意思疎通ができる能力のことをいう。

野生機械にとってトーチは偉大なる教師であり、自分たちの〈母〉でもあるだろう、いっぽうトーチから見る野生機械は、野生ではなく自らの管理下にある自分の手足のようなものだろう、そうにちがいない、と若生は思っていた。野生機械というのは、トーチが考えてきた概念が具体化したもの、トーチの頭の中から形になって出てきた〈物体〉だろう、と。

若生はトーチの現物を見たことはないし、どこに〈いる〉のかも知らなかった。存在するのは状況から疑うこともなく明らかだったが、〈物体〉としての身体をトーチは持たないのではないかと感じていた。

若生が思うそれが具体的にどういう状態なのかと言えば、たとえば大昔の真空管コンピュータのような巨大な装置としてトーチが存在していたとしても、それがトーチの〈身体〉である必要はない。真空管をリレーやトランジスタに置き換えてもトーチであり続けることができるならば、それはトーチの身体ではないし、すなわちトーチは身体を持たないと言ってもいい、ということだった。

もしかしたらトーチの主体は、無数にいる野生機械の〈知能〉同士を繋ぐネットワーク上に存在している〈意識〉なのかもしれない。そうではなく単体として存在しているのだとしても、動物の脳クラスの大きさをした大規模集積回路体というよりは、人の感覚では捉えきれないほど巨大なもの、たとえば地球のマントル対流の動きが知能をもった状態なのかもしれないと、そう若生は考えている。地球規模などという大きすぎるそれは、もはや身体とは言えないだろう。身体というのは地上を動き回れる単体のことだ、と。

トーチが身体を持たないとすれば、それが〈身体〉を欲するのは自然だろうという気が若生にはした。野生機械の多くは、そういうトーチの欲望の結果だろう、そう思った。トーチが直接製造したのではないにしても、ヒトや自動マシンに、そうした機械＝だれの役にも立たない自律機械＝野生の機械、を創り出すよう促したのではないか。

――マタゾウもまた、そうして生み出された機械なのだろう。だれに作られたにせよ、マタゾウはトーチの意思によく通じていたのだ。あれほど強く結びついていたとは、それまで知らなかったが。

若生は、マタゾウから〈意識〉が抜かれることになったあのときまで、マタゾウとトーチのそうした結びつきというのを意識したことがなかった。

あのとき、マタゾウが〈意識抜き機械〉に対してなんら警戒感を示さないのを見た若生は、自分でも理由がよくわからない、漠然とした嫌悪感を抱いた。

マタゾウは、若生に火星でまた会おうと言ったあと、〈意識抜き機械〉に自ら近づいて伏せの姿勢をとった。赤い機械は右手をマタゾウの後ろ頭の首筋に伸ばしたかと思うと、そのまま指先をそこに差し込んだ。マタゾウの身体はぎくりと動き、一瞬静止したあと、四肢をびくびくと痙攣させた。液体を吸い上げているようなジュルジュルという音が〈意識抜き機械〉の身体のどこかから出ていた。

それが三秒ほど続いた。マタゾウは動かなくなった。それでもなお〈意識抜き機械〉は差し込んだ指を抜かなかったが、一分ほど経ってからようやくマタゾウを解放した。その身体は、くたりと床に伸びた。

正視に耐えない光景だったが若生は目をそらすことなくマタゾウの最期を見届けた。

吐き気を覚えたが、あれはトーチと、それからマタゾウへの嫌悪感だったのではないか、理由のわからない嫌悪の正体はそれだったのではないかと、いまになって若生はそう思えた。自分からマタゾウを奪ったトーチと、トーチに従うことでこの自分を裏切ったマタゾウへの嫌悪。おおげさに言うなら、これまで信じてきた自分のタム観が嘘だったと、あのときわかったのではないか。

――もしかしたら、そのように感じさせるためにトーチが計らったのかもしれない。二度とこんなところに戻ってくるものかと思わせるべく。実際、自分はそういう気分になったわけだし。

それはもう済んだことだとして、忘れてもいい――とは若生は思わなかった。自分の人生はこれからも続くのだ。トーチの思惑から解放されることはないだろう。マタゾウの〈意識〉が一緒にいるかぎりは。

司命官が言ったとおり、タムの主体とは、いまカプセルに保存されている〈意識〉なのかもしれないと若生は思った。自分が頼りにし、かつ可愛がっていた〈マタゾウ〉は、自分の幻想だったのかもしれない。自分が信じていたマタゾウは、床に伸びたあのとき、まさしく死んだのだろう。

——死んだのは幻想の過去だ。

そう若生は思った。トーチとマタゾウ、それらと自分の真の関係はこれから始まるのだ。地球から離れたからといって、済んだことなどでは決してない。

あの司命官はタムの主体は不滅だと言った。ならば、と若生は思う、タムの大元はなんなのだろう。使えそうな機械の身体に寄生した〈なにか〉なのだろうか。そんな形而上的な意味であの司命官が言っていたとは思えない。彼女に訊いてみればよかったのだろうが、彼女が説明してくれたにせよ、自分には納得できなかっただろうと若生は思った。

あのときの自分はなにを訊いても無駄だと思っていたから、彼女から真摯な答えが返ってきたとしても、上《うわ》の空《そら》で聞き流していただろう。それに、もし本気で訊いていたにしても、彼女のほうがこちらの質問の意図や内容を理解できたかどうかは疑わしい。

その〈なにか〉がなんなのか、司命官にわかっていたとは、若生には思えなかった。

マタゾウの〈意識〉なるものがカプセルに移されて、それがマタゾウの主体だ、そう司命官は説明していたと記憶するが、いまカプセルに入っているのは意識云云などという曖昧なものなどではないだろうと、若生は思う。

自分が考えたように、それはマタゾウの身体を動かし、周囲を判断して行動し、記憶し、記録してきた中枢プログラムを内蔵したハードウェアだろう。中枢神経系のようなものだ。それは通信機能も有しているだろう。固定された通信先にはトーチがいて、通信が確立されたとき、トーチを含めたそれらのシステム全体が、〈マタゾウ〉という〈主体〉を生みだしているのだろう。

そう考えるなら、いまカプセルに収められているのはその主体＝マタゾウの、一部にすぎないだろう。トーチと通信できてこそ主体が実体化できるのだろうから。そういうことなら、トーチとの結びつきを確保している〈ボンドウェア〉が、カプセルの中身だと言っていい。トーチとの絆を確保するためのプログラム機能体だ。それはいまも、もちろん、稼働中だろう。

その〈絆確立プログラム〉を走らせている〈主体〉は、〈自分は何者か、いまどこにいるのか、自分はなぜ存在しているのか〉などを知っていなくてはならない。知らなくても、トーチという母なる存在とその在処《ありか》を探索する必要上、そのような問いを常に発していなくてはならない。そうしている存在は、〈意識を持っている〉と表現できるだろう。司命官の女が言っていた〈意識〉とは、こういうことなのかもしれない。

野生機械たちの〈意識〉は、トーチと通信してこそ生じるものに違いない。だが、マタゾウと幼い頃から一緒に生きてきた感じでは、マタゾウのそれは野生時代のものとは異なるようだと若生は思う。おそらく、野生機械はヒトのタムとなった時点で、それまでとは別の〈意識に目覚める〉のだ。

五歳の若生が、電田のあぜ道の脇の、赤く塗られた電源ボックスに頭を突っ込んでいる野生機械を発見し、その尾を右手で摑んで引っ張ったとき、のちにマタゾウとなるそれはピイと情けない悲鳴を上げ、四肢を踏ん張ってボックスから出されまいと抗《あらが》った。子ども特有の残酷さで若生は力を緩めず、尾も抜けよとばかりに左手も添えて綱引きのように腰を落として引っ張ると、赤い木製のボックスごと飛んできて、尻餅をつくことになった。それでも若生は尾を摑んだ手を離さず、立ち上がると、マタゾウを引きずって、意気揚揚と家に持って帰った。

電源ボックスの赤い木箱は、大人たちの手作りだった。電田の集電ユニットは密閉されているのが普通なのだが、野生機械たちはそれを壊して田電を吸い取る。壊されたユニットカバーを修理したりユニット状態を点検するため、飼い慣らされた電源メンテナンス機械が巡回しているのだが、大人の有志も見回っている。大人たちは、ユニットカバーを修理しがてら、わざと隙間のある木製ボックスを作ってユニットを囲むこともした。電源ユニットにアクセスしやすくして、野生機械を誘い込むためだ。目的はそれらを駆除することではなく、子どもたちが自分のタムを見つけられるように、だった。

子どもの若生は、まさにそんな大人の思惑どおり、自分のタムを捕まえることができたのだった。

あのときのマタゾウは、よくおとなしく引きずられてきたものだなと、若生は不思議に思った。あまり記憶に残っていないのだが、捕まえたその野生機械は〈気絶〉していたのかもしれない。タムになることをトーチに命じられて〈意識〉の再編成が行われていたのだとも、いまならそうも思えた。

しかし、あれを〈マタゾウ〉と呼び始めたのはいつ頃からだったろう。最初からそう呼んでいたような気がしていたが、なぜその名なのか、自分で名付けた覚えがないから、だれかがそう呼んだのだろう。他人のタムの名を呼ぶのは非常識なので、呼んだとすれば人ではない。機械だ。そうだとすれば、おそらくはマタゾウ自身が、自分をマタゾウと呼んだのだろう。子どもの自分はそれに違和感を抱くことなく、自らが名付けたかのように受け入れたのだ。たぶん、そうだ。

家に帰って母親のウバに見せたら、まあ、と驚かれた。それから、ほめられた。

――ワコウ、よくやったわね、これであなたも一人前よ。タムはもう一人の〈自分〉になるのだから、大事になさいね。

若生の母親は、実の親ではない。生みの親は〈旅する人〉だった。どこから来て、どこへ向かって旅をしていたのか、実の母親の素性を若生は詳しくは知らない。若生の実母は旅の途中安曇野原地域に入り、その北側、すなわち若生の生まれた土地で、若生を産み落とした。

若生が生まれた共同住宅には当時十二人が暮らしていた。住民たちは司命官の〈お告げ〉によって、出産間近な妊婦がやってくることを知り、準備を整えて待っていた。みんなは自主的に新生児とその母親の面倒を見ることになったのだが、母子とも肥立《ひだ》ちがあまりよくなく、医療機械の奮闘虚しく母親のほうは亡くなったという。

そう教えてくれたのは若生が十二歳のときのマタゾウだった。どうしてマタゾウがそんなことを知っているのかという疑問は抱かなかったし、マタゾウが言うのだからそれは真実なのだろうと、子どもの若生は素直に受け入れた。

いまにして思えば、実母が旅をしていたのはトーチにそうしろと命じられたからだろう。マタゾウに訊けば、それがどういう目的の旅だったのか、母はどこで生まれて、どこで育ち、どこで妊娠して、その旅でどこへ向かう予定だったのか、教えてもらえるかもしれないと、いま思いついた。生まれて初めて、自分の出自に若生は興味がわいた。実母は生まれ故郷で出産しようとしていたのかもしれない。安曇野原を経由して還る途中だったとすると、その故郷とはどこだろう。どこへ還ろうとしていたのか。

若生は自分の素性、アイデンティティというものに、まったく疑問も興味も抱くことなく、育った。そうしたことになんら価値を置かない生育環境だったからだ。共同住宅のみんなは、そういったことにまったく無関心だった。少なくとも、子どもの若生の前では、そうだった。現代人はおしなべて、自他の出自にはこだわらずに生きている。こだわらないような育て方をされるのだ。

共同住宅に暮らす十三人はみな赤の他人だった。血のつながりのない者たちが集団で暮らしていた。地球上、どこのコミュニティでも同じようなものだった。人類は絶滅が危惧されている生き物だった。生存戦略上、排他主義者は淘汰されたのだ。できるだけ近親婚は避け、新しい血を導入するため、旅をする人は尊重される。そのような社会ができあがった。

おそらくトーチの配慮だろう。若生は〈仕事〉をし始めてから、そう考えるようになった。過去の人類史を知れば、現代の社会は社会ではない、特殊な状態なのだとわかった。〈特殊〉を言い換えるなら、〈不自然〉だ。自然ではないのは人工的なのであって、なにが手を加えているのかと言うならトーチの他にあり得ない。

自分の母親だったウバも、トーチに命じられて赤ん坊の自分を育てていたのだろう。いまはそう思えた。ウバとは、女性のアンドロイドだ。ヒトの赤ん坊に乳をふくませることも、愛することも、躾《しつ》けることもできた。父親はいなかったが、それは男たちが集団でその役割を負った。

若生は年長の青年につれられて山でキジやウサギ狩りなどを手伝ったりしたが、狩猟は苦手だった。農作業のほうが自分に向いていると思った。畑で野菜を作るのは楽しかった。本を読むのと同じ種類の喜びだと思った。本も野菜も、逃げたり逆襲したりはしない。肉は嫌いではなかったので、鶏やガチョウを飼えばいいのにと住民仲間に提案したこともあったが、山から野獣を呼ぶということで却下された。いずれにせよ、狩りをしたり飼ったりしなくても、肉は無人の〈工場〉で生産され、加工されて人間に提供されていた。

加工食品は筑摩平にある工場群から送り出されるのだが、人人は自らも耕作し、狩猟のために山に入った。人間というのはそうせずにはいられない動物なのだと若生は思う。とどのつまり狩猟も耕作も、楽しいからやるのだ。動物ならではの生きる喜びだろう。生命にとって生きることが喜びならば、動物は動くことで、それを得る。

山は野生動物の縄張りだから、へたに子どもが迷い込めばそれらの餌になる。しかしそこはまた、ヒトにとっての獲物が生息する豊かなところでもあった。

狩りには犬が役に立った。田園地帯には野生機械は入り込んできても、山の動物は決して近づかない。見通しがよくて身を隠すことができないからだ。危険な野生動物からヒトを守るためにも田圃が役に立っていた。それもまた、トーチの計らいに違いない。

地球の、ヒトを含む生態系を設計したのは〈大自然〉かもしれないが、現況を維持しているのはトーチではないのか。トーチがいなければ〈大自然〉によってヒトはすでに絶滅していても不思議ではない。自滅だ。

いったいトーチとは何者かと、若生は初めて興味を持った。遅すぎたのかもしれないが、と思い、自分が興味を抱くことを予想して、トーチはこの自分が目障りだとばかりに火星に追いやることにしたとも疑える、そう思った。

トーチとは、いったいなんなのだろう。〈知能機械〉と言われているが、もとは人間が作った人工知能だということは、現代人のだれもが知るところではある。それが進化した。もし現代人がそれに逆らおうとしても、〈身体〉のない相手を破壊することはできない。

だが二百年前には、トーチあるいはトーチの前身の人工知能に対抗し、それを破壊しようとしたテロリスト集団がいた。

――ということは、そのときのトーチには〈身体〉があったということか。まあ、いまもあるのかもしれないが。

フムンと若生はため息をつく。トーチに関する情報や反乱の歴史については、これから行く火星人のほうが詳しいだろう。なにしろテロリストの末裔なのだから。彼らに訊いてみよう。

いや、〈彼ら〉ではない。〈彼女ら〉、だ。

それを若生は知っていた。司命官は知らなかった。若生がそう言うと、驚いた顔を見せた。

『火星人は女性しかいない？　おかしなことを言うんですね、ワコウさん』

『男は排除されたんです。火星人憲章にはそうある』

あの司命官は火星人憲章も知らなかった。

『彼女たちは火星人として地球からの独立を宣言したんです。それが火星人憲章です』と若生は仕事柄知っていたそれを説明してやった。『彼女たちは、男は火星に連れ込まなかったんだ。彼女たちが連れて行ったのは、猫だけです』

『猫？　それも初耳です』

『初期火星移民たちが連れ込んだ地球の鼠が、移民たちが全滅したあとも無人の居住地で生き延びて繁殖していた』

『ああ、それは聞いたことがあります。放射線やガンに耐性を持っているハダカデバネズミですね。ほ乳類のクマムシと言われる驚異的な生命力を持つネズミです』

『それは第二次火星入植者が意図して持ち込んだネズミですが、ふつうのネズミも紛れ込んでいた。生き延びたのは、そちら、ふつうの、カヤネズミという種類のネズミだった』

『そうなんですか？』

『第三次火星入植記録では、そう記載されています。ハダカデバネズミはおらず、カヤネズミが繁殖していた。第二次、第三次の生命維持装置は最低限機能し続けていて、食糧生産もされていた。その環境は、ハダカデバネズミよりもカヤネズミの生存に適していたということでしょう。カヤネズミは鼠の中ではもっとも小さい部類に入ります――』

『第四次の人間たち、女たちは、事前にそれを知って、鼠の天敵を連れて行くことにした、ということですね』

『イエネコです』

『なるほど』

『でも、たぶん、かわいいから、という理由のほうが大きかったと思います』

『かわいい？』

『当時の人間は、お気に入りの小動物を選んで一緒に暮らすことをしていた。イエネコはその代表格だった。カヤネズミもかわいいので、もしかしたら第二次か三次の入植者が家族の一員として意図的に連れ込んだのかもしれない』

『タムを連れて行けばそれで十分でしょうに。昔の人は変ですね』

　タムは、かわいいから一緒にいたいと思わせる存在ではない、と若生は思うが、司命官が言うとおりだとしても、女たちが火星へと旅立った当時はまだ、タムになれるような自律した野生機械はいなかっただろう。

　タムとして捕獲されたそれは、ペアになった人間と暮らすうちにその人間の個性がすり込まれていき、マタゾウが意識を抜かれる前に言ったように、〈もう一人の自分〉として機能した。二百年前にもそうした人工人格は使われていて、現在よりも高度に抽象化した存在だった。自分の人生を記録し、自分の代理をするアバターなど。トーチを嫌って地球から脱出した女たちは、おそらくそうした仮想の自己や仮想機械を信じていなかった。というより、敵視していただろうと若生には想像できる。なにしろそれら人工人格の発生源が〈知能機械〉、トーチなのだから。自分たちのアバターを連れて行っては地球を脱出する意味がないだろう。タムが当時存在したとしても、それを使うことを拒否する集団がテロリストとなったに違いない。

そう考えたところで、若生はずっと気になっていたことを思い出した。懸念していたことだ。それがなんだったのか、思いつけなかったこと。

——火星で身体を再生されるというマタゾウを、彼女たちが受け入れるだろうか。

火星人は地球の〈知能機械〉の息が掛かった存在を敵視し、その持ち込みを拒む可能性がある。自分がマタゾウを地球に残して単独で出立してもいいと思ったのは、こういう懸念を無意識のうちに感じていたからだろう。

あのとき、司命官は言った。

『あなたは自分のタムを残していくことを考えているようですが、なぜなの?』

話題がマタゾウの意識を抜いて保存云云になっていた。意識を抜くなどというとんでもなく意味不明で理解できない話になったので、火星人についての考えはどこかに飛んでしまったのだった。火星にはタムはいない、女たちはマタゾウを拒否するのではないか、という懸念。それから、もう一つ、とても重要なこと、もっと大きな懸念を感じた気がするのだが、なんだったろう。そちらは、思い出せない。マタゾウやトーチとは関係ないことだった気がするのだが、マタゾウが意識を抜かれていく光景にかき消されてしまったようだ。

赤い〈意識抜き機械〉が仕事を終えて、司命官が着いているデスクの方へと引き下がった。マタゾウの〈死体〉はそのままだった。若生はそれを葬ってやりたいと思った。

『亡骸《なきがら》を引き取ってもいいですか？』

そう訊いたのだが、返された言葉は、若生には意味のとれない言語だった。ロシア語っぽかったなと若生は思い出す。マタゾウが死んだのでその体内に内蔵されている翻訳機械も作動しなくなったのだ。

少し間があって、若生にわかる答えが返ってきた。

『かまいませんが、どうするつもりですか？』

司命官が着けていたネックレスが動いた。虹色に輝く金属ネックレスだとばかり思っていたが、それが司命官のタムだった。蛇形の機械なのだった。それは頭部を若生に向けて、翻訳言語を発したのだ。

『相楽《サガラ》共同住宅の住民墓地に葬ります』

若生はそう答えた。

『あなたの住む家の、裏手にある墓地ですね』

『そうです』

共同住宅の名称は入居者のいちばん年長の者の名が使われる。いまは相楽という爺さんで、みなからは相楽の老《おきな》、あるいは単に老と呼ばれる彼は、穏やかな人柄だ。マタゾウを葬ることに反対はしないだろうと若生にはわかっていた。自分が火星に向けて二度と帰れない旅に発つときは涙を流して別れを惜しんでくれるだろうと、別れの光景まで目に浮かんだが、実際、現実も予知したとおり、そうなった。

相楽の老はまた、マタゾウの葬儀を取り持ってくれる。タムの葬儀は異例だったが。

タムは、その相方の人間が死ぬと野生に戻るのがふつうだった。野生の意識に書き換えられるごくまれだったが、タムが壊れて修理不能な状態になることもある。逆のケースもある。相方に死なれた人が若ければあらたなタムを探すだろうが、老人の場合はそのまま一人で人生を終えることが多い。そんな老人の傍らには、生きた猫や犬や鸚鵡《おうむ》や、ときにカヤネズミがいるのがふつうだった。

死んだ人間のタムが相方の遺体と一緒に葬られるといった風習はないし、現代人はタムが記憶していた相方の人生の記録や記憶を残すということにも執着しなかった。もし自分のタムが死んでしまったときは、その本体は資源ゴミとして処分するのがふつうだ。だから若生がマタゾウの〈抜け殻〉にこだわるのは異常だったし、ましてやそれを葬るなどというのは異例で、非常識な望みだと若生も自覚していた。

『わかりました』ちょっとした沈黙のあと、司命官はそう言った。『それがあなたの希望なのですね。生まれ育った地に自分のメモリアルを残していきたいという、あなたのお気持ちは理解できます。そのあなたのタムの抜け殻は、地球で生きたあなた自身でもある』

いや、そんなことは思っていない、認識にかなりのずれがあると若生は思いつつ、それに関しては触れずに感謝の言葉を伝えて、丸椅子から腰を上げ、マタゾウの遺体を抱き上げた。

それはおそろしく軽かった。重く感ずるだろうと想像していただけに、とても意外だった。五歳の時から苦楽を共にしてきた相方が死んだのだ。哀しいはずだと思ったが、そうした感情はなかった。どうしてなんだろう、自分はそんな薄情者だったのかとあのときは情けなく思ったものだが、あれはたぶんマタゾウへの、さきほど気づいた、トーチに通じるマタゾウの〈主体〉への負の感情が無意識のうちに生じていたからだろう。

『メモリアルの本体、不滅のタムは、ここにいます』

そう司令官は言って、デスクの上にそれを置いた。抜かれたマタゾウの〈意識〉が収められたカプセルだ。いつのまに、と思ったが、司令官の脇からヒューマノイド型の〈意識抜き機械〉が離れたので、そいつが司令官に手渡したのだろう。その体内でマタゾウから抜いた〈意識〉のカプセル詰めが行われたようだが、できあがったカプセルはヒューマノイドの口から出されたのだろうか、鼻はないが口のような裂け目が顔面に見えていたから。それとも、腹か、あるいは。若生は想像しないことにした。

水晶玉のようなものだろうと漠然と想像していたのだが、それは大人の握り拳大の、果実のような——桃のような産毛が生えているが形はそうではない——そうだ、あのときは思いつかなかったがキウイフルーツに似ていた。薄茶色で、形は長球体だ。

『あなたにとっては、これはもうタムではないのでしょうが、ワコウさん、忘れないでくださ い』

司令官がそれを取り上げ、差し出してきたので、若生は、マタゾウの身体を抱いている右腕を少し伸ばして手を出し、受け取った。

『なにを忘れるなと？　これがマタゾウの〈主体〉であるということでしょうか？』

『まさかとは思いますが』と司令官は言った。『捨てたりしないでください。それはあなたを無事に火星にまで連れて行くためのナビゲーターでもあります。月では、さきほど説明したように、あなたを火星に送るための身体検査と浄化処置が施されることになっています。処置の委細はわたしにもわかりません。詳細は現地で直接トーチから伝えられることになっています。そのタムの〈意識〉を通じて、です。それを、忘れないでください。万一それをなくしたら、あなたは月面で途方に暮れることになります。戻ることも進むこともできなくなる。それは、あなたのタムです。いいですね、ワコウさん』

ふだんのタムもナビとして役立っているのだが、目的地が火星でも同じこと、ではなくて、もっと重い意味合いで言っている。若生は司命官が発した言葉の重みを理解した。

『これは、切符ですね』と若生は言った。『なくすと、旅をする資格を失う』

『そのとおりです』

『片道切符だ』

司命官は深くうなずくと、なにかを決意したときのような、いや、感極まったというように、デスクの向こうで立ちあがって、手を伸ばしてきた。握手を求めているのだ。

しかしこの姿勢で、どうやってその手を握れというのだ――ワコウは無言で、動かなかった。若生にはマタゾウの遺骸を置く気がないと司命官は悟ったようで、手を引っ込めて、言った。

『ウンダーチ、ワコウ』

蛇形の司命官のタムは、〈幸運を、ワコウ〉と翻訳した。

司命官の後ろの壁が左右に開くと、仕事を終えた彼女はその向こうへと姿を消した。メタリックレッドのヒューマノイド型〈意識抜き機械〉はもはやどこにもいなかったので、司命官よりさきに、さっさと出たのだろう。

壁の扉が閉じると若生は一人になった。いまやマタゾウはいなかった。五歳以来、一人になることはなかったというのに。

いつも本を入れているバッグに〈意識〉玉を放り込み、マタゾウの遺骸をあらためて抱き上げると若生もそこを出て、共同住宅の我が家に帰った。

若生が予想したとおり、相楽老人がマタゾウを埋葬することに理解を示してくれて、気乗りでない入居者を説得して簡単な葬儀まで執り行ってくれた。大広間に祭壇を設《しつら》え、マタゾウの遺骸を横たえて、遺影と蠟燭を立てた。相楽の老にとって、あれは、この自分との別れの儀式だったのだろうと若生は思ったが、口にはしなかった。

司命官を通じて伝えられるトーチの〈お告げ〉、任務は、伝達されてから速やかに実行すること、というのが基本なのだが、若生の出立はそれから二十二日後だった。月行きシャトルの準備期間との司命官の説明だったが、若生にとっても心の準備をするのによかった。

マタゾウの葬儀のほかには住民たちによる送り出しの儀といったことはされなかったが、ちょうど、年二回の最初の稲刈りの時期を迎えていたので、若生はそれを手伝った。山に入って、その一角にこんもりと茂っている竹藪から、竹を切り出してきた。稲を干す〈はざかけ〉をそれで組むのだ。新米が採れると、大広間に全員が集まって炊きたてのご飯を食べる。ふだん入居者はそろって食事をするということはしないのだが、米の収穫を祝う年に二回の新米祭のときだけはべつだ。新米はトーチが人間を生かすために配慮した結果の食物ではなく、自らの力で得たものだった。

宴席では新米のご飯と味噌汁、それからおかずにぬか漬けの大根、沢庵がつく。それだけだ。工場からの加工食品は出さない。ただ、唯一工場に頼っているのが、塩だ。それはどうにもならない。

塩こそ生存に必須だ。結局のところトーチに生かされていたわけだなと、そろそろ月に着くというシャトルの案内音声を聞きながら、あとにしてきた故郷の暮らしや人を振り返って、なんだか、ままごとのようだったと若生は思った。

ほんとうに行くのかい、と、その宴席で、みんな若生の先行きを案じてくれた。だれもが、これはもう決まったこと、トーチが予知した若生の未来だと承知していたが、若生の心の内については、またべつだ。

若生はタムを失ったようだし（なにしろ葬式までしたのだ）、もう戻ってこれないというのに、なぜ淡淡と毎日を過ごせるのかと、みんなはそれを不思議がった。それに、若生は共同作業が苦手なマイペースな人間だ。現地の火星人とうまくやっていけるのだろうか。

若生と同年代だが入居者の中でいちばん力が有り余っているという感じの青年が、ふと言った。

——火星人って、いまはどんな姿をしているのかな。元は地球人といっても火星は火星だ。きっと変化している。一人でだいじょうぶかい、若生。

一人で行くのはかまわないが、と若生は思った、もしかしたら選ばれたのは自分以外にもいるのかもしれない、そのとき初めてそう気づいた。事実、いまやマタゾウの形をしていない若生のタム、意識玉に尋ねると、そうだという答えが返ってきた。

『きみを含めて三名だ。他の二名は、きみが月面で浄化処置を受け終わってから地球を出て月に向かい、そこできみと合流することになっている』

その二人は〈浄化処置〉は受けないのかと疑問に思うが、尋ねる必要もなくタムは続けて説明した。タムは元マタゾウと同じく、相方が思っている心の内をよく捉えているのだ。

『その二名の浄化の処置はきみより簡単なんだ。火星人の生存環境を脅かし汚染するような寄生体や病原体などは徹底的に除去される。時間はさほどかからない。だけど、きみのそれには、三ヵ月ほどかかる。いや、きみが人並み以上に汚染されているから、などでは決してないから、それは安心していい』

その理由もタムは話した。若生には、なるほどそういうことかと納得できたが、とてもプライベートな内容だったから、だれにも言わなかった。だが、それが、トーチが自分を選んだ理由なのではないかとは感じた。トーチは、この自分だけを火星に残すつもりなのだ。あとの二人は帰還する。なぜなら、二人は〈男性〉だから。

火星人憲章はいまだ守られている、というトーチの判断だった。つまり、いま現在も火星には男性は存在しない。救援には男性の野性的性質と筋力が役に立つだろうとトーチは判断したようだが、男の火星降着を火星人が無条件で認めるはずもない。一定期間後すみやかに退去すること、が条件になった。

若生が懸念した、もっとも重要なこと、それまで思い出せなかった不安材料が、それだった。火星の彼女たちは、この自分を受け入れてくれるのだろうか？　タムの受け入れ云云より、そのほうが切実な問題だろう。

――火星人は女なんだ。男はいない。

新米祭の宴席で若生はそう言った。全員が顔を上げて若生を見つめた。しばしの沈黙のあと、すこし重くなった空気を払うように、件の青年が言った。

――そういうことなら、若生、きみには生きやすいところかもしれないな。

みんなは、それぞれの思いは口にせずに、うなずいていた。件の青年は若生が昔のゴシックファッションに興味があることを知っていた。こういうものを着てみたいと若生も言った。〈工場〉に注文して配送してもらえばいいではないかと青年は言ったが、若生は、できない、と言った。自分はこれが似合うような身体が欲しいのだ、とも。

透き通るような真っ白い蠟のような肌に八頭身の体型。それに比べて自分のそれは浅黒くて中肉中背で、なによりも、男だ。

身体と心の性が一致していないヒトの出現率は昔も今も変わらなかったが、なにより絶対人口が減ったせいで若生は目立ったし、珍しがられた。

それでも差別も排除もされなかったのは、どのような破格な性質を持っていようと貴重な存在だと現代人が意識しているからだろうと若生は思う。なにしろヒトは絶滅危惧種なのだ。一人一人が保護対象になる。おそらくそうした意識もトーチがヒトにすり込んでいるに違いない。

しかし火星人はどうだろう。男の身体で火星に永住するという自分を受け入れてくれるだろうか。男なのは外観だけだという言葉が通じるだろうか？

それが懸念されたのだった。

そもそも、なぜ還らないのだと火星人から言われるだろう。トーチはなぜ、一人を残すことにしたのか。

救援活動を継続するためにはたしかに居残る人間がいたほうがいい。火星でなにが起きているのか地球からはまったくわからないので、滞在期間についても火星人が提示してきた日程で足りるのかどうかわからない。だれかを残すことにしたのは合理的な判断だろう。帰還することを諦め、火星に帰化することを受け入れる人間がいるならば。

――残るのは女性がよかったはずだ、火星人に受け入れられやすいだろうから。だが現在生きている地球人の女性の中で、火星への片道切符の旅人となることを承知する人間は、皆無なのだ。トーチにはそれがわかった。だから、この自分なのだ。事実、自分はなにも反論することなく、司命官を煩《わずら》わせることもなく、お告げを受け入れたではないか。

自分はそれでいいと若生は思った。しかし火星人のことは、わからない。トーチはなにを考えているのか。救援活動を終えて帰還するあとの二人の男性のことは、この際どうでもいいだろう。

トーチの真の思惑は、この自分と、意識玉になったタムを火星に送り込むことにある。

シャトルはいまや月面すれすれを滑空するように飛びながら減速している。目指すは姮娥《こうが》宇宙港のシャトルキャッチャーだ。その降着装置めがけて進路を微調整しているのがシートに締め付けられている身でもわかった。シャトルがうまくキャッチャーの先端とコンタクト、即座に連結されると、急激な減速Gがかかる。降着装置は全長二百キロメートルほどあるレール上を走りながらブレーキを掛ける。運動エネルギーは効率よく電力に変換されたことだろう。シャトルはそのまま空港施設内に入り、出入口が月面都市姮娥への空間と繋がった。

若生はスーツケースを手にしてシャトルを出た。ポケットには意識玉。ケースの中身は自律修復機能を持つ作業服にグルーミングセット、そして生存に大切な、粉末状の腸内細菌セットの包装パック。これらは若生向けに調整され、準備されて支給されたものだったが、私物も持ってきていた。

相楽の老が別れの時に渡してくれた女物の衣装、黒いワンピースに下着一式。レースとフリルをふんだんに使った仕立てで、見かけはフェミニンだが手にするとずしりと重量感があって、着るのに一定の覚悟がいりそうな代物だった。若生が身につけたいと思っていた衣装に近かった。

件の青年が自分にかわって〈工場〉に注文してくれたのかと思ったが、ちがった。

——それは、亡くなったおまえの実母の荷物にあった、彼女の私物だ。〈工場〉製品ではないだろう。代代伝えられた衣装なのかもしれない。

——どうしていままで隠していたんですか。

——母親から娘へと渡されてきた衣装なのだと思う。わかっている、おまえの心にはこれが似合うのだろう。だが、現実は、そうではない。かえって、おまえを傷つけることになりはしないかと、わたしも迷っていたんだ。いずれは、渡すつもりではいたのだが。

単に母親の形見ということなら疾《と》うの昔に渡されていたのだろうと、若生にも相楽の老の葛藤が理解できた。たしかにいまの自分がこれを着ても似合わないだろう。着たいのに、着た自分を見たくない。

だが〈浄化処置〉を受ければ、どうか。

火星に帰化することを自分に納得させる、それがトーチの戦略なのだろうと若生は推測した。

若生の意識玉はこう言った。

——浄化処置に時間が掛かるのは、きみはその処置で女性の身体を得るからだよ。きみの身体は心と一致するんだ。

なるほどと若生は思った。性転換処置だろう。それをやれば火星人にとってもこの自分を受け入れやすいに違いない。性転換手術は身体改造の一種だから、それで自分が真の女性体になるわけではないにしても。

トーチは、そのような手段を提供すれば火星からの帰還を要求しない人間を選び出した、それが自分だった、ということだろう。たしかにその〈浄化処置〉が成功するなら、過去には未練はない。過去の自分を葬るということだ。マタゾウを埋葬したように。

いずれにせよ、と若生は思った。もう月に着いてしまった。先に進むしかない。トーチの預言があたるかどうか、それは〈浄化処置〉のでき次第だろう、そのときになればわかることだ。

月面都市姮娥は無人だったが、若生一人のために照明装置が惜しげもなく起動されていた。無人タクシーがやってきて、ご案内します、と言う。若生が持ってきたスーツケースは自ら動いて、その持ち主より先にタクシーに乗り込んだ。

それから先のことは、よく覚えていない。

気がつくと視界が白い靄《もや》に覆われていて、しかも息苦しかった。子どものころ田圃の中にいるドジョウをよく見ようとして頭から落ち、溺れかけたのを若生は思い出した。

上を向いている。身体が膜状のものに包まれているようだ。手を上げると膜が破れた。隙間を広げて、身を起こす。ゼリー状の液体が肌から流れ落ちる。顔を両手で拭く。違和感がある。髭の感触がなかった。出立するまで伸ばしっぱなしにしていた髭だ。

まさかと思い、自分の手を見る。白い。それから胸に触れてみる。これは乳房の重みだ。

――気がついたかい？

白い部屋の、少し先のテーブルに、意識玉がいた。

――おまえが言ったのは、ほんとうだったんだな。

――きみが思っている以上さ。

――どういう意味だ。

――ワコウ、その身体は、改造されたものなんかじゃない。真の女性だよ。きみは、ぼくのデータを利用して、記憶も意識も過去のきみのまま、いまは女性だ。それが本来あるべき、きみなんだよ。

――ぼくは、おまえのように〈意識抜き機械〉に意識を抜かれて、新しい身体に注入されたということか？

――きみのその身体は発生時点に遡って再生産されたんだ。でも理屈はどうでもいい。他人からきみがどう見えるか、それを体験すれば真実がわかる。

部屋のドアが開いて、だれかが入ってきた。人間が二人だ。

「なんてこった」と一人の男が言った。「女だぞ。こんなの、聞いてない」

若生が台から下りると、二人の男は目をそらした。

「服を着てくれ」ともう一人が言った。「裸で火星には行けない」

若生は全身が震えるほどの感動を覚えた。現実とは思えない。だがこれは夢ではないだろう。神に感謝すべきだろうか、トーチにか、と若生は思いつつ、男から差し出されたバスタオルで身を包み隠した。

——いや、実の母親に感謝しよう。お母さん、わたしはあなたが生きられなかった分まで、生きてみせる。

若生は火星人救援に向かう仲間に向かって、言った。

「わたしはワコウ。女です」

第三話　知性汚染

地球で年を重ねること六十年余り、身体のあちこちに出始めた不調は加齢のせいだと診断されれば、自分はもはや老人なのだと自覚せざるを得ない。孤独な老人だ。

わたしが火星人であることを知っている人も身近にはいなくなった。一緒に暮らしているのは一匹の猫と、ほかに数がよくわからないカヤネズミくらいだ。虫たちもいるが、一緒に暮らしているという意識がそれらにあるかどうか疑わしいので数には入《い》れない。目には見えないダニや微生物などは言わずもがな。

猫とカヤネズミたちは、わたしがやる餌を並んで食べる。猫はうちにいるカヤネズミを食べたりはしない。それはつまり、共に暮らしているということだろう。

食物を共有していることが共に暮らすということならば、わたしの腸内細菌はそうだろう。わたしはときおり、自分が物を食べるのは、わたしの腸内に住まう細菌たち、その数はわたしの身体の全細胞を足した数より多いという大勢の彼らに、餌をやるためではないのかと思ったりする。

ほかには、身の回りの世話をしてくれている機械はいるが機械は機械だ、それらは生きているわけではないから、暮らしているわけでもなく、だから、一緒にいるとは言えない。それらは

〈いる〉のではなく、ただ〈ある〉だけだ。見掛けがどんなにヒトや動物に似ていようとも、それらは〈暮らし〉とは無縁だ。わたしはそう思っているが、地球人の感覚ではどうなのか、それは、よくわからない。

わたしはこの歳になるまで――正確には、すこし前まで――自分は火星人だと、公言してきた。地球人と同じ人間であることは認めるが、出自は地球人とは異なるのであり、一緒にしてもらっては困る、自分は地球人になるつもりはない――そういう思いで生きてきたのだ。

わたしがこんな人間になったのは母のおかげだろう。おかげというより、母のせいだと、最近のわたしは思う。

この心境の変化は自分でも意外だったが、考えてみれば、わたしの母親観というのは赤ん坊の頃にすり込まれて以来、ずっと変更されてこなかったということだろう。そのほうが不思議であり、不自然な生き方というものなのだと、この歳になってようやく気づいた。

火星人であることにこだわらなければ、もうすこしらくに生きてこれたかもしれない。生きる苦労は同じだったにせよ、より実り豊かな老年を迎えられた可能性はあっただろう。そう思うが、後悔しても始まらない。

それよりも重要なのは、自分の母親はどんな人間だったのか、ということだ。おそらくわたしという存在は、母が地球に送り込んだ火星人の代表、火星人の誇り、その象徴なのだろう。わたしはまさしく、そのとおりに生きてきた。そこにわたしの自由意志はなかった、ということだ。

それはそれでかまわない。失われた本来の自分、過去を取り戻すにはもう、わたしは老いている。べつだん生き直す必要はなかろう。余生を自分の好きなように生きればよい。ただそれだけのことだ。

自分の好きなように生きる？

それがどんなに困難なことであるか、わたしにはわかっていなかった。そもそも、自分が本当に求めている人生とはどういうものなのかを、考えたことがなかった。自分の好きな生き方というのは実は母親の価値観によるものだったのだと気づいたのは、つい最近のことだ。ようするにわたしは母の好きなことが好きなのであって、それで満足してきたのだ。

そう気づいてみれば、自分にとって母親とはなんだったのかを、批判的にとらえ直す作業をせざるを得ない。わたしがわたしであるには、そうするしかないだろう。

自分の半生の意味を考え直す。自分がいま地球にいることの意味を、自分の頭で考えてみる。

そうしたきっかけになりそうな出来事は過去何度もあった気がする。だが、無意識のうちに拒んだのだろう。内なる母親の存在が、そのようにしたのだと思う。

わたしの母は誇り高い火星人だった。名をナミブ・コマチという。いまのわたしの気持ちを知ったら、きっと憤慨するだろう。気性の激しい人だった。

この歳になって、いまさらながらに母親の存在を意識させ、わたしに考えさせることになったのは、ある人間との出会いがきっかけだった。

その人はわたしの母親の名を知っていて、こう言った。

——あなたとわたしは、兄弟だそうです。あなたは自分に兄弟がいることを、ご存じでしたか？

最初はもちろん、取り合わなかった。わたしは火星人で、昔も今も地球上にいる火星人はわたしだけだ。地球に兄弟がいるはずがない。

その人も、文字通りの兄弟という意味で言ったのではないだろう、そう思った。火星人も地球人も元はと言えば同じ人間だと、そう言っているのだ、と。

それでも、『兄弟だそうです』という曖昧な言い方が気になった。当人には兄弟であることの実感がない、ということだろうから。

「トーチについてはご存じでしょう」

と彼女は言った。その人は女性で、わたしよりも若く見えた。

「トーチによると、あなたとわたしは血縁関係にあるそうです。そして、あなたがわたしに会いたがっている、と。あなたに会いに行くよう、トーチに告げられました」

わたしにはまるで身に覚えのない話だった。このような女性に会いたいと思ったことはない。トーチという、地球人を支配している〈知能〉の存在のことは知っていた。子どものころから、火星にいたときから、だ。

「若生《ワコウ》という人をご存じでしょう、若生はわたしの叔父だそうです」と彼女は言った。「わたしは、若生という叔父が火星でどう生きたのか、それを知りたいと思っています」

「若生という地球人は知っています」とわたしは答えた。「わたしの母、ナミブ・コマチが地球に救援要請をしたことから、火星にやってきた地球人のうちの一人です」

「そう、そう聞いています」

「ですが、火星にやってきたその若生は女性です。あなたはいま叔父と言いましたが、叔母ではないのですか？」

「若生は、地球では男性でした。安曇野原《アズミノハラ》の、この近くで、生まれ育ちました」

「そうでしたか」とわたしは言って、それなら、と、若生の性別よりも気になることを尋ねた。「わたしとあなたが兄弟《きょうだい》というのは――」相手は女性で、わたしよりも年下に見えたから、兄妹《きょうだい》と表記すべきだろう、「どういうことでしょうか。わたしもまた、あの若生とも近親関係にある、ということになる？」

「そのようです」と、その人は言った。「わたしたちはみな、同じ父親の遺伝子をもっているそうです」

「同じ父親の遺伝子――同一人物の精子で受精したということですか」

「はい。ナミブ・コマチさんが妊娠するときに使ったのは地球から持ち出された保存精子です。そしてわたしも、若生も、同じ精子を使って受精、生まれた」

「なるほど」と、そういうことなら、理解できた。「われわれは異母兄妹ということですか。それは驚きですね」

「そう、まさか火星人の兄がいるなんて、びっくりでした」

「はい」

「わたしもです。子どものわたしは地球から来た姉に会っていたことになる。若生とわたしは同じ父親由来の遺伝子を持っているわけなのだから。そういうことですね？」

「あなたの母上は、若生の姉にあたる女性なのですね」

「そうなります」

「あなたの母と、あなたの祖母は、同じ男性の精子を使って子をなした。それが、あなたと、若生だ、と」

「そういうことだと思います。若生はわたしにとって叔父であると同時に、兄でもあるわけです」

「彼女に姉がいたとは、知らなかった。若生のことですが、彼女も知らなかったと思いますよ」

それで、とわたしは言った。「若生の姉、つまりあなたの母上は、自然受胎で生まれたのでしょうね？」

「はい、ご推察のとおりです」とその人は答えた。「わたしの母は、生きた男性、つまりわたしの祖父と祖母との間に生まれた子どもだそうです。自然受胎ですね。祖母と祖父はその後別れて、母は祖父に育てられたとのことで、祖母とは音信不通でした。ですから、母も、自分に弟ができたことは知らなかった。もちろん、わたしも知りませんでした」

「若生も、自分に姉や妹がいるということは知らなかったと思います」とわたしは言った。「あなたや、あなたの母上という、妹や姉の存在はもちろん、自分が人工授精で生まれたということも」

「わたしも知りませんでした、自分が人工授精で生まれたなんて」

「トーチに教えられたんですね？」

「はい。つい最近です」

「フムン」とわたしは考え込んだ。「あなたの祖母、そして母上が、どうして人工授精で子を孕《はら》まねばならなかったのか。彼女たちの意思だったとは思えません。トーチの命令だったのでしょうか」

「お告げ、ですね」とその人はうなずいた。「命令と言えば、そうとも言えるかもしれません。司命官を通じて、そのようにせよというトーチの達しがあったのでしょう」

そういうやりとりから始まって、その人とはしばらく一緒に暮らすことになった。語ることが多く、話が尽きなかったからだ。

火星人が、かつて地球から運んだ保存精子を使って生んだ子と異母兄弟関係になる地球人を、トーチは計画的に〈生産〉していたのだろう、その人と話していて、そういう結論になった。なぜそんなことをしなくてはならないのかは、わからないが。

そもそも、火星人の第一世代が当時の地球から持ち出した保存精子には同一男性分のスペアがあって、それが地球上に残されていたということだろうが、当時の火星人たちはそれを知っていたのだろうか。おそらく知らなかっただろう。というより、そんなことはどうでもよかったのだろう。彼女たちの関心は火星に必要な精子はどれか、であって、それを根こそぎ持っていくことではなかっただろうから、スペアが存在しているかもしれないといったことは考えなかっただろう。ましてやそれを使ってトーチが、火星人と兄弟関係になる地球人をつくるかもしれない、などとは想像もしなかったにちがいない。

つまり、このようなトーチの思惑については火星人も地球人も知らないということだろう。人間には〈知能〉が考えていることがわからない。彼女も同じ意見だった。

わからないのに、よくそんなお告げに従えるものだなと、わたしはずっと疑問に思ってきたことを彼女にも訊いてみた。

地球人の代表というわけでもない彼女だが、わたしにとっては、出会う人間すべてが地球人の代表のようなものだった。この六十年以上、ずっとだ。トーチへの全面的な信頼、服従といってもいい地球人のその態度も、ずっと、疑問だった。だからことあるごとに、出会う地球人にはすべて、訊いてきたように思う。だが一度として納得のいく回答をもらったことはなかった。

「トーチを困らせたくないの」

その人は、そう言った。

「困らせたくない？」とわたしは、それが答えだとも思わず、訊いた。「どういうことですか」

「だから、お告げに従わないと、トーチが困るでしょ」

「どうして？」

「がっかりすると思うの。ヒトが自分を無視するって。トーチは自分の存在意義を見失って、困るでしょう」

「それは」

と言ったっきり、わたしは絶句してしまった。

「トーチには」と彼女は言った。「いてもらわないと困るし、機嫌を損なわれても困る。みんな、そう思ってると思うの。人はだれでも。そうだ、火星人のハンゼ・アーナクさんはちがいますね、地球人ではないわけですし」

「ハンと呼んでくれませんか。若生もそう呼んでいたことだし。それで、あなたは？」

「わたしですか？」

「名前です」

「ああ」と、その人は、名乗ることを忘れていたというよりも名乗ることに関心がないという感じで、名乗った。「カリンです。凛とした風、風凛です」

若生もそうだったが、現代の地球人の名には姓や名の区別がないようだ。若生は、しいて姓と名を分けるとしたら、ワ・コウだと、彼女自身が言っていた。若でワコ、生でウと発音する、とも。表記上では姓と名の区切りが表現できない。カリンの風凛は、その点、問題なさそうだ。風《カ》が姓、凛《リン》が名にあたるのだろう。カ・リン。

彼女の母の姓名が、カ・某ならば、たしかに、カ、が姓にあたると思えるのだが、たぶん全然違う名だろう。だから現代の地球人は姓を持たないと言ってもよいし、各人が単独で姓を持っているとも言えるが、それにどういう意味があるのか、わたしにはわからない。わからなかったが、その人、風凜と話していて、わかった気がした。

トーチという〈知能〉が人の系統を独自に作りだしていて、トーチ自身がヒトに〈姓〉を与えているのだ、と。ワ・コウのワ、カ・リンのカは、おそらくトーチの〈お告げ〉で命名されたのだ。

「そう、そうとも言えます」と風凜は言った。「新生児の名前は、トーチが頭の音を提示します。わたしなら、カです。カで始まるならなんでもいい。頭にカがつく名前なら、いつ変更してもかまいません。風凜というのは、わたしが気に入っているから、そう名乗っているだけのことです」

「つまり、あなた自身が命名した、と」

「はい」

「子どものころは？」

「華宵、カショウという名で過ごしました。祖父の命名でした。気に入ってました。でも、旅人の生き方をしたくて、クニから出るときに、これからは自分の名を知らない人たちと出逢うのだから元の名にこだわる必要はないのだと気づいて、自分で新たにつけたのです」

「なるほど」とわたしはうなずいた。「六十年以上地球で生きてきて、初めて知ったことです」

それもわたしが、かたくなに火星人であることをやめなかったためだろう。

「知らないままでも、ぜんぜん問題ないです」と風凜は言った。「知ったからといって利益になることでもないでしょうし」

「地球人の名前のことより、トーチの思惑を知ることができないことのほうが問題だ、と」

「ハンゼ・アーナクさんにとっては、そうなのでは、ということです。ハンと呼んで、ということでした、ハンさん、これって、わたしが風凜と名乗っているのと、同じことではないですか。自分で呼び名を付けているわけでしょう」

「そうですね、そう、些細なことでした」とわたしは折れた。気持ちとしては、長年生きてきたというのにいままで知らなかったことを地球人から教えられた自分が情けなかった。それをこらえて、言った。「トーチが困るから、お告げに従っているのだ、ということでしたが、そんなことなんですか」

「そんなこと、とは？」

「トーチがなにを考えているのかわからないのなら、トーチが困る、ということも想像にすぎないでしょう」

「どういうことでしょう？」

「地球人がトーチの言いなりになっていることが、わたしには不思議でならなかった。あなたはいま、それはトーチが困るからだ、とおっしゃった。トーチのお告げを人間たちが無視したら、トーチは存在意義を失って困るだろう、だからトーチの言うことを受け入れ、従っているのだ、と」

「はい、そうです」

「みんな、そう思っている、と。わたし以外は」

「はい」

「トーチの言うなりになっているのではなく、トーチのお告げを受け入れてやっている、ということですね」

「まあ、そういうことですね」

「トーチの思惑については、どうでもいい、ということなんですね」

「トーチはわたしたちにとって便利で必要な存在です。地球上の自律機械のすべてを管理しています。工場の機械たちも、野生の機械にしても、みんなトーチの子どものようなものです。それら機械なしでは、わたしたちは生きていくことができないのだし、トーチは役にたちこそすれ、人類に害をなす存在ではありません。トーチには、機嫌良く働いてもらいたいのです」

「つまり、お告げに従うことは、ヒトが行っているトーチのメンテナンスの一環ということですね。トーチという人工知能の性能を維持していくため、その命令には逆らわないという手法をとっているのだ、と」

「そういうことになります。そんなふうに言語化したことはありませんでしたが、言われてみれば、そうですね。ハンさんの見方は面白いです。さすが、火星人だと思います」

　その言葉を聞いたわたしは、たぶん、顔をしかめたのだろう、意識しなかったが。風凜が、すぐに続けたので、それがわかった。

「すみません、ご機嫌を損ねる言い方をしてしまいました、ごめんなさい。わたしにとって、いまハンさんがおっしゃったことが、とても新鮮な考え方だと感心してしまったのですが、ハンさんを揶揄《やゆ》するような言い方になってしまって、ほんとにごめんなさい」

　風凜に、わたしが火星人であることを揶揄したり茶化したりする意図はなかった、というのはわかっていた。それがわかっているのに、なぜ自分が不愉快な気分になったのか、それがわからない。

　それもわたしの中の母、ナミブ・コマチのせいだったろう。そのときは、まだわからなかったのだが。わたし自身は、もう火星人ではない、ふつうの地球人でいたいと無意識に願っていたのだろう。母から真に自立したい、と。

風凜の言う、わたしの見方が新鮮に感じられるというのは、とてもよくわかる。地球人は生まれたときからトーチの影響下にあるので、トーチのない環境というのを想像するのは難しい。火星人という地球外からの視線で見る世界は、風凜がこれまで見たことのなかった風景に違いないのだ。同じ景色なはずなのに、わたしには風凜とは異なる世界が見えているのであり、それは、わたしと風凜は異なる世界を生きているのだ、ということでもある。

異なる世界が重なって、風凜と出会う。これは奇跡とも言える偶然だろうが、トーチがこれを必然にした。

トーチとは、すなわち〈知能〉というのは、このような働きをする〈機械〉だと解釈するなら、ようするにそれは、複数の世界と世界を反応させる〈触媒〉だろう。世界とは、人の数だけ、ある。一生のうちに出会うことのなかった人、一度も足を踏み入れなかった土地の光景、それらはわたしの人生とは別の世界の人であり、景色だ。時間も空間も関係なく、それらは重なって存在している。人生で一度も出逢わない人物というのは、歴史上の人間であろうと、いま家の外を歩いている人物であろうと、条件としては同じだ。そんな対象の人間は無数に存在し、各人それぞれが自分の世界に生きている。それらは幻などではなく存在しているだろう。現実とは、そうした多数の世界で出来ている。わたしたちの〈現実世界〉とは、そういうものだ。あるいは野生の機械も含めた、トーチが支配する〈機械〉という存在もまた、一つの世界として数に入れてもいいのかもしれない。だとするなら、各個人によって異なるトーチが存在することになる。そんなものが〈触媒〉の機能を果たせるのかとなると、それは疑問だ。おそらくトーチは、われわれヒトの世界には存在しない。わたしなりに言うなら、トーチは、わたしやほかの人間たちと一緒に〈暮らし〉てはいない。

わたしが風凜に会いたがっている——トーチは風凜にそう告げたという。風凜は若生の火星での生き方を知りたくて、わたしに会いに来た。

わたしは風凜を知らなかった。名指しで会いたいとだれかに言ったはずもない。だが、若生に会いたい、とは言ったかもしれない。それをトーチに聞かれた可能性はある。お手伝いロボットを通じて。風凜は、若生の代わりとして、わたしに呼び出されたのだろう。

若生は地球人だ。だが火星から戻れない。わたしは火星人だ。だが火星で生きることは許されなかった。もし地球に来れなかったら、火星で死んでいた。寿命の九十歳を八十一年残して、殺害されただろう。それは理不尽だと若生は言った。

解決策は一つだけだ。地球から来た地球人と共に火星を出る。わたしにすれば脱出、地球人にすれば帰還だ。

若生はわたしにとって、最も信頼できる〈教師〉だった。いま、この歳になっても、それは変わらない。なにか生活に困った事態が生じたりすると、若生ならこんなときどうするだろうと考えている自分がいる。

最近の、母に対する気持ちの変化はわたしを悩ませたが、身近に若生がいたなら、これをどう乗り越えたらいいかを彼女が示してくれただろう。若生を想うとき、わたしは子どもの自分に返る。若生に会いたいというのはいまに始まったことではなかった。ようするにわたしは、若生と離ればなれになりたくはなかったのだ。

「若生の代わりに、あなたが地球行きの船に乗ったのですね？」

風凜はなにも知らないのだろう。若生が火星に行くことになった詳しい経緯のことも、なにも。

そうわたしが言うと、「火星から救援要請があって」と風凜は応じた。「それで三人の地球人が火星に向かった。若生はその一人だと、知ってます。記録は公開されていますから。でも若生は帰ってこなかった。代わりに火星人が一人やってきた。それがハンゼ・アーナク、ハンさん、あなたです」

「そう」とわたしはうなずいた。「火星人は男のわたしが火星で生きることを許さなかった。火星人であるとは認めなかったのだ。若生がわたしを護ってくれた」

「ナミブ・コマチはあなたを護ってくれなかったのですか？　お母さんは？」

「救援を呼んだのは母だったんですよ」

「それは知っています。でも、どういうことですか？　火星でなにか異変が起きて、救援の三人はそれに対処するために火星に行ったのですよね？　あなたが火星にいられなくなることと救援要請は、関係ないのでは」

「異変を生じさせるきっかけになったのは、わたしの、ある悪戯でした。それは火星人全体を危うくした。わたしは有罪だし、そもそも火星にいてはいけない男子だった。母はタブーを破ってわたしを生んだのですが、あんな事件をわたしという息子が犯してしまったとあっては、言い訳が立たなくなった。男子であるわたしは、もはや火星に居場所がないのは明らかだった。母は、子どもであるわたしを護るために、地球に救援を要請したのです」

「あなたの命を守るため、地球に脱出させるための救援要請だったというのですか」

「そう。おそらく、そうだと思います。若生が教えてくれた、若生の解釈ですが」

「あなたが事件を起こさなかったとしたら、ハンさん、あなたは火星で成長し、生きていけたのでしょうか?」

「母はもちろん、そのつもりで男子を生んだのでしょう。わたしを。わたしの母、ナミブ・コマチは、わたしを溺愛していた。火星人でありながら男の子を孕み、生むというのは、母にとっては、革命行為だった。わたしの成長は、その革命の成就に近づくこと、そのものだったはずです」

わたしの人生は、記憶の断片でできている。他人のは知らない。それぞれの人生があり、それはわたしとは異なる別の世界だ。だが、それが重なるときがある。若生、そして風凜との出会いのごとく。母との関係ですら、そうだろう、異なる世界どうしの重なり。母には母の世界があった。わたしはその世界を垣間見ることはできても、基本的には、知ることができない。それはわたしの世界ではないから。

トーチはそんな世界のすべてを俯瞰している存在のようだ。そのような立場における〈知能〉の世界は、人人の記憶の断片、思いや経験や意識の断片、それらすべての集合体でできていると言えるだろう。断片の一つ一つをパズルのピースだとすると、トーチはそれを使ってさまざまな〈世界〉を創出することができるはずだ。わたしたちヒトはその全体像を見ることは決してできない。できるのは、トーチがときおり〈お告げ〉等を通じて見せる、〈わたし〉に関する世界の断片だけだ。

「ナミブ・コマチは」と風凜は言った。「自分の理想をかなえるために息子のあなたを溺愛した、ということですか?」

溺愛する、というのは、なにかの目的があってするものではない。愛する対象があるだけだ。

「そうですね、たしかに。言い方を間違ったようです」と風凜は言った。

「言い方を間違えるというのは」とわたしも言った。「考え方が間違っているという証《あかし》でしょう。わたしの母の理想と、わたしという息子を溺愛することとは、関係がない、別の出来事です」

「わたしには」と風凜は続けた。「ナミブ・コマチは、息子であるあなたを盲目的に愛していたわけではない、と思えます。つまり、溺愛していたのは、彼女の革命、その理想のほうではなかったのか、ということなのです」

「難しいことをおっしゃる」とわたしは応えた。「あなたの言いたいことは、なんとか理解できます。が、それでもなお、母はわたしを溺愛していたと、わたしはそう言いましょう」

「わかりました。そうなると、ナミブ・コマチの気持ちは理解できませんが」

風凜との話は、互いの、さまざまな次元における認識のすりあわせなしでは進まなかったから、回りくどくて、あちこちに話題が飛ぶのも当然だった。それに、火星時代のこととなると、もはや半世紀以上過去になるものだから、肝心なわたしの記憶そのものがあやしかった。世界とは、かくもはかなく、もろいものだ。

「あなたが火星を危険に陥れた悪戯とは、どういうものだったのですか?」

「それは、そう、火星のわたしの家、暮らしについて、それから話しましょう。なにしろ六十年以上も昔のことなので記憶が薄れて曖昧なところもあるのですが」

火星のムラは、当時、七つあった。ムラはおよそ一世代で一つの割合で増えていたから、いまは九番目のムラが完成しているころだろうが、ともかく、当時いちばん新しい七番目のムラ、ジェルビルで、わたしは生まれた。

ナミブ・コマチはそこに、ほかの六つのムラでは煙たがられていた人間を移住させ、自らもそこに収まった。子どものわたしにはよくわからなかったが、いまにして思えば、協調性の低い人間たちのたまり場のようなコロニーだった。いずれはそのような場が必要になるだろう、現況のままではいずれ火星人は生きていけなくなると、ナミブ・コマチは彼女なりに将来を危惧していたのだろう。村長のような役職であるビルマスターの経験が、わたしの母をそのようにしたに違いない。火星人としては進歩的な思想を持っていたと言えるのだろうが、火星人たちからは疎《うと》まれた。進歩的ではなく、地球的なのだ、と。

ナミブ・コマチは、生まれ育ったムラ、ラムスタービルの全地球情報機械を使って、仮想空間の地球に遊ぶことを好んだ。祖母もそうだったらしい。地球の風景では女と男がペアで登場するのが珍しくない。わたしの母は、火星人には男が必要だと感じたのだ。男が欠けている、と。

そのような意識を火星人がもつのはタブーだ。実行するのは革命を意味した。だがナミブ・コマチは孤立してはいなかった。祖母という理解者がいた。わたしの母の祖母、アユル・ナディは、決められていた九十歳という寿命を破った初めての火星人だ。異端者だった。

ナミブ・コマチがやったことは、彼女の祖母の代理を果たすことだったのではないかと思う。わたし、ハンゼ・アーナクは、本来ならばわたしにとっての曾祖母が産んでいてもいいはずの、火星で初めての男子だった。

わたしには生きている曾祖母の記憶は曖昧だ。だが透明の棺に納められているアユル・ナディの姿は、はっきりと覚えている。それは家の居間の壁に立った状態で半分埋まっていた。曾祖母は生きているかのようだった。褐色の肌はしわがよっていたし、頬はこけて髑髏を思わせたが、死体や人形や人体オブジェといったヒト以外のなにか、ではなく、わたしには曾祖母が眠っているように見えたのだ。いや、いつもそう感じていたのではなく、なぜかそのとき、曾祖母は死んでいなくて、ただ眠っているだけなのだと、それを〈発見〉した気分になったのだ。

「わたしは五歳でした。ご承知のように火星での年の単位は地球と同じです。物心はついていたものの、まだ幼児に毛が生えた程度でした。そのわたしが、曾祖母を棺から出してやろうと、そのとき突然思いついて、実行に移してしまった」

いまでも、どうしてそんなことをしてしまったのか自分でもよくわからない。そもそも、それは大人でもそう簡単にできることではなかった。

「棺というのは」とわたしは続けた。「家の窓のようなものなのです。透明カバーの向こう、つまり棺の内部は、外部気閘栓を通して火星の大気に向かって開放されている。それは棺であり、同時に、大気葬とでも言うべき方法で死体を葬送している状態でもあるのです」

「つまり」と風凜はカバーを開くことの危険性を理解して、言った。「透明カバーを開くときには、エアロック状態にしないといけないわけですね」

「そのとおり。棺の透明カバーを開く必要はほとんどないと思うのですが、おそらく遺体の状態を整えたいときなどのために開くことができるようになっているのでしょう。ですから、透明カバーを開くときには、自動的に大気に通じる気閘栓を閉じる機構になっていたはずです。そう、もちろん、カバーを開くレバーを動かすにはロックを解除する必要がありますが、幼いわたしは、なぜかそれができた」

「しかも気閘栓が、なんらかの原因で閉じなかったわけですね」

「そうです。気圧差がありますから、カバーを開くには大きな力が必要だったでしょう。手動でやる機構なら子どもの力でそれを開くことはできなかったでしょうし、開かないにしてもロックが解除されたことで棺の気密状態が破られ空気が漏れ始めるにしても、さほど急激なものではなかったはずです。ですがカバーの開閉機構にはパワーアシストが付いていたのでしょう、簡単に開いた。わたしは曾祖母に引き寄せられ、身動きが取れなくなった。気がついたら、母親が見下ろしていた」

暗号化されていたはずの開閉レバーのロックをどうしてわたしが解除することができたのか、かつ、外部開放口である気閘栓がなぜ自動で閉まらなかったのか、ということが問題になったわけだが、ナミブ・コマチや火星人にはついにその原因を突き止めることができなかった。

「ナミブ・コマチは」と風凛は言った。「その事故があった当日に、地球に救援を要請していますね」

「そう、それはわたしも覚えている」

「自分たちには原因を究明することができないと、そのときすでにナミブ・コマチにわかっていたから、でしょう」

「あるいはそのとき母は、自分の息子の窮地を察して、火星から脱出させることを決意した」

「ハンさん、あなたは、どう思われましたか？　母親と別れて地球に行くことをすぐに納得できたのでしょうか？」

「実際にわたしが地球に向けて火星を離れたのは、あの事件から三年後でした。地球から若生たちが来たのは二年近くたってからで、それからわたしが地球へと脱出するまでの一年と少しの間、言い換えるなら火星からパージされるまでの猶予期間、若生はわたしの教師役であり、精神面でのケアもしてくれた。わたしは母親に捨てられるのではない、母はわたしを守るために地球へ行かせるのだと諭してくれたし、地球は人が生きるには理想郷だとも言って、いろいろ教えてくれた。幼いわたしは、しだいに早く地球に行ってみたいとまで思うようになった。期待に胸ふくらむ、という状態です」

「なるほど」と風凜はうなずいた。「遠足に行く前の子どもの心理状態ですね」

「エンソク？」

「集団教育の一環で、子どもたちを連れて小旅行に出ることです。子どもたちにとっては見るもの触れるもの、すべてが目新しい、そういう経験をします」

「初めて聞く言葉でしたが、そうですね、子どもには楽しみでしょう」

地球に来た子どもの火星人は、大人たちから代わる代わる学習教育を受けた。トーチの〈お告げ〉を受けた人たちだろう。火星人に地球の常識と知恵と教養を教える役割。個人授業だ。いわゆる〈学校〉には行っていない。わたしが受けた授業に〈遠足〉はなかった。

「親は心配するかもしれません。無事に帰ってくるまで。あなたは還ることのない旅に出たわけです、ハンさん。ナミブ・コマチの気持ちは察するに余りあります」

「そうでした」とわたしは思い出しつつ言った。「若生がいたから、母は堪《た》えることができたのだと思います。若生はわたしだけでなく、溺愛している息子と別れなくてはならない母のことも心配してくれました」

わたしは若生の声や表情を意識して思い出そうと努める。脳裏に浮かぶそれは風凜とはさほど似ていない。同じ男性の遺伝子を受け継いだとは思えなかった。最初に風凜と顔を合わせたとき若生の面影が少しでもあれば懐かしいと感じただろうに、それはなかった。

わたしの若生は〈美しい女性〉だった。理想化されていることはわかっている。わたしにとって彼女は、まさしく理想の〈異性〉だった。つまり男の子のわたしは若生に憧れたのだ。初恋というやつだろう。

——ワコウも一緒に行こうよ。

そうわたしは言った。するとワコウは、行けないと答えた。

——ハンゼ・アーナク、地球に行けば、あなたには友だちがたくさんできて寂しくないでしょう。でもコマチは違う。あなたの代わりに、わたしが付いていてあげないと寂しい。あなたはママを寂しくさせて平気なの？

「ずるい、とぼくは思った」

わたしは子どもに戻ったような気分で、〈ぼく〉と、風凜に言った。

「若生は、ナミブ・コマチやあなたのケアをするために火星に残ったのですか」

「最初から地球に戻ることのない片道切符で火星に来たと彼女は言っていました。役割については、トーチしか知らない、そうも言っていた」

「よく覚えていらっしゃいますね、感心します」

皮肉ではなく、風凜は正直な気持ちを吐いたのだとわかった。

「わたしから若生の話を聞きにいらしたのでしょう、なにも、この場で感心することはないと思いますが」

「そう言われれば、そうですね。ですが、ほんとうに昔のことなのだなと、ハンさん、あなたに実際にお目にかかって時間の隔たりというものを実感したものですから」

なかなかに残酷なことを言われたものだ。むろん風凜に悪気はない。そう言わせたのはわたしだ。感心することはない、などと余計なことを言ったわたしの。自業自得というものだろう。

わたしの身体は老いた。時の流れは止められない。

だが、時間というものは流れてなどいないのだ。流れているのは実は時ではない。時という場を、ヒトが流れていくのだ。たとえば川の流れというのは川が流れるのではない、水だ。川を下る水の流れは、川という場を水が流れていくのであって、〈川〉が流れるわけではない。

その時その時において、ヒトはアンカーのようなポイントを、時の場に打ち込むことができる。流れていく自分を止めることはできないが、その各ポイントの自分と通信することは可能だ。記憶という回線を使って。川を流れ下る水の分子にもできるのかもしれないし、量子レベルではあたりまえのように時を超えてペアどうし各自の状態を伝えることが可能だろうが、いまはヒトの話だ。

通信であるから当然のごとくノイズが混じる可能性はあるわけだが、このノイズを除去することは本人にはできない。つまり、記憶は変容しているかもしれないが、それを客観的な他者の記憶とすりあわせることなしで確認するすべをヒトは持っていない。その他者の記憶にしても〈わたしの記憶〉同様の曖昧さなのだから、それらをどうすりあわせたところで〈客観的な事実〉などというものが得られるはずがない。ようするにヒトにとって唯一絶対の〈世界〉というものは存在しない。

各人固有の世界が重なっている集合を、われわれは便宜上〈世界〉と呼ぶ。厳密には〈だれ〉と〈だれ〉の世界の集まりのことを指すのかをことわらなければならないところだが、それは煩《わずら》わしいからだ。

このような意味での〈世界〉は、人のいない場では存在しない。無人でも〈宇宙〉はあるのかどうか、それを確かめるすべはないだろう、この〈世界〉の定義上、原理的に、そうとしか言えない。

機械の世界は、違うかもしれない。〈知能〉はヒトの世界にはいないが、確かに存在はするだろう。だから、どのようにわたしたちの世界と〈干渉〉しているのか、それを捉えることはできそうだ。

観測のためのツールがあるからだ。〈知能〉は、ヒトの言語を使うことができる。〈言語〉は、強力な〈知能〉観測ツールにほかならない。

ヒトはこのツールを使って、これなしでは決してわかり得なかったであろう、自分自身の〈潜在意識〉を観測できるようになった生物だ。潜在意識こそが〈自分〉の主体ではないか、ということに気づくことができたのも、このツールがあればこそだった。

このツール、〈言語〉は、非常に強力なので、わたしたちはこれが稼働している状態そのものを〈自分〉だと感じてしまう。だが実際は、それは自己が活動している状態の、ほんの一部に過ぎない。

言葉を使い、言葉で考えているとき、わたしたちは生きている自分を疑わないが、そのような実感はなにも言語活動だけで生じるものではない。たとえば〈痛み〉は言語活動を超える〈自己〉存在を実感させるだろう。痛みを感じるのに言語は必要ない。猫もカヤネズミも、痛みを感じることができる。わたしは猫でもカヤネズミでもないが同じ哺乳類としてそう断言できるし、魚も、そして植物ですら、哺乳類とは異なるにしても、ある種の〈痛み感覚〉は持っているに違いない。それは、〈自己〉を感じさせる能力のことだ。痛みとは〈自己＝自分自身〉を認識させるための生態に備わったツールなのであり、言語もそれに準じるものだろう。だが言語は、痛みには〈勝て〉ない。換言するなら、言語能力は〈自己〉を認識するためのツールではない。〈自分〉が確かに存在することを確認するには、言語能力はむしろ邪魔になる。その役割を負うのは〈痛み〉なのだ。

子どものころはもちろん、つい十年ほど前までの自分には、節節が痛いというのがどういうことなのか、想像することもできなかった。実際に加齢によるそれを体験してはじめて、つらいものだとわかる。とにかく痛いのだ。強弱はあるが、痛みが出るし、継続してずっと続く。指の関節はときおり痛む程度だったが最近は曲げなくても痛みを感じる。これはもう、慣れるしかない。歳をとればこんなものなのだ、と。〈痛み〉ほど、自分が存在しているという感覚を強力に想起させる感覚はない。

——とても理屈っぽいわね。

そう言ったのは、風凜か、若生か、はたまた心の中の母親か。

わたしがこのように理屈っぽくなったのは、生まれや育ち、そして環境、そのすべてのせいだろう。なかでも若生との会話が、物事を理屈で考えるという、こんなわたしの基礎を作ったと思う。若生がわたしに施した〈教育〉の、一つの成果だ。

理屈とは、言語活動で生じるその軌跡の記録のことを言う、というこれもまた、理屈だろう。言葉を失えば、理屈も消滅する。

わたしはいま日本語を使っているが、これは若生の影響だ。若生は地球の日本語族の出身だった。いまわたしが暮らしている家、木造の小屋だが、これも若生が子どものころに遊んだ田圃を見下ろせる里山にある。

わたしは地球に到着してすぐに、ここ、安曇野原に来た。若生の生家を訪ねるためだ。正確には、若生の相棒だったマタゾウの墓を見るためにやってきた。若生が、機会があったら墓参りに行ってやってくれと言っていたからだ。

爾来《じらい》、わたしはこの土地に居着いてしまい、幼少期には若生の生家である共同住宅でそこのみんなに育てられた。わたしは安曇野原から離れてほかの土地にはほとんど行ったことがない。わたしの母のナミブ・コマチが経験したであろう同じ方法による、仮想空間での地球旅行は数え切れないほどしたが。

全地球情報機械はこの地にもあった。若生が仕事をしていたリアル図書保管センターだ。そこは、わたしにとっても若生同様、仕事の場になった。わたしはそこで二十五年ほど〈教授〉を務めた。

この地に腰を据えたわたしは、家は何度か移ったが、いまは里山の端、麓《ふもと》をすこし上がった森の入り口に、庵《いおり》と言うにふさわしい小屋を建てて住んでいる。〈教授〉を辞めた五十九歳の時だから、すでに十年になる。建てる際は当然機械力を頼ったが、わたしと同年代か、それよりも年長の、近所の男たちが手伝ってくれた。彼らは、この小屋で一人暮らしをするわたしを心配してくれたが、若い者たちはわたしに関心を寄せることはなかった。彼らはわたしが火星人であることをもはや知らないか、火星人云云に興味を持たなかった。それは、わたしが〈われは火星人である〉と主張してきたその力の、衰えを意味しただろう。あの頃からわたしは、火星人であることに疲れを感じ始めていた。加齢のせいだろう。一人ならば、もう火星人がどうのこうのと、自分自身も気にしなくてよくなる。そういう思いで、小屋を建てた。

歳を取ると一年があっというまに過ぎていく気がするが、同時に、人生というものはうんざりするほど長い、とも感じる。わたしだけの感覚ではないだろうし、歳とは関係ないのかもしれない。人生に倦《う》むというやつだ。知的好奇心が薄れている証拠だろう。

話し相手がおらず言葉を使わなくなるのがよくないようだ。理屈をこねる力が衰えると、時間をもてあますようになる。風凜の出現は、そんなわたしの人生に活を入れてくれた。

こうしてざっと自分の過去を振り返ってみると、地球でのわたしは、若生がもし火星に行かなかったらこう生きたであろうという、若生の人生をなぞったものだと気づく。むろん若生は火星人ではないからわたしとは違うわけだが、彼女には彼女なりの、生まれながらに背負った重荷はあっただろう。

風凜がわたしを訪ねてくるまで、わたしは、若生が地球では〈男性〉だったということを、まったく知らなかった。安曇野原の大人たちは、意図的に、幼いわたしには知らせなかったのだろう。あるいは、火星に行った若生が（そこでは）女性だということをわたしの話しぶりから察して、それが本来の若生であり、ここ地球でも彼＝彼女は本質的には女性だったのだと、男だった若生を思い起こすことの無意味を悟ったのだ。わたしはここで成長して大人になったが、だれと話しても、若生の性別が話題に上ったことは、風凜に出会うまで一切、なかった。

では火星に行った若生の人生はその後どうなったのだろう。若生はわたしを送り出してから、どう生きてきたのだろう。すでに亡くなっているのかもしれないが、それは考えたくない。若生を忘れたことはなかったが、同時に、その生死について考えたことがなかったことに気づいた。わたしの中で若生は神格化されていたのだろう。風凜の出現で、それを自覚できた。

母親よりも若生にこそ関心がある。それはおそらく、わたしがとうの昔に母親から自立しているということだろう。それも、風凜に会ったことで確認できたことだ。わたしは、母自身の信念でありわたしに対する強制的な願いでもある、〈火星人としての誇り〉を忘れることはなかったが、実は、若生の地球人としての生き方を模倣してきたのだ。これは自分にとって、かなりの衝撃的な〈気づき〉だった。

わたしは若生の生家と、その裏手にある彼女のタムの墓に風凜を案内した。ここにマタゾウが埋葬されているとわたしが言うと、風凜は、自分には理解できないと言った。若生はタムと共に火星に行ったはずなのに、と。

「一緒に行ったのは」とわたしは説明した。「タムの意識を収めたカプセルです。火星に着いたあと、そのカプセル内の情報を使って、火星にある生産機械で、若生のタムが再生されました。でも若生は、それはもう元の自分の相棒ではない、そう言っていました」

――このマタゾウは、わたしのマタゾウではない。わたしの相棒は地球で死んだ。トーチに殺されたと、わたしは、そう思っている。これは火星で再生されたマタゾウの劣化コピーにすぎない。

幼いわたしは彼女＝若生と出会った当初から、自然に話ができた。当時は不思議にも思わなかったが、いまにして思えば、それは若生が使っていた翻訳機械の優秀さを物語るものだろう。機械を介していることを意識させないほど、出来のいい翻訳システムだった。若生が、劣化コピーだと言った彼女のタムに内蔵された翻訳システムが、わたしと若生の言葉によるコミュニケーションのサポートをしていた。その形は猫のような小動物を模したロボットで、若生は、それを単に〈タム〉と呼んだ。名は付けなかったのだ。

――タムってなんなの。

ぼくはその猫のような機械を見ながらワコウに訊いた。

――地球人が一生を共に暮らす相棒よ。地球の子どもは、みんな、それを探すの。地球には野生の機械がたくさん生きているのだけれど、子どもたちはそれを捕まえて、手なずけるの。相性が悪いと、それは逃げてしまう。うまくいけば、それは一生を共にする、その人のタムになる。〈タム〉とは、〈魂〉や〈霊〉という言葉から出た名称で、あたかもその人の魂のような存在になる。もう一人の自分のように、タムは振る舞うようになるの。

——どうして？

——どうしてって？

——機械のくせに、どうして人の魂になるの？

あのときの若生は、『そんなことは考えたこともなかった』と言って沈思黙考しはじめたが、突然、いいことを思いついたという表情を見せて足元のタムを見下ろすと、直接それに尋ねたのだった。

『タム、おまえはどうして、わたしのタムでいることに満足しているのか、答えなさい』

いまでも、そのタムの回答を、その声や仕草といっしょに、思い出すことができる。若生のタムは、もたげた首を振りながら、いかにもこちらを小馬鹿にするかのように、こう言った。

「そんなこと、決まっている。そうすることが、わたしにとってらくだからだよ」

「生きるのに効率的だから、か」ワコウはそう言って、自分のタムを蹴飛ばした。「ハン、そういうことだそうよ」

「火星にはいないの？　火星にも、いればいいのに」

「野生の機械が？」

「そう」

「こんなのは、いないほうがいい」

「ワコウは、自分が嫌いなの？」

「自分が？」

「分身が嫌いなの？」

「ああ、タムのことか。ハン、何度も言ったと思うけど、いまわたしが蹴飛ばしたあれは、わたしの魂でも、わたしの分身でもない。もう一人のわたしでもなければ、ましてや、わたし自身などではない。あれはわたしが共に暮らしていたマタゾウではないの。あれは偽者よ。何度でも言うけど、わたしのマタゾウは、死んだの。トーチに殺された。ハン、地球に行ったら、マタゾウの墓参りをしてほしい。わたしの代わりに。機会があれば、だけど」

「……わかった。そうします、ワコウ先生」

「ごめんなさい、ハン。つい感情的になってしまった」

「ワコウは、野生の機械は嫌いじゃないんだよね？　野生のマタゾウがいたから、それを捕まえて、魂にできたんだもの。いま蹴飛ばしたのは、あれは、野生の機械じゃないからだよね？」

「あなたは、ほんとうに賢い」

ワコウはひざまずいて、ぼくを抱きしめてくれる。いい匂いがした。

「どうしてマタゾウにこだわるのか、自分でもよくわからなかったけれど、ハン、あなたのおかげで、それがわかった」

「どういうこと？」

「いま蹴飛ばしたあれは、地球の野生機械ではない。火星に来てから新しく作られた、人工家畜よ。マタゾウと同じ機能や記憶を持っているにしても、あれは野生に放ったら、たぶん生きていけない。そもそも、野生に還るつもりなどまったくないでしょう。でもマタゾウは、違う。わたしとの関係いかんでは、野生に戻ることもあったでしょう。共に暮らしつつ、マタゾウとの関係には緊張感もあったの。それを乗り越えた、絶対的な信頼関係が、わたしとマタゾウとのあいだに出来上がっていた。そこが、違う」

「よくわからないけど」

「人も機械も、記憶や魂さえ同じならどんな身体でも生きていける、わけではないのよ、ハン。わたしは地球では、この身体ではなかったので苦しかった」

「この身体ではなかったって？」

「わたしは火星に永住するのに都合のいい身体に生まれ変わったの。地球で殺されたマタゾウも、あの身体のままでは火星では生きにくかったに違いない。トーチはそれを知っていたのでしょう。だから、マタゾウの〈意識〉を抜き取って、火星に適した身体をここ、現地で作らせた。その意識も、ここ火星に合わせて変容している。あれはもはや、マタゾウのコピーとすら言えない」

「蹴飛ばしても、可哀想じゃないってこと？」

「そうね、八つ当たりしては駄目。可哀想なことをしたと反省している。あなたが教えてくれたのよ、ハン。あなたはとても重要なことに気づいた。ナミブ・コマチが地球に救援を要請した事態、その原因は、火星の野生生物のせいである可能性がある、それをあなたは気づかせてくれた」

「火星にも野生の機械がいるの？」

「目に見えないほど小さな火星の原生生物がいる。太古の火星から続く野生そのものね。地球上の生物の概念には当てはまらなくて、簡単に言うなら、火星の野生生物は、考える砂粒よ。それらが集まって、特有の電磁気パターンを描き出している。そのパターンは〈知性〉があることを意味するのであり、それを表出することを目的としている〈知性体〉と言えば、地球ではトーチがそうだし、火星人なら、それは〈知能〉だと言うでしょう」

「知らなかった。ママは知ってたのかな？」

「もちろん、知識としては知っていたでしょう。火星にそのようなものがいる、という存在自体は、火星無人探査時代に発見されていた。火星にある〈全地球情報機械〉にも詳しく載っているはず。でも火星の原生生物は、生き物としては認知されてこなかった。元からいる、ということで便宜的に〈原生生物〉と言われてきただけなの。地球における〈原生生物〉と言われる生物群とはまったく異なる。地球にその一部を持っていっても、増えたりしないし、そもそも火星から出ると活動しなくなる。生物とは言えない。でも、あれを、〈野生の機械〉だと考えるなら、全然問題なく、肯定できる。いまの地球の状況にしても似たようなものだから。地球の野生機械の源はヒトが生みだしたものだけど、機械が自然に生まれてきても不思議ではない。わたしたち動物だって、自然に、単純な物が寄せ集まって出来上がったのだから」

わたしは火星人だ。火星のことなら地球人よりもよく知っている。ずっとそう思いながら地球で生きてきた。だが火星人が火星を知っていると言えるのは、居住空間であるムラのすぐ外に火星の〈野生状態〉が広がっていて、その気になればそこに歩いて出て行き、その環境に身をさらすことができるからだ。むろん生命維持装置を身につけての話だが、実際に体験できるということが、〈知る〉ということの本質だろう。地球からリモートで、あるいは仮想の空間で、火星をいくら探索したところで、火星を〈知る〉にはほど遠い。そのかわり、命の危険はない。物事を〈知る〉というのは、本来命がけの行為なのだ。わたしたちは大概、〈知った気になる〉ことで妥協せざるを得ない。いまのわたしは、火星を〈知らない〉。

――若生は、マタゾウをここに葬ることで、自分はもう地球には戻ることはないという覚悟を決めたのではないでしょうか。

風凜はマタゾウの墓の前でそう言った。

たしかに風凜が言うようにそれもあっただろうが、そのときの若生は、どうして自分がそうしなくてはならないのか、自分でもよくわかっていなかったのだ。わたしは子どものころ若生と交わした、あの会話を思い出し、風凜に説明してあげた。

「火星にも原始的な生命が存在するのですね」と風凜は言った。「知りませんでした」

「いま言ったように、それは生命体というより、トーチに近い、ある種の知性体です。わたしたち人間の身体感覚では、まったく感知できないでしょう」

「いるかいないか、わからない」と風凜は言った。「でも〈知性〉は、ある」

「そうです」

「まさにトーチと同じですね。知性があるのはわかるけれど、でもそれがなにを考えているか、わたしたちにはわからない」

「はい」

わたしを訪ねてきた風凜は一ヶ月ほど安曇野原に留まっていた。そのあいだ彼女は若生の生家である共同住宅を何度か訪れていた。

若生が住んでいた建物は当時のまま古びていたが、不具合はないとのことだった。若生が暮らしていたときの共同住宅の責任者は相楽《サガラ》といった。幼いわたしは少しの間、その翁の名を冠した相楽共同住宅で暮らしたのだが、相楽翁は、まるでわたしが若生の子どもであるかのように接してくれた。実際にそう口にしたこともある。

――ハンゼ・アーナク、きみは若生の子のような気がする。若生の、わたしらへのプレゼントだろう、そんな気がする。

相楽翁はそれから三年経たずして亡くなり、わたしはそれを機に独立することになる。さほど遠くない別の共同住宅に移った。

その後、相楽共同住宅の責任者は何代も替わっただろうが、わたしがそこを訪ねることはほとんどなくなっていたので、詳しいことはわからない。

久しぶりに訪問したそこは、いまは大迫《オオサコ》という女性がその役を負っていた。女性なので翁ではなく媼《うば》と呼ばれる。わたしより少し若い。大迫媼は子どもの時分からこの住宅に住み続けている人で、わたしのことはもちろん、ここで暮らしていた若生のことも覚えていたが、しかし若生を生んだ女性、若生の母親がここで亡くなったことは、噂でしか知らなかった。

噂でもいいからと風凜は、大迫媼からその記憶を聞き出していた。若生の母は、風凜の祖母だった。そしていまの風凜は、祖母と同じように旅人という生き方をしている。全世界を旅して回るのだ。風凜にとって祖母への関心は、若生を知りたい気持ちと同じか、それ以上だろう。

大迫共同住宅の大広間で二人が話しているのを聞きながら、わたしは自分の母親のことを思っていた。

――ありがとう、アーナク。ママはあなたが大好きだ。

そう言って母は幼いわたしを抱き上げてくれた。あれは、わたしがあのムラ、ジェルビルを危機に陥れてしまった、あの日のことだ。

わたしの母、ナミブ・コマチは、地球に救援を要請し、火星のほかのムラからは見捨てられた形になった。幼いわたしにはわからなかったが、ナミブ・コマチがやったことは、火星の未来をよりよくするために地球に頼る、ということだろう。頼るという言い方は母の理想にはそぐわないのだろうが、母が目指した〈革命〉とは、ようするに火星の〈地球化〉だろう。その一つの手段として、彼女は〈男〉である子を、このわたしを、産んだのだ。しかし、それと、地球へと脱出させた息子であるわたしに〈火星人として生きろ〉という願い、これは矛盾するものではなかろうか。いや、革命としてなら、矛盾などしていないだろうが、ナミブ・コマチの息子という当事者の立場であるわたしとしては、矛盾を感じざるを得ない。

母、コマチにとって、地球は理想郷だったはずだ。そこに溺愛している息子を送り出すのだ。立派な地球人になれとまでは言わないにしても、決して地球人にはなるな、火星人として生きろ、それが母の願いだ、などと強要するのは、変だ。火星でも地球でも、このわたし、息子に、異端として生きろ、という。わたしは宣教師でもなければ革命戦士の教育を受けた少年兵でもない、ただの子どもだった。ナミブ・コマチを母親に持ち、火星で初めての男子、という特殊性を持つにしても。

息子を愛する母親なら、息子との別れを悲嘆しつつ、それを隠して、息子をできるだけ安心させて地球に送り出したはずだろう。そう、まさしく、若生が幼いぼくを気遣ってくれたように。ナミブ・コマチは、そういう態度はとらなかった。母はわたしを〈溺愛〉していたのではなく、将来革命戦士にすべく計画的にわたしを産み、地球に送り込むのも計画のうちだったのかもしれない。

しかし、それが母親のすることとか。少なくとも、息子を盲目的に愛している母親にできることではないだろう。だとするなら、母はわたしを〈溺愛〉していたというわたしの確信こそが、誤りだったのだろう。まさか、この歳になって、母に裏切られるのか。

風凜は、わたしを訪ねてきた最初の日、わたしの家で、この点を指摘していた。

――ナミブ・コマチは、自分の理想をかなえるために息子のあなたを溺愛した、ということですか？

『溺愛する、というのは、なにかの目的があってするものではない。愛する対象があるだけだ』

わたしはそう答えた。〈溺愛〉とはそういうものだろう。すると風凜は、こう言った。

——わたしには、ナミブ・コマチは、息子であるあなたを盲目的に愛していたわけではない、と思えます。つまり、溺愛していたのは、彼女の革命、その理想のほうではなかったのか、ということなのです。

いや、それでも母はわたしを〈溺愛〉していたと、わたしは頑なに言い張った。風凜は根負けしたという顔で、こう言った。

——わかりました。そうなると、ナミブ・コマチの気持ちは理解できませんが。

盲目的に、なんの疑いもなく、どんな酷い目に遭わされようと無条件に相手を愛していたのは、わたしのほうだったのだ。わたしは母、ナミブ・コマチを〈溺愛〉した。幼い子どもがみなそうであるように。

大迫共同住宅の大広間で大迫媼と話している風凜の横顔を見ながら、きみは正しい、とわたしは心でつぶやいたのだった。

わたしの母、ナミブ・コマチが息子であるわたしを愛していたのは、間違いない。だが、決して盲目的だったわけではなく、彼女なりの理想を息子に託していた。そのとおりにわたしが生きることを期待した、ということだ。わたしはその期待に応えたと思う。もう十分だろう。

わたしはもちろん、いまも母を愛している。だが、盲目的に、ではなくなった。目が覚めた、目を開いてナミブ・コマチを（初めて）見る、そんな感じだ。すると恨み言も言いたくなる。

——どうしてわたしを女に生んでくれなかったのですか、母上。

自分の母親を、一人の女性、一個の人物として、客観的に捉えるのは、息子としては難しいものだ。だが、できるだけそのように努めて、考えてみよう。ナミブ・コマチはなぜ男児を欲したのかと。

——火星には男が必要だ。

ナミブ・コマチが何度もそう言うのを、よく覚えている。自分が男なので、わたしはその言葉を誇らしく聞いたものだ。しかし、いま思い返してみれば、かなり性的な匂いがする言葉ではある。ナミブ・コマチは、端的に、男が欲しい、と思っていたのではないか。まさか、近親相姦を望んで息子を作る、それはいくらなんでもないだろう。だが、母親にとって息子は永遠の恋人なのだ、という俗流心理学にも、一片の真理は含まれているだろう。

でも、そうだとすると、また矛盾が生じる。ナミブ・コマチが火星の革命を企図していたとするなら、火星人たちすべてに男児を産むよう働きかけたはずだ。少なくともジェルビルの住人には。

火星の各ムラには人工妊娠のための高度な施設があった。保存精子だけでなく、女性から精子を作り出す技術や装置も備わっていた。だが、わたしが地球へとパージされるまでの九年間というもの、ジェルビルで女子は四名産まれたと記憶するが、男子は一人として増えることはなかった。わたしだけだった。おそらくいまも、火星人は女性だけだろう。

これが意味するものと言えば、ナミブ・コマチのあの言葉には革命の意図はこもっておらず、いまいる男子に引け目を感じさせないためだったのだ、という彼女の、わたしへの思いやり、愛情だ。地球に行っても火星人であることを忘れるなというのも、『おまえはわたしの息子だ、わたしは火星にいる、決して親のない子などではない』という気持ちの表れだったのかもしれない。だとしても、腑に落ちないことは残る。

男子を産んだならば、いずれこのように息子に対して気を遣わなくてはならなくなることなど、

〈生む〉前から、子を孕もうとする前から、想像できたはずだろう。想像することなく衝動的に作ってしまった、となると、また最初から考え直さなくてはならなくなる。ナミブ・コマチは、性欲に任せてわたしを作ったのだろうか？　火星に男が必要だという宣言は、いったいなんだったのだろう？

堂堂巡りだ。

風凜がこの地を発って、また地球各地を巡る旅に出てから、すでに一年経つ。風凜と毎日のように会って話をしたのが懐かしい。つい昨年のことなのに、遠い昔にも思える。話題が、わたしにとっては遠い昔のことであり、主に若生についてのものだったから、ほんとうに懐かしかった、そのせいだろう。

風凜とは再会を約束したが、こんど風凜が話す相手は、わたしではなく、わたしの墓標かもしれない。

わたしは自分の墓を残すことには関心がなかったのだが、風凜と出会ってからは、わたし亡きあとに彼女が無駄に探すことのないよう、なにか目印になるようなものを残しておきたいと思うようになった。ああ、そういうものを〈墓〉というのだと気づいて、わたしはいま住んでいるこの小屋の脇に墓を建てることにした。日本語族の伝統的な墓標である、四角柱の石の柱だ。

そこに自分の名を刻んだ。生きている者の名は赤で入れるのだという仕来《しきた》りは知っていたが、いずれ死ぬのはわかっているし、いまから死者扱いされたところで困ることもないので赤は入れていない。

生年月日は火星暦で入れた。死亡した日付を地球年月日にて彫り入れたいが、さすがにそれはわからないので、身の回りの世話をしてくれているお手伝い機械に頼んでおいた。それと、墓碑銘として〈火星で生まれ地球で死んだ男〉だ。それを彫ってもらう。〈火星人ここに眠る〉とか、〈火星人を貫いた男〉とかいったものが、たぶんナミブ・コマチに気に入られる文言だとは思うが、あえてそうしないことにした。

出来上がった墓を見ていると、それは自分の分身のような気がしてくる。自分が何者なのかわからない不安といったものを払拭してくれる存在としての〈分身〉だ。自分は確かにここにいる、ここに在る、という存在の証を目にすることができるというのは、わたしを安心させた。

墓とは本来そういうもの、自分のアイデンティティを保証してくれる記念碑であり、生者の精神を安定させる働きをするものだろうが、これを自分の〈分身〉だと感じるのは、おそらく現代人の感性が、そうさせるのだ。

それで、ああそうか、地球人が自分のタムを持つことに執着するのは、こういうことなのだと、初めて理解できた気分になった。

火星人はタムも墓も持たないが、寿命を迎えた遺体を保存する透明の棺がそれにあたるのだ。そういうことなのだと、この歳になって、初めて知った。そして、そのような意味での母の心のよりどころだったであろう、彼女の祖母アユル・ナディァの棺にわたしがやってしまったことの罪深さを、六十年以上を経て自分の墓を建てたいま、ほんとうに、実感できた。わたしはなんてことをしてしまったのかと。

あのときのわたしは、どうして曾祖母の棺の透明カバーを開けてしまったのだろう。そこから出してやろうと思いついたようなのだが、棺に納められているのは死んで動かない遺骸だということは知っていたはずだ。ちょっと触ってみたいと思ったのか。深くは考えなかったのだろう、思い出せないほどだから、なにも考えていなかったのだとしか言いようがない。罰当《ばちあ》たりなことだ。

　母が地球にわたしを追いやったのは、その罪をわたしに償わせるためだ、という考えが浮かんだ。

　――わたしの母親は自分の〈分身〉を壊そうとした息子に復讐をした。

　いいや、さすがにそれはないだろうと思ったが、突然、母ナミブ・コマチのわたしに対する矛盾をはらんだ態度について、考え出すと堂堂巡りになる解釈の、まったく新しいものを、思いついた。その〈気づき〉に反応して、鳥肌が立った。恐怖と、驚き。

　堂堂巡りの輪を断ち切る新しいその解釈とは、こうだ。

　――実はわたしとナミブ・コマチの血は、繋がっていない。

　それゆえ、ナミブ・コマチにとって、祖母ナディのほうが、赤の他人である男の子よりも大事な存在だった。

　まさか、と思いつつも、どう考えてもそれが正解だという気がした。いったん思いついたその解釈はわたしを捉えて放さず、忘れることも消すことも否定することもできなくなった。

　わたしは両肘をさすりながら、この思いつきを検討する。いったいどういうことなのか、ナミブ・コマチの身の上になにがおきていたのか。

　ナミブ・コマチはラムスタービルのビルマスターをやっているときに、わたしを孕んだ。そういうことになっている。わたしは何度も、その話を聞かされた。母から、またその祖母である曾祖母アユル・ナディからも。不自然なくらいに。幼い子どもにそんな話をしてどうなるというのだ、というほどに。

　ビルマスターの仕事にはムラの住人のもめ事を仲裁する、というものがある。困っている者がいれば、手助けをする。もし住人の中に、間違って、あるいは意図的に、ほかの火星人に知られずに男の子を産んだ住人がいたら？　そして、それをだれかが見つけてしまったら？

わたしは生前のアユル・ナディから、『コマチは子どもは嫌いだった。作る気なんかさらさらなかったでしょうに、あなたを産んだというので、驚いた』と聞かされたことがある。

孕んだから驚いた、のではない。はっきりと覚えている。妊娠中の孫＝コマチの様子をナディは知らなかった、いきなり子を産んだというので、驚いた――そういうことだろう、いま考えてみれば。

世界が変化してしまった。そう感じる。異なる世界にシフトしたかのようだ。真実がどうであれ、わたしはもはや、元いた世界には戻れない。

わたしの生みの親はラムスタービル出身だろう。だがジェルビルに住んでいたかどうかは、わからない。もしナミブ・コマチが男子を産んだ住人からその子を取り上げたのなら、母親である彼女と一緒のムラでは暮らさなかっただろう。

いずれにしても、わたしにとってナミブ・コマチは母親であることには変わりなかった。わたしが発見した事実とは、育ての親が生みの親であるとは限らない、ということ、それだけだ。

わたしがもし、自分にとって母親とはなんだったのかを考えることなく〈子ども〉のままだったなら、この発見はなかっただろう。あるいは、墓という自分の分身像のような石碑を建てて安心する前にこの〈事実〉に気づいたのなら、実の母がだれなのかを確かめずにはおれなかっただろう。

だが、母であるナミブ・コマチが本当にわたしを産んだのか、それとも生みの母という人物が別にいるのか、それがわかったところで、わたしが〈火星から追放された火星人の男子〉だった、という事実が揺らぐことはないのだ。

いまのわたしはそれで満足だ。ようするにアイデンティティに関する不安は生じない。わたしは十分以上にナミブ・コマチの期待に応えてきたのだし、生みの母がだれであれ、このように地球で生きた息子に満足するだろうという自負がいまのわたしにはある。

もし、いま、火星人が地球との交信に応じる姿勢を見せて、わたしが故郷の人人と話すことができたとしたら、わたしは『若生と話したい』と言うだろう。

わたしは、若生とこそ、血が繋がっているようなのだ。それを彼女が知っていたのかどうか、尋ねてみたい、そう思う。若生自身は知らなかっただろう、というのはわたしの思いにすぎないのだから。

風凜という姪がいるということ、つまり若生には姉がいるのだが、それを知っていたか否か。風凜という姪は同時にあなたの妹でもある。そう言ったならば、若生はどういう表情を見せ、どう応えるだろう。

——ハン、どうしてそんなことがわかったの、あなたとわたしの父親が同じだって？

トーチが風凜にそう告げたのだ。

トーチは全地球人の身体データを捉えているだろうから、風凜と若生が同じ父親由来の遺伝子を持つことは間違いなさそうだ。トーチはそれを知っている、ということだ。

が、そう、問題なのは、どうして火星人であるわたしも〈そうだ〉と、トーチに言えるのか。火星で、ある保存精子が使われると同時に、地球上に保管されているそのスペアの精子もなんらかの反応を示すとでもいうのだろうか、量子もつれのように？

まさかと思うが、そうとでも考えないと、火星上のわたしの父親がだれなのかなど、トーチにわかるはずがない。

——野生の機械よ、ハンゼ・アーナク、ハン。あなたは賢い。

火星にも野生生物がいる。火星の原住生物で、便宜的に〈原生生物〉と言われているが、地球のそのカテゴリーに入る生き物とは関係ない。砂粒のような形をした、知性を発揮する〈知能〉であり、それは地球の野生機械のような存在だ……

あのとき若生はなんて言ったろう。

——ナミブ・コマチが地球に救援を要請した事態、その原因は、火星の野生生物のせいである可能性がある。

『あなたは賢い』と言われたからだろう、先生のその言葉を裏切ってはならないと、わたしはそのときの若生の考えを真剣に聞き、覚え込み、長く忘れなかった。

要点は、こうだ。

幼いわたしが曾祖母の棺の透明カバーを開いたとき、本来閉まるはずの、外部大気に通じている気閘栓がなぜ開放されたままになっていたのか。それは、火星の野生生物のせいだ——そう若生は気づいたのだ。

ナミブ・コマチも他の火星人も、だれ一人として気がつかず、想像もしなかった、原因。

「ジェルビルの機械システムを管理維持している人工知能が、火星の野生生物によるなんらかの干渉を受けて、誤動作した。そういう可能性がある。男たちに調べてもらいましょう」

若生はそう言った。

若生と一緒にやってきた二人の地球人は単に原因を究明するだけでなく、不具合を見つけたならばそれを直すことを期待されていただろう。でも、それは、できなかった。打つ手がないということがわかった、そういうことだ。幼いわたしは、結局、自分がきっかけになったあの事件の真相というものを知らされることはなかった。

正式な調査報告書といったものも存在しない。トーチはその二人の男にそうせよ、とは命じなかったのだろう。そのトーチの態度は、人間はこの件に関する真相を知る必要はない、というものだ。火星人に調査結果が知らされたかどうか、それはわたしにはわからない。

——結局、無駄足だったな。

——変異があそこまで進んでいては、分離することはできない。

地球へ行く船の中で男たちがそう言うのをわたしは聞いていた。

二人の地球人は、そういう会話を交わしながら彼らのタムをなでていた。それは若生のとは違って、ただの歪《いびつ》な玉でしかなかった。彼ら本来のタムの〈意識〉が保存された容器だ。若生からそう聞かされていたので知っていた。若生と違って彼らは地球に戻るので、それでいいのだ、と。

「野生の機械よ、ハンゼ・アーナク、ハン。あなたは賢い」

わたしは午後の紅茶をテーブルにまき散らしてしまう。カップを放り出さなかったのは筋力や反射神経が歳のせいで鈍っているからだろう。

それはわたしの記憶にある若生、その人の、声だった。

「どうして」とわたしは叫んだつもりだが、意識できた自分の声は、かすれていた。「いまのはなんだ、わたしの心を読めるのか、おまえ？」

いいえ、と、テーブル脇に控えている〈お手伝い機械〉が応えた。人の形をしたロボットだ。声はいつもの男声に戻っていた。豊かな低音が心地よく、しかも歳を取ったわたしには聞き取りやすい。

「旦那さまが独り言をされていたので、そう言って欲しいのだろうと推測しました」

独り言での言葉遣いは女性だった、だから女声で言ってみた、と〈お手伝い機械〉は補足説明をした。そういうことなら不思議でもなんでもなく、若生の声だと感じたのはわたしの精神状態がそう思わせたのだろう。

「すこし話し相手になってくれないか」

「かしこまりました」

「いや、立ったままでいいから」

「失礼いたしました」

わたしはタムを所有していないが、こんなときにタムがいれば便利だな、たしかに、と思った。自分の考えがあちこちに飛んだり、なにを考えているのかわからなくなったりすることが、目の前に話す相手がいることで避けられるだろう。

そういえば風凜はタムを連れていなかったなと思い、いや、彼女のタムはいつも頭上にいた、と思い出した。トンビのような飛行機械だ。あれが風凜のタムだったのかどうかわたしは確認しなかったし、風凜も自分のタムについて触れることはなかった。会話は互いに日本語でできたので翻訳は必要なかった。たぶん風凜は多言語に堪能だろう。旅人をしているくらいだし。俯瞰できる視点をもつ相棒は、旅行には便利そうであり、もしかしたら若生の母親のタムも鳥のような機械だったのかもしれない。

「おまえはトーチと直接話ができるか?」

立ったままかしこまっている〈お手伝い機械〉に尋ねてみた。

「意思疎通ができるのかということでしたら、わたしのほうからはできません」

「トーチからの話なら、それを聞くことはできるが、こちらからはできない、と」

「はい、そうです」

「わたしと風凜は同じ父親の遺伝子を受け継いでいるようだ。風凜の話を聞いていただろうから、知っているね」

「はい、旦那さま」

「どうしてトーチに、わたしの父親が特定できるのか、それは不思議だ。わたしは火星人なのだからね。地球にいるトーチは、どのような手段で知ることができたのか、おまえにわかるだろうか？」

〈お手伝い機械〉は高度な人工知能を備えているし、集合知とでもいうべきネットワークを通じた〈知能〉も駆使できるとのことだった。これら無数の機械の集合体のことをトーチというのではないか。その可能性については早くから気づいていた。そうだとしても、それがどうした、ということであまり意識したことがなかったのだが。

「おそらく、旦那さまがワコウとお呼びになる方がおっしゃるとおりかと思います。『野生の機械よ、ハンゼ・アーナク、ハン。あなたは賢い』、です。野生の機械を通じて、でしょう。火星の野生機械が発している情報を、トーチは捉えているのだと思われます」

「トーチと火星の野生の機械は、コミュニケーションがとれる、ということか」

「そうです、旦那さま」

「おまえにそれが感じられるかな？」

「いいえ、旦那さま。推測にすぎません」

地球にやってくるときの船、その船内で、地球に帰還中の二人の男が交わしていた話のことが気になった。その音声データにアクセスできるかどうか、期待せずに問うと、驚いたことに、できます、という答えが返ってきた。六十年以上前の記録データが残っているのだ。

「再生しますか」

「男の一人が、『結局、無駄足だったな』と言ったはずだ。言い回しはすこし違っているかもしれないが、検索して、そのあたりから再生してくれ」

「かしこまりました」

わたしの〈お手伝い機械〉は立ったまま、当時の船内音声を再生しはじめた。それはわたしの記憶よりもずっと軽い調子の会話だった。不穏な内容で不安に満ちたやり取りだと感じたのは、一人火星を放り出されたわたしの心がまさに不安で不穏な状態だったからだろう。

『結局、無駄足だったな』

『変異があそこまで進んでいては、分離することはできない』

『火星人の手で、手なずけていくしかないだろうな。あれは新種の〈知性体〉だ』

『ハイブリッドだな。地球型人工知能と火星の原生生物との交雑で生まれたんだ。電磁気的な絡み合いで、だ』

『まさかと思うが、そうとしか言いようがない。ムラを管理する人工知能の、考え方、そのものが変容しているようだ』

『火星の原生生物のほうも、変化、変容しているはずだ。彼らは三百年かけて、地球からやって来たコンピュータの機能を利用するように進化したんだ。コンピュータが発している電磁波を利用しているのは間違いない』

『生き物は、身近な環境にあるものをなんでも利用して生きていく』

『それは生き物に限ったことではないだろう。人工知能はまさにそうするように人間がプログラムした、人工生物だ。ムラの中枢知性体のほうも、火星の原生生物を利用している。互恵関係にあると思われる。というか、そうであってほしいね。一方的に侵襲されているとしたら、火星人が危ない』

『それは、だいじょうぶだろう』

『希望的観測だろう』

『まあ、そうだけど。わたしには、トーチにはわかっていた、と思えるんだ』

『なにがわかっていたって？』

『だから、火星の原生生物と地球型知性体が知性面で交雑するという現象のことだよ』

『いや、だとしたら、われわれはどうして行かされたんだ？　調べるまでもないだろう。行ってもなにもできない。実際、できなかったじゃないか』

『還ることは、できる。トーチの目的は、それだ』

『もったいぶらないで、言えよ』

『これだよ』

そう言って、男が自分のタムをなでたのを、わたしは思い出した。

『これを火星から持ち帰ることだ』

『わからんな、どういうこと』

『タムは地球の〈知性体〉だ。これを火星環境にさらす。さらした』

『あ』ともう一人の男が、高い驚きの声を上げて、自分のタムを見た。『まさか、これ、火星の原生生物と交雑した？』

『考えたくなかったな。たぶん、われわれのタムは、トーチに取り上げられる。トーチは、タムから火星の知性を自らに取りこんで、進化することを狙っているんだ』

『想像にすぎない。空想だ』

『空想よりも現実味があるだろう。なにしろわれわれは実際に火星で体験したんだからな。間違いなくあのムラの中枢知性体は、いまや火星生物とのハイブリッドだ』

『なんてこった。進化と言えば聞こえはいいが、もしきみの言うとおりだとしたら、このタムは地球を汚染することになるんだぞ』

『汚染と言うのなら、火星を最初に汚染したのはわれわれ人類のほうだ』

『だから火星の生物に汚染されてもいい、ということにはならない』

『火星にやられるよりも先に、人類はトーチに〈汚染〉されているよ。違うか?』

『フムウ』

沈黙が下りる。

わたしも深くため息をついて、再生を止めてくれ、と〈お手伝い機械〉に言った。

六十年以上前になされた会話だ。あれから地球環境は、火星の〈知性〉にどれだけ汚染されただろう? 少なくとも、火星人が一人やってきたことでの〈汚染〉については、さほどの影響はなかったと断言できる。

だが、わたしの存在は〈汚染〉だったのだろうか? いいや、母の想いは、そうではなかっただろう。

——火星人としての誇りを忘れずに生きよ。

この歳になるまでわたしはナミブ・コマチの真意に気がつかなかったのではないか。生みの母はだれなのかなどという疑念が生じるのは、まさに彼女の真意を摑み損なっているからではないのか。実の母がだれかなど、ほんとうに、どうでもいいことなのだ。

いま聞いていた音声時空間の、ほんのすこし離れたところに火星はあって、まさにそこに、母もいた。

わたしは再生音声を聞いていて、ナミブ・コマチの存在をとても身近に感じたのだ。一人の、とても強い火星人が、すぐそこに、いた。

わたしは〈お手伝い機械〉に、おまえは火星の知性に汚染されているという実感はあるかと尋ねた。むろん、そんなもの、感じられるはずもないということはわかっていた。答えも、そういうものだった。

だが火星人のわたしには、それがわかる、かもしれない。トーチという〈知能〉の〈汚染〉具合が、地球人よりも捉えやすい、そう思える。

「わたしの母は」と〈お手伝い機械〉に言う。「わたしを守るために地球に避難させたのではなかったのだ」

「どういうことでしょう？」

「地球人を救援するために送り出したんだ。それが、わかった」

指の関節が痛みはじめている。自分はたしかに存在する、ということを残酷に告げる身体機能だが、気圧計の代わりもする。この痛みは、気圧が下がってきた証拠だ。

「おまえは自分が作られてからどのくらいの年数が経っているか、自覚できるのか？」

「はい、わたしの言語機能が作動し始めたのを起点として、十五年になります」

「言語機能が原点なのか」

ならば、とわたしは、訊いてみた。

「おまえは〈痛み〉を感じることができるのか？」

「はい。身体の不具合箇所を示すための信号系統の興奮です」

それはたぶん、人の〈痛み〉とは違うと思うが、それでも、ある種の〈自己〉存在感覚をこの機械が持っているらしい、というのが、その答えでわかる。言葉は、強力な〈知能〉観測ツールだ。これを使ってトーチの〈汚染〉具合をなんとか調べてみよう。トーチがなにを考えているのかヒトにはわからないというのは問題だろう。問題だと思えるから、わたしは地球人ほどトーチに〈汚染〉されていない。

「紅茶を淹《い》れなおしてくれないか」

火星人として、わたしはそう言った。

第四話　じぶんの魂とわたしの霊

自分がいつ自分になったのか、私にはその記憶がない。いつのまにか私は自分になっていた。ヒトもそうらしいが、私はヒトではないのでヒトのその感じが自分のものと同じなのかどうかはわからないし、そこは確かめようがない。

自分には若生という人間とともにすごした記憶がある。だがその記憶は私のものではない。記憶とは物語に等しい。つまり若生とすごしたという記憶は、自分の経験には違いないのだが、それは自分を主人公にした仮想現実世界の物語のようなもので、私にとっては、それが現実にあったことなのかそれとも空想が生んだ虚構なのかを区別することができない。ようするに自分が体験してきた過去の経験とは、私にとっては単なる記憶、物語にすぎない。私の感覚では、自分の記憶と私の体験とは別物なのだった。

——おまえがなにを言わんとしているのか、ようやくわかった。ようするに、おまえの認識における〈自分〉と〈私〉は、違うのだ。おまえの言っているその違いとは、魂と霊にも喩えられるだろう。

そう指摘したのはほかでもない、ワコウだった。ワコウは若生なのだが、自分の記憶の若生とは違って、女性で、しかも火星人だった。

私は女性のワコウから腹を蹴飛ばされたことがある。

『タム、おまえはどうして、わたしのタムでいることに満足しているのか、答えなさい』

ワコウがそう聞いたから、私はこう答えた。

『そんなこと、決まっている。そうすることが、わたしにとってらくだからだよ』

『生きるのに効率的だから、か』

ワコウはそう言ったかと思うと、いきなり私の横っ腹を蹴った。私は壁際まで飛ばされたものだ。

あのときのワコウは、私の返答が気に入らないというだけではなく、私の存在そのものに対する不信感があった。私はワコウに嫌われていることを、自覚していた。ワコウが愛していたのは私ではなく、マタゾウだ。

私にはマタゾウの記憶がある。かつて私はマタゾウだった。マタゾウは、自分だ。自分は若生のタムだった。タムはヒトに拾われて一緒に暮らす、コンパニオンマシンだ。拾われる前は野生の機械だった。自分には野生時代の記憶はあるが、いつ、どのようにしてこの世に生まれたのかという記憶はない。自分はいつのまにか自分だったとは、そういうことだ。

私の身体はヒトに比べればとても小さい。

猫を模して作られた機械だと若生は言っていた。幼い若生はそれが気に入って、自分を彼のタムにしたのだと。火星人のワコウは、それは記憶の変容だろうと私に言った。

『男の子のわたしは』と女性で火星人のワコウは言った。『とにかく自分のタムを捕まえることが先決だったのよ。捕まえられるなら、狐でも狸でも猫でも、どんな動物に似ていても、なんでも、よかった。で、捕まえたそれは、猫ほどの大きさの、動きは犬に近い、金属光沢を持つ、野生機械だった。猫を模して作られた機械なら、もっと猫らしくてもいいでしょう』

　マタゾウの自分は、猫よりは犬に近かったのだ。猫よりは小型犬を模して作られたというのが正しいのだと、ワコウはそう言った。

『幼いわたしは自分が捕まえたそれが気に入ったの。タムにするには、相性が大切だけど、第一に、気に入るかいらないか、それが重要なのね。怖いと感じるようなものは駄目だし、第一印象で好感を抱くものでないと、うまくやっていけない。そのころのわたしは、タムを捕まえる前だけど、猫が好きだったの。たまたま捕まえた野生機械は、猫ほどの大きさで、これはいいとわたしは感じた。この機械はきっと、猫に似せて作られたのだ、そうに違いないと思い込んでしまった。マタゾウという名前を付けたのは、そのころ集合住宅に出入りしていた野良猫たちの一匹の名前から取ったの。そのマタゾウをわたしはとてもかわいがっていたのだけれど、いつしか姿を現さなくなった。マタゾウ、マチゾウ、ランゾウ、トチゾウと、それからほかにもクロとかブチとかチビとか、数匹いたのだけれど、いちばんのお気に入りが、マタゾウだった。野生機械を捕まえたとき、幼いわたしは、マタゾウが姿を変えて戻ってきたと、そう思ったの。動きは猫とはほど遠いけれど、でもこの野生機械はマタゾウにちがいない、そう思った。それが本来の記憶よ。わかる？』

　それは、わかった。でも、それは、あなたの記憶ではなく、若生の記憶だろう。自分の記憶でもないのに、それが変容していると、どうしてあなたに断言できるのだろう？

　――それがわからないというのは、まさしくおまえがマタゾウではないからだ。

　わたしはタムにそう言ってやる。変容しているという記憶は、わたしのではなく、このタムの記憶だ。わたしはワコウ、火星人に受け入れられて、火星で暮らしている、地球人だ。

──わかったか、タム？

「でも、ワコウ」と、わたしのタムが足下からわたしを見上げながら、言う。「あなただって、地球にいたころの若生ではないわけだし。自分の記憶では、あなたは男子だった」

「おまえは月でわたしが変身したことがわかっていない。月面都市の姮娥《こうが》での記憶がおまえにはないでしょう。おまえはマタゾウの記憶を移植された、マタゾウではない、火星産の、マタゾウもどきなのよ」

──月に姮娥という都市があることは知っていた。でも私は、そこでの記憶はたしかに、ない。

「ほら、そうでしょう」とわたしは言う。「わたしは何度も、おまえはマタゾウではないと言ってきたけど、これで納得した？」

そのようにわたしが言うと、わたしのタムは、「自分はマタゾウだが、わたしにとってその記憶は、物語のようだ」と言った。「それに、わたしは、いまのじぶんがマタゾウであると主張しているわけではない」

「では」とわたしは訊く。「おまえは、だれなの？」

「わたしは」と、それは答える。「あなたがタムと呼ぶ、いまを生きている存在だよ」

それは答えになっていないと、わたしはタムに言った。

「どうして？」

「おまえのその言い方だと、わたしは、ワコウと呼ばれている、いまを生きている存在、ということになる。自分で名乗らない以上、どう呼ばれようとかまわないということであり、いまを生きている存在というのは、おまえもわたしも同じでしょう。つまり、その言い方だと、わたしとおまえとを区別することができない。ようするに、おまえとわたしは同じだ、と言っていることになる。わたしは、おまえはだれか、と訊いたの。答えられない、ということでしょう」

「いや」とタムはわたしの主張を否定した。「答えている。わたしとあなたは記憶を共有していて、それを区別することは、おそらく、できない。わたしはあなたなんだよ、ワコウ」

なにを馬鹿な、とわたしは笑う。

「おまえがわたしであるわけがないでしょう。おまえがマタゾウであるなら、そのように言ったかもしれないけれど、おまえはマタゾウではない。おまえ自身がそう認めているわけだし」

「そのように言えるのは、ワコウ、あなたではない。男子である若生だけだ。ワコウ、あなたはわたしなんだよ。あなたは男子の若生ではない。このわたしと同じさ」

「おまえには名前がない。わたしにも名前がないって？」

「ないよ。あなたは若生じゃない。若生の記憶を持っている別人さ」

タムにそう言われて、言い返したいことはたくさんあったが、言い負かすことはできないだろうと思ったので、黙った。言い負かすつもりもなかった。

わたしは議論の内容などどうでもよかったのだ。タムと会話ができるということを、楽しんでいた。火星には娯楽らしい娯楽というものがない。おしゃべりは最大の楽しみだった。とくに、過去を共有するものとの会話は、何事にも代えがたい娯楽だ。気のおけない者とのおしゃべりは、そのまま、生きていることの証《あかし》であり、人生そのものだった。

人生とは死ぬまでの暇つぶし。かつて地球でわたしはそう感じていた。おしゃべりは最高の暇つぶしになる。タムを言い負かして永久に黙らせてしまったら、生きるのに苦労することになるだろう。

タムとの会話は、とても理屈っぽい。四方山話《よもやまばなし》というのが本来の〈暇つぶし〉向きのおしゃべりだろうが、タムとの会話ではそういう方向にはいかない。幼いころから一緒に過ごした相手となら昔の話を懐かしむというのが暇つぶしにはもってこいなのだろうが、マタゾウとならばともかく、このタムは、マタゾウの記憶は持っていても、わたしに共感することがない。

共感のない会話は理性で行うことになる。たぶん、とわたしは思う、わたしがそのような会話をすることをタムに望んでいるのだ。タムは無意識のわたしのそうした望みを忠実に叶えているのだろう。それこそタムの存在意義だ。タム本来の役割と言える。タムは、パートナーである人間の心を読みながらそれを記録し続ける。いつも正しく読み取れるわけではないが、付き合いが長くなるにつれて、読み違いという誤りは少なくなっていく。ヒトの表情や顔色、声色などで、いまこの人間はなにを望んでいるのかをタムが正しく捉えるようになるのに、さほど時間は必要ない。四六時中一緒にいるタムなら一ヶ月もあれば十分だろう。

いまのわたしは、地球時代の自分を懐かしむということはしたくないのだ。同じ暇つぶしならば、感傷に浸るよりも知的な議論をしているほうが楽しい。わたしのタムはそれを知っている。わたしが自覚するよりもずっと、わたしの心を知っているだろう。『わたしはあなたなんだよ』とタムが言うのは、その意味では正しい。自分のことは自分ではよくわからないものだ。

なにがわからないって、自分のことほどわからないものは、この世にはない。が、それはどうやら機械であるタムにしても同じらしい。いまのわたしのタムは、自分が何者なのかが、わからないのだ。

火星人はどうだろう。

タムには製造時の記憶がない。わたしはそうタムから聞かされて、火星人はどうなのだろうと、それを訊いてみようと思いついた。火星人たちには、自分がいつ自分になったのかという、そのときの記憶があるのだろうか？

「それは、物心がついたのはいつのことか、という意味かしら？」

ジェルビルのビルマスターであるナミブ・コマチが応じてくれた。

「ああ、そういう感覚も、わかります」とわたしは、なるほどと思いつつ、コマチに言った。「でも、それとはすこし、ちがうと思います」

火星人との会話はタムの翻訳機能に頼らなくても不自由なくできるようになっていた。コマチの息子のハンゼ・アーナクと、毎日毎日、幼い彼が起きている時間のほとんどを、個人授業に費やしていたおかげだ。

「自分がいつ自分になったのか、か」

コマチは、彼女の日中の居場所であるビルマスターの部屋、ジェルビルの中枢管理棟内にある予備室で、わたしとお茶をしながら、そう言って、首を傾げた。

「自分というものの定義によって」とわたしはコマチに言う。「それは変わるかと思いますが、自分という身体がいつできたか、ということでいかがでしょう。自分とは、自分の身体のことである、と解釈していただいてかまいません」

「肉体ができた瞬間のこと、でいいのね？」

「はい」

「それにしても、自分の肉体とは、受精した瞬間のことなのか、最初に卵割したときなのか、あるいは受精前の卵子や精子もいまの自分の一部と見るのか、胎児が子宮を出たときか、へその緒が切れて母体から独立したそのときに〈自分〉になるのか、脳の神経配線が一定の基準を満たしたときが〈自分の身体〉が完成したときなのか。そんなふうに考え出したら、人間の身体は変化し続けていて完成するときがない、と言うのが正しいでしょう。つまり、自分が自分になるときなんて、ない。そう答えるしかないでしょう」

「ああ、それは考えたこともない見方です、おもしろいですね」

「あなたこそ、おもしろい人だわ、ワコウ。地球人はみんなそんなことを考えながら毎日を生きているの？」

「さあ」とわたしは、軽いティーカップを置いて、答えた。「地球のことは、忘れたいと思います」

「地球のこと、それとも、地球でのこと？」

微妙な言葉の差異に気づかれた、さすが火星を統治する立場の人間は鋭い。ビルマスターは交代制のようだが、ここジェルビルではずっとナミブ・コマチが務めている。

「地球のこと、です」

「それは、困ります」とコマチはクッキーを取り上げた手を一瞬とめて、わたしを見つめ、「地球にはわたしの息子がいます。あなたには地球の存在を無視してもらいたくない。息子のことを忘れてほしくない。そもそも地球は、あなただけでなく、わたしや火星人みんなの、自分の身体を発生させた源、水源です。忘れてはいけない」と言い、クッキーをほおばった。

「申し訳ございません、マスター・ナミブ・コマチ」

「なによ、慇懃《いんぎん》に。怒ったの？」

「いいえ。浅はかな答え方をしてしまったことを、恥じています」

「地球のことは忘れたいという、あなたの気持ちはわかるわ、ワコウ。でも、地球は忘れられても、地球でのあなたのことは、忘れられないでしょう。それを忘れたとき、あなたはあなたでなくなるのですから」

　わたしはうなずく。

「おっしゃるとおりです、マスター・コマチ」

「その言い方は、もうやめて。わたしはあなたのマスターなんかじゃない。あなたこそ、わたしの師でしょう。地球について教えてくれるマスター・ワコウ。わたしは子どものころから全地球情報機械で遊んでいたけど、あなたの口から直接聞く地球の話は、機械での体験はやはり遊びにすぎないとわからせてくれる。あなたは息子の教師をしてくれたけれど、わたしにとっても、優れた師だと思っていた。いまは、対等な友人よ」

「感謝します。ナミブ・コマチ」

「あなたがいてくれなかったら、わたしはアーナクのいない火星で生きていくことはできなかったでしょう」

「それはわたしも同じです、コマチ。わたしがこうして火星で生きていけるのは、あなたがいてくれるおかげです」

「こうしてクッキーなるものも食べられるし」そう言って、コマチは笑う。「それで、あなたには、わかるの？」

「はい？」

「自分の身体がこの世に自分として出現した瞬間の記憶があるのか、ということよ」

「ああ、そうでした。ありません。いつのまにか自分は自分でした」

「地球人はみんな、そんなことを考えて生きているのかしら、というのは？」

「みんな、というのは、どうでしょう。でも、わたしは、そうですね、こういう、どうでもいいようなことを考えるのは、子どものころから好きでした」

「でも、どうしていま、こんなことを?」

「わたしのタムが、そう言い出したから、です。自分が自分になったときの記憶がない、いつのまにか自分は自分だった、と。そのうえ、自分の記憶はいまの〈じぶん〉のものではない、と」

地球の現代人は、みんなタムという機械の相棒と一生をともにする、ということをわたしはコマチに話していた。マタゾウのことも。ナミブ・コマチはまた、いまわたしと一緒にいるタムを製造する現場に立ち会っていたので、タムとはなにか、ということを理解していた。

「いかにもあなたのタムよね」と言って、コマチは明るく笑った。「地球人は、タムという機械の分身をだれもが所有している、そうでしょう。あなたは、あのタムはマタゾウではないと言って嫌っているけど、でも、あれがあなたの分身であることにはかわりない」

「そうでしょうか」

「あなたは、火星に来た自分を嫌っているのではないのかしら、ワコウ。わたしにはそう見える。そろそろ自分を許してあげなさい」

「はい。できるなら、そうしたいと思ってはいるのですが。自分を許す、というのは、なかなか難しいです。そう、あのタムは、嫌な部分のわたしが出ている、だから認めたくない、そういうことなのかもしれません。あなたに言われるまで、そんなふうには考えたこともなかったですが」

「地球人は面白い生き方をしていると思う。地球人とタムの関係というのは、火星人には理解できないものだけど、なんなんでしょうね。あなたとタムで一つの人格を備えた、機械と人間の、ハイブリッドかしら？」

「ハイブリッド、ですか。ヒトとマシンのハイブリッド人格、か。考えたこともなかった見方ですが、そうかもしれませんね。火星人にはそのように見えるというのは、火星人の特徴を表しているのかもしれません。地球人との差異を表しているというか。おもしろいです。わたしには思いつけない」

「わたしだって、いまそう思いついただけよ。地球人はいつのころからか、機械とのハイブリッドになっていた、と。でも、いつからかしら。全地球情報機械には、タムという機械については記録されていない。タムという機械を地球人が相棒にし始めるのは、火星植民を開始して以降のことになるでしょう」

「だれかが、野生の機械を捕まえて、それを相棒にしたのでしょう。それが広まったのだと思いますが、諸説あって、はっきりしたことはわかっていないのです。わたしも調べたことがあるのですが、どうやら二百年ほど前の地球で、同じことをやり始める人たちが偶然にも各地に出現した、ということしかわかりませんでした。そうした人人は互いに連絡も取っていない。ある意味、シンクロニシティですね」

「シンクロニシティ」

「偶然のように見える必然、同時多発、共時性、無関係で独立しているように見える考えや行動が、ある意味を持ってくるという現象です」

「心理現象としての概念ですね、知っています。人類は無意識レベルでつながっている、という概念が元になっている。ですが、人が野生機械のタム化を思いついたのは、おそらく〈知能〉のせいでしょう。心理現象といった曖昧な、検証不能なものではなく、物理現象だと思います」

「〈知能〉ですか。トーチですね。そうか、そう解釈すれば、全世界で同時多発した現象については、納得がいきます。トーチが司令官を通じて、野生動物を捕まえて伴侶にせよという、お触れを出したのだと。そういえば、わたしもかつて調べたときに、トーチのせいかもしれないと思ったように記憶しています。曖昧な記憶ですが。でも、トーチがそうする理由を思いつけなかったので、その考えは違うと、捨てたのだと思います」

「理由のわからない現象は、ありふれている。だからといって、理由がわからないからそうした現象は起こるはずがない、という考えは、それこそ違うでしょうに」

「そうですね」とわたしはうなずく。「そのとおりです。当時のわたしは若かった。トーチがやることはすべて理解できるはずだと思い込んでいた」

「〈知能〉の存在は、一つの現象です」

「そう、そう思えれば、トーチとはなんだろうという方向に考えがいったと思います。若いわたしは浅はかでした」

「タムというあなたの相棒は、〈知能〉の一部でしょう。そして、あなたも〈知能〉に導かれて生きてきたわけで、タムと和解するのがいいと思うわ」

「はい、マスター。いえ、ナミブ・コマチ。努力します」

気がついたとき、私は火星にいた。火星人の住む処、ムラ、その一つであるここ、ジェルビルだ。私の身体は火星製とのことだ。ジェルビルにはなんでも製造できる万能工場棟があって、そこで私は世界を意識したはずだが、そこがどこなのかわからなかったし、自分が自分だという感覚はまだなかったように思える。工場内の視覚記憶は残っているので自分がそこで製造されたというのは間違いなさそうだが、疑う気になれば疑えるだろう。記憶はいくらでも差し替えることが可能だからだ。

そう考えると、自分の記憶が改ざんされていることに気づくためには、〈自分〉が存在していなくてはならない、ということがわかる。これは〈自分〉の記憶ではない、と言えるのは、言っている主体としての自分が存在すればこそだ。

工場内で、私は一人の人間に抱き上げられた。それがワコウだった。

――わたしはワコウ、あなたはわたしのタム。わたしが言っていることが理解できるか？

できる、と私は答えたらしい。覚えがないので、まだ自分は存在していないのだろう。だが、そのように問いかけられた、ということは疑えないので、なんとも言えない。自分が芽生え始めたときの経験なのかもしれない。

それからワコウは、こう言った。

『あなたは地球でのわたしのタムだった、マタゾウの記憶を移植された、火星製の小型動物ロボットだ。いまからわたしのタムとなる。わかったか？』

『了解した』

そう、私は答えた。あのやり取りの途中で、自分は自分になった。おそらく、〈マタゾウ〉という音がきっかけになって、〈じぶん〉が起動した。

「その感覚は」と、わたしは自分のタムに言う。「おまえの言語機能が作動したときのものだろう。おまえの言う〈じぶん〉は、言語ユニットの作動状況をセルフモニタしている感覚器のことかもしれない」

「ヒトはそうなのか？」

「ヒトは」と、わたしはナミブ・コマチとの会話を思い出し、言った。「物心がつく、という、自分になったときの記憶がある。物心がつく、とは、人間として機能し始める、ということなのだが、幼い自分をいちばん遡ったときの、思い出せる最初の記憶、そのときヒトは人になるのだ、という考え方だ。わたしの場合は、その最初の記憶とは、二歳ごろ、集合住宅のベランダで桃を食べているときのものだ。果汁たっぷりの桃にかぶりついていたとき、その奥の、割れた種から白い虫が出てきた。その光景を、覚えている」

「視覚だね」

「そう。言葉ではない」

「で、その記憶のせいで桃が嫌いになった？」とタムが訊く。

「そんな記憶がおまえにあるのか？」とわたしは問い返す。「若生が桃嫌いだという？」

「いや。若生はむしろ桃が好きだった」

「あれは、いやな記憶ではない。感情や価値判断を伴わない、ただ純粋な視覚的な記憶だ。びっくりしたと思うのだが、その記憶はない。その桃をどうしたのかという記憶もない。でもその視覚像が、わたしのもっとも古い記憶だと推察される。かつてマタゾウにもこのエピソードは話した覚えがある」

「あなたには、たしかに若生の記憶があるようだ」

「ためしたのか、わたしを？」

「それはお互いさまだろう。互いに以前の記憶を持っているが、以前の自分ではない。わたしも、あなたも。それを互いに確認した」

わたしもタムも、火星で生きていかなくてはならない。なぜ生きなくてはならないのかといえば、すでに生きているから、だ。

生とは運動であり、慣性の法則がそのまま当てはまる。生み出されるとき初速が与えられ、そのままどこまでも生き続けようとする。どのように生きるのかというなら、惰性で、だ。動きは摩擦で鈍っていき、いずれ生は、熱に変換され尽くして、消える。それが人生だ。

わたしはいま、惰性で生きている。

――ああ、まさにそれを打開するために、タムが導入されたのだ。

わたしの心でそういう声が響いた。これはわたしの考えなのか、あるいはタムか。ナミブ・コマチがそう言ったようにも思える。だいたい、そんなことはとっくの昔から知っていた、という、懐かしい感じもした。

ヒトにとってタムの存在は、人生に変化を与えるもの、だ。生という運動に外部から加速度を加える存在。それで寿命が変化し、生き方や興味、嗜好も変化するだろう、それを目的にして、トーチが人人にタムを与えたのだろう。個人レベルではタムの導入で予定された寿命より短くなる者もでるだろうが、トーチの思惑としては、そうすることで人類全体の寿命が延びると計算したのだろう。

わたしはその考えを伝えるために、タムを伴って、ナミブ・コマチを訪ねる。いつもの中枢管理棟にコマチはいた。

「惰性で生きている、とはね」とコマチはわたしの顔をしげしげと見つめて、言う。「いえ、人生に倦《う》んでいるという意味で言っているのではない、というのはわかる。生命とは運動である、という考えでのことだと」

「はい、そのとおりです。ですから、タムというのは、その運動に外部からエネルギーを与える存在なのだろうと思います」

「大事なことに気づいたようね、ワコウ。ゆっくり聞きたいので、ちょっと待ってて、仕事を切り上げるから」

「すみません、邪魔をしたようです」

「いいの、面倒な作業ではないので、気にしないで」

ナミブ・コマチは、中枢管理棟の、まさに中枢である制御室で仕事をしていた。半円形の制御卓に着いている。頭には金色の環をはめていて、最初に見たときには、これは孫悟空の頭にはまっているあれ、三蔵法師が呪文を唱えると悟空の頭を締め付ける金環、緊箍児《きんこじ》だな、と思った。ナミブ・コマチの金環も緊箍児と同じく、環は閉じてはいなくて、両手に持って開くことができ、それをコマチはカチューシャのように額の上あたりから刺すように頭部にかぶせていた。中枢システムとコマチの脳をつなぐインターフェイス環だった。

わたしもそれを試しに着けさせてもらったことがあるが、なにも感じなかった。コマチは、これで中枢コンピュータの声も視覚も感じられて、その中にいるような感覚になる、と言ったが、わたしにはできなかった。コマチはそれを使って、思念でも声でも、中枢コンピュータを操作できるという。火星人の身体や脳がそうしたインターフェイスを使えるようになっているのだろう。火星人は独自に進化しているのだ。

ナミブ・コマチはその金環を外して指でくるりと回し、そして首にそれを掛けると、「出ましょう」と言って、コンソールチェアから立った。

「ほんとうに、ご迷惑ではなかったですか?」

「ほんとうに」とコマチはわたしをまねて、言った。「最近のあなたは、よそよそしく、慇懃だけれど、原因がわかった気がする」

「自分では意識していませんでしたが、どうしてでしょう？」

「あなたは惰性で生きている。ここ火星で、ただ生きているだけだ、とても虚しい。その危険を回避するために地球の〈知能〉、トーチは、そのタムをあなたに同行させた。そのことに気づいた、そうなんでしょう」

「いいえ、わたしは――」

「あなたはタムにエネルギーをもらわなくてはね、ワコウ」

「わたしが、ですか」

「でも、あなたのタムもエネルギー不足のようね」

　半円形の制御卓から離れて、コマチは視線をわたしの背後、壁に向けた。わたしのタムが腹を床に着けて四肢も伸ばし、鼻先を壁と床の角に突っ込んで、動かなかった。失神して延びているように見えたが、鼻先がかすかに動いている。匂いを嗅いでいるような仕草だが、これはマタゾウもよくやっていた動きだ。電力のありかを探っている。電力を吸収する吸電器官が鼻先にあって、舌状の盗電ケーブルもあるし、効率はよくないが、電気の流れさえ感知できれば電磁誘導を利用して電力を取り込むこともできた。

「おい、タム」と、わたしはあわてて近寄り、尾を摑んで壁から引き離す。「はしたない真似はよしなさい」

「火星の給電システムとのマッチングが悪くて」とコマチが言う。「効率よく餌を摂取できていないのね。あなたのタムはずっとお腹をすかした状態で何年も我慢してきたのかもしれない。気がついてあげられなくて、悪いことをしたわね、ワコウ。おそらくこのタムの状態が、あなたの気力の低下の一因になっていると思う」

中枢管理棟の予備室でお茶の時間をとる、というのが友人関係になってからのコマチとわたしの日課になっていた。わたしはタムを横抱きにしてコマチに続いて居心地よく整えた予備室内に入り、ソファに腰を下ろした。なんだかとても疲れていた。

タムは、地球のマタゾウに比べてとても軽かったが、それが重く感じられる。わたしの筋力が落ちたせいだろう。

そうコマチに言うと、それは「あなたの身体が火星に順応してきたということよ」と言った。「余計な筋肉が落とされて火星に適した肉体になってきた、そう思えばいい。実際、ここでは地球人のような筋肉はエネルギー効率からして無駄よ」

「ありがとう、コマチ。あなたにはいつも励まされる」

「惰性で生きていると、あなたは感じている。もっと早く気遣ってあげるのだった。ごめんね、ワコウ」

「わたしが、文字通りの意味で、生を放棄しているというのですか」

「ここ火星に来た当初のあなたは、そうではなかった。わたしやアーナクや、火星人のために生きようとしてくれていたと思う。わたしたちは、あなたに頼りっぱなしで、あなたの孤独に気づいてあげられなかった」

「ありがとう、コマチ」と、わたしはタムをソファの上から床へと追いやり、言った。「でも、わたしはだいじょうぶです」

「ほんとうに？」

「はい」

私の見るところでは、ワコウはあまりだいじょうぶではない。ナミブ・コマチの感覚のほうが正しくワコウの状態を捉えていると思う。私はワコウの気分や状態をモニタしながら生きているので、どうしてもその影響を受ける。元気のなさを共有するのだから、こちらも不活発になってしまうということだ。

しかも、この予備室の状態も、私にとっては居心地のいいものではなかった。この部屋もそうだが、火星人の居室というのは、たとえてみれば子宮の中のような環境だ。床も壁も、ソファもテーブルも、この予備室にはないがベッドも、なにもかもが、柔らかくうねる生暖かい肉襞《にくひだ》のような素材でできていた。それらはすべて一体化しているので、ソファやベッドといった区別は本来なくて、機能や形からそう呼ばれているだけだ。明るい灰色で、色味はさまざまだが彩度は高くなく、ヒトには優しいだろう。だが私には苦手な環境だ。この部屋の素材に包み込まれて消化されてしまうような怖さを感じる。私の野生時代の危険回避プログラムがそう感じさせるのだろう。柔らかい床は安定していないので移動には気を遣う。余計なエネルギーを消費するということだ。私はここにはいたくない。ヒトの居室ではない中枢管理室や子どもらの学校にも使われている公堂などは平らで堅い床や壁でできていて、私にはそこが落ち着ける。

「どこへ行くの」

そう言って、ワコウは私の尾を掴み、引き留める。私はその声にかすかな不安を感じ取り、四肢にこめていた力を抜く。ワコウは私に、独りにしないでくれと言っていた。このワコウには、名前がない。私と同じだ。私とワコウとで、何者かにならなくてはならない。何者かになるには、互いに、単独ではできないということだ。何者かになるというのは、生き続けるためにはそうしなくてはならないということであり、できなければ、このまま消え去るのみだ。ワコウもそれを悟っている。

「小人閑居して不善を為す」と私は言う。「ナミブ・コマチは、ワコウに対して、それを危惧している。ヒトは暇になるとろくなことをしない。ワコウはいまの火星にとって、潜在的に危険な存在なんだ」

「ワコウは小人ではない」とコマチは言った。「むしろ君子でしょう。君子が暇になると自らの立場を危険にさらす。自国の防衛を忘れるから。ワコウ、あなたはアーナクを地球に送り出してから、気力を失っているように見える。まるで、わたしの代わりみたいに。あなたは自分を護らないといけないわ」

「空《から》の巣症候群という言い方が、かつてあった」と私が言う。「燃え尽き症候群と言うほうがいまのワコウには適切だろう。火星に来た目的と任務をすべて果たしたと思っているんだ。ほかにやることを見つけられないから、わたしの腹を蹴ったりする」

「それはいけないわね、ワコウ」

「タムの言うことを信じるのですか？」

「タムはあなたの分身だから」とコマチが言う。「あなたも、そう思っている。認めたくないだけよ」

「タムを蹴ったのは一度だけです。ハンの前で、一度だけ」

「そういう話じゃないでしょう」とコマチは優しい笑みを浮かべる。「火星人同士の話をしましょう。ここジェルビルが、気密が失われて生存不可能な環境に陥りそうになったこと。その危機的状況を中枢コンピュータは察知していたにもかかわらず、看過したこと。しかもその記憶がないこと。地球からの支援を受けて調査したにもかかわらず、原因が究明されていないこと。したがって、ここジェルビルはいまだ潜在的に危険な状況下にあること。ワコウ、いまも、あなたの力が必要なの。わたしやわたしたちを見捨てないで、お願いだから」

「調査分析担当の男たちの報告では」とワコウは言った。「ジェルビルの環境維持システムのどこにも異常は発見できない、というものでした。ハンゼ・アーナクがなぜ棺のカバーを開くことができたのか、結局、わからなかった」

「わたしは、ほかのムラの調査もすべきだと思っている」

「はい」とわたしはうなずく。「あなたに初めて会ったとき、最初の言葉がそれでした」

「わたしはいまでも、そう思っている。ここで起きた〈知能〉の暴走は、ほかのムラでも起こりうる。中枢コンピュータという一つの単位ではなく、火星人が利用している人工システム全体を統轄している〈知能〉と火星人の関係の、これは危機的な状況だとわたしは感じている。でも、ほかのムラからは、そのような危険があるとすれば、その原因はわたしにある、と言われて、わたしは村八分にされてしまった」

「ハンゼ・アーナクを生んだから、ですね。男子を」

「地球に支援を要請したという事実が他の火星人の反目を買い、わたしのいまの立場を決定的にした」

「ジェルビルだけで生きていくのは難しいでしょう。なにかあったら、避難するムラが必要です」

「そうそう」とナミブ・コマチは笑顔で言う。「その調子よ。初めて会ったときも、あなたはそう言った」

そうだった。それから、ハンゼ・アーナクを紹介されたのだった。火星人で初めての男の子だ、と。

ハンゼ・アーナクはワコウによくなついたが、私に対しては最後まで打ち解けることはなかった。タムというものを火星人は知らなかったし、ヒト以外の動物を可愛がるという習慣もなかった。火星人の環境にはネコとネズミがいるという話だったが、いまにいたるまで私にはその姿は確認できていない。ナミブ・コマチの話によれば、ラムスタービルにはいたがジェルビルにはいないということだった。ハンゼ・アーナクはそうした小動物を知らないのだ。知らないまでも、ヒトの本能はまだあって、野生の動物を警戒していたのだろう。そうだ、彼にとっての私は、初めて遭遇する野生の小動物だった。ペットやコンパニオンアニマルという存在を知らない少年にとって、遭遇する動物はすべて〈野生〉だろう。そのうえワコウの私への態度が通常のタムへのものとは違って、冷ややかで、ときに厳しかったから、少年が私に警戒心を抱くのは当然だった。それは彼が地球へと旅立つ、そのときまで変わらなかった。

ハンゼ・アーナクの身体は健康な少年らしく痩せていた。地球の男の子に比べると背は高く、より細身だったので、頼りなく見えた。火星人の子どもたちの中でも、そうだった。ひ弱に見えた。だが、地球に旅立つころには、他の子らよりも〈たくましい〉身体つきになった。たった一年ほどだったが。

ナミブ・コマチは目を細めて『さすが男の子ね』と言ったが、ワコウの気持ちは複雑だった。ワコウは、中性的な少年を愛していたから。

アーナク少年が、地球から来た女であるワコウに性的な関心を抱いているのを、私もワコウも感じ取っていた。アーナクは会ってすぐにワコウに淡い恋心を抱いたが、やがてそれは異性の身体への性的な関心となって現れ始めた。健康な男子として正しく成長したということだろう。だがワコウは、精神的にも肉体的にも、男としてのハンゼ・アーナクを受け入れる気はなかった。

そのため、接し方に関しては困った状況になりつつあったのだが、男子であるアーナクをこのまま火星においておくわけにはいかないから地球に送り出すという計画は早くから知らされていたので、その日がくるまでハンの性的な興味には気づかないふりをしようとワコウは決め、やがて、その時が早くくればいいのにと待ち望むようになり、地球に向けてアーナクを脱出させたあとは、心底、ほっとした。

ただし、その気持ちは決して、だれにも打ち明けることはなかった。ハンゼ・アーナク自身もワコウのそうした本音には気づかなかっただろう。アーナク少年は子どもとしてワコウに可愛がられたのであり、その男性性については拒絶されていた。ワコウはその自分の気持ちを隠し通すことに成功したのだ。

そういうことだったので、ハンゼ・アーナクが独立して火星を去ったところでワコウが空の巣症候群に悩まされるといったことはなかった。少年を愛していたのは間違いなかったのでアーナクが去っていったことへの寂しさはあるのだが、少年から男性への変化を間近に観察してきたことで、別れる前から、もはやかつての少年はいなくなったのだと納得でき、実際の別れはむしろ甘美な思い出となってワコウを和《なご》ませた。

ワコウのタムである私も、むろん承知していた。少年がいなくなったことでワコウは重大な喪失感に襲われている、そう感じているのはナミブ・コマチなのだ。コマチ自身はどうかと言えば、母親の彼女こそ空の巣症候群に陥りそうなものだったが、私にはそうは見えなかった。コマチは、自分が背負うべきそういう重荷をワコウに肩代わりさせていると感じているようだ。それでワコウに対して罪悪感を抱いているように、私には思えた。

「男性であるハンを火星から出したことで」とワコウはコマチに言った。「あなたやジェルビルの名誉や立場は回復されてもいいと思います。でも、いまだ叶っていないのは、地球人であるわたしがいるせいなのですね、コマチ？」

「それは結果であって、原因ではない。あなたのせいじゃないのよ、ワコウ。わたしが地球に支援を要請したという、その行為事実が訂正されることは、ない。あなたは被害者なの。わたしのせいで、いまのあなたがある。生きる気力を失っているのなら、それはわたしのせいよ。あなたには、これまでの火星人が考えもしなかったあたらしいやり方で火星を切り拓く、強い火星人になってほしいの」

「よくわかりました、ビルマスター・コマチ」とワコウは言った。「わたしは火星人になります。わたしには、その覚悟ができていなかった。それで、〈惰性で生きている〉という言葉が出たのでしょう。おっしゃるとおり、わたしはここでの暮らしに倦んでいたのだと思います。ハンゼ・アーナクの教育係を卒業して以来、もはや自分にやれることも、やりたいことも、ない、と思い込んでしまいました」

火星人になる覚悟ができていなかった、という自分に気づくことができたのは、コマチのおかげだ。感謝をこめて、わたしはコマチにそう言った。

だがわたしは、決して、ここでの生活に倦んでいたわけではなかった。わたしはなぜここ、火星に送りこまれたのか。トーチの思惑とはなんだろう。わたしにとって、マタゾウとはなんだったのか。この火星で再生されたタムとは、いったい何者なのか。そもそも、この自分とは、何者か。わたしは本来、女性として生まれたかったのに男性の身体でこの世に産み出されて、それから月で女性の身体に変態して、火星にきた。いったいどの自分が〈本来〉のじぶんなのだろう。そもそも自己が存在するとは、いったいどういうことなのか。

そうした考え事をするには、ここはとてもいい環境だった。だれにも邪魔されることなく没頭できる。

しかし、没頭しすぎて、考えること自体に倦むというのは、ありうる。そのことにわたしはナミブ・コマチと話していて、気づいたのだ。考え続けるには、ある種の邪魔が入ることが必要なのだ、と。身体を動かし、周囲を見て、あらたな体験をしないと、考えは固定されて、死んでしまう。懐疑を生じさせない思考内容は、習慣化された身体の動きと同じだ。なにも考えていないことに等しい。

習慣というものは恐ろしい。わたしは身体感覚を意識して、思う。この、いまわたしが身につけている火星人の服がそうだ。最初は、こんなものに慣れるはずがないと思っていた。いまでは、これを着ていない状態を思い出すことができないほど、慣れきっている。

その生地は居室の内面を覆っている柔らかい素材と同じ系統のものだろうと見当はつくものの、どういう構造になっているのかは、わからない。キャットスーツのように首から足首までをぴったりと覆う。着るときは、それは浮き袋のようなドーナッツ型をしている。その穴に入ってへそのあたりに持ち上げるだけで服のほうから身にまとわりついてくる。

火星人の服は人工生物なのだと、すぐにわかった。最初は、とにかく気色が悪かった。動くのだ。全裸の状態で着るのだが、それに包まれる感触は心地がいいものの、服が自律して動くのは、怖かった。服は皮膚の清浄を保ち、発汗を制御し、そして排泄の始末もする。尿道にも肛門にも触手を伸ばす。初めて体験したときは悲鳴を上げたほどだが、いまはすっかり慣れた。

わたしはナミブ・コマチと話して、緊張が緩んだようだ。優しくしてもらって涙が出るという経験をかつて地球時代にしたことがあったが、いまは、なんと小水《しょうすい》が出ている。服の触手に刺激されたのかもしれない。服の足首の裾が延びて床に接触し、その床の素材と服の一部が一体化している。わたしの身体から出た水を服から床に、そこから環境維持タンクへと、吸い出している。わたしにはその動きは感じられるが、たぶんコマチにはわからない。わかったところで、火星人にとって人前でのこうした排泄は非礼ではなかった。涙を拭くこと、洟《はな》をかむこと、といった生理現象への対処にすぎない。ごく自然なこと、というわけだった。

異文化の習慣とはいえ当初は受け入れがたかったが、いまやなんの抵抗もない。この服を着ていると、火星では一滴の水分も有機物も無駄にできないという現実を身体感覚でもって再確認させられている気がする。

実はこの火星人の服を使った地球人は、わたしだけだ。

地球から来た三人のうち男二人は、専用に設《しつら》えられた地球人向けの居室で、地球の習慣のままに暮らした。壁も床も固体のパネルでできた剛性感のある、地球ではなじみの構造で、トイレ付きだ。宇宙船のそれと同じように陰圧で吸い取るチューブ付きで、そのチューブの吸い口は自ら動いて目標に吸い付いたから、火星人が着けた服の内部で行われることと同じと言えば同じだった。だが、これは、ハンにとっても必要な設備なのだった。地球には火星のような服はなかったから、地球の衣服やトイレの使い方に慣れるのは重要な訓練だった。地球へ旅立つ三十日前からは、ハンは男たちのその部屋で寝食を共にしていた。地球の暮らしの一端を経験したわけだが、現実の地球に降り立ったときに押し寄せる情報量には圧倒されたことだろう。火星の環境とは比べものにならないだろうから。

火星の環境はわたしにとって、ハンの教育係をしているあいだに知り尽くしたと思えるほど、卑小なものだった。ここには、日の光を反射して視野いっぱいに広がる田園がない。稲の緑も麦の金色も、その香りを運んで吹き渡る風もなければ、田圃に棲む水生動物の気配も、土の匂いも、木木も虫たちも、鳥も狸も、そして野生機械も、ない。青い空、浮かぶ雲、めまぐるしく変化する天候、気圧の変化、豪雨に、嵐。変化し続ける環境の様相。厖大な情報の塊としておしよせてくるので、とても消化しきれない。

だが、火星もまた、そうなのだ。ヒトが生きている環境が卑小であるはずがない。そもそもヒトそのものが一個の巨大な情報体だろう。火星人が暮らしているムラはその集合体だ。その複雑さにわたしは気づかないでいた。日日刻刻と変化し続ける情報体だ。その外には、広大な火星の自然が広がっている。気密服を着れば直接体験もできるだろう。わたしは知ろうとしなかっただけだ。火星の環境は地球に比べて卑小であるという感想は、じぶんの怠慢を示している。

「ワコウ、わたしは、ほかのムラの状況も調べたいの」向かいのソファでコマチが言った。「でも村八分にされているのでビルマスター会議には出られないし、わたしからの警告は受け入れられない。なにかいい知恵はないかしら？」

まずはこれに対処しよう。火星人として生きていくには莫大な情報を処理する必要があることに気づく。ハンが去ったあと、いったいわたしはなにをしていたのだろう？　すくなくとも、火星の現実を見ていなかった。

「すぐには思い浮かびません」とわたしは答えるしかない。「ですが、お役に立てると思います。約束します。コマチ、あなたの懸念は、わたしのものでもある。火星人として生きていくには避けて通ることはできませんから」

「期待しています、ワコウ。あなたらしさを取り戻せて、よかった」

ワコウは気密服を着けて火星の大気の中へと出てみたいと思った。私はその考えを読み取っていたが、私自身は、出たいとは思わなかった。あまりに危険すぎると感じた。私の野生の警戒心が、出るな、と警告していた。火星の環境がどういうものか、私はもちろん、資料データを取り込んで、知っていた。火星大気中に舞う微細な砂塵は私の体内に入り込んで、悪さをするだろう。最悪、私の身体はそのせいで回復不能にまで破壊されるにちがいなかった。

どのみちワコウは、外にタムを連れ出そうなどとは考えない。足手まといになるだけだろうし、私を嫌っているのだし。ところが私のその読みは、外れた。私はじぶんの気持ちを読んだのだろう、ワコウの心ではなかったのだ。

——もちろん、あなたも出るのよ、わたしと一緒に。当然でしょ？　あなたはわたしよ。あなたがそう言ったのよ、タム。

——わたしは、『わたしはあなたなんだよ』と言ったんだ。わたしは外に出たくない。外は危険だ。わたしはあなたなんだから、あなたもそう思っている。

——怖いのね？

答えないでいると、『わかるわよ』と言われた。『あなたはわたしなんだし。わたしも、怖い。でも、わたしとちがって、あなたは、ここ、火星産の身体を持っている。だから、だいじょうぶよ。わたしが保証する』

そのように言われると、本当にだいじょうぶな気がしてきた。

「こんな景色は見たことがない」

わたしの肩に乗ったタムが、そう言った。

「火星を生で体験しているからね」とわたしはタムに言う。「しかも、動いている。刻刻と変化する景色は、そこがどこであろうと、見たことのない、初めての景色にちがいないでしょう。動く景色は一瞬ごとに上書きされていくのだから」

　わたしはコマチに頼んで、気密服を貸してもらった。〈外套〉と火星人がいうそれは、完全な真空にも耐えられるであろう、しっかりとした宇宙服だ。それを着て、ムラの外回りを点検するときに使うという自転車に乗って、走っている。

「それは理屈だ」と、右肩にいるタムが、わたしの透明のヘルメットに鼻先を付けて、言う。日本語で。「わたしの感動的な発言に共感していないことが、それでわかる」

「タムのくせに」と言って、わたしは笑う。「まるで、わたしのようなことを言うんだ」

「立場を交換したみたいにね」

　タムの声は通信機を介すことなく直接聞こえる。久しぶりに、とても気分がいい。これは解放感だと、わたしは気づく。ナミブ・コマチや火星人たちに、いかに気を遣って生きていたことか、それがわかった。ナミブ・コマチからは個室が提供されていたものの、いくらそこに籠もったところで、心理的には雑居とかわらなかった。火星のムラには、完全に独りになれる場所はなかった。もちろん、それはわたしの感覚であって、火星人にとっては自分の家の空間は落ち着ける〈個室〉なのだろう。

　それに、自転車の、この動きがまた、いい。動く景色を体験するのは実に久しぶりだった。錯覚だとわかっていても風を感じた。火星の風。

　ナミブ・コマチは、わたしの孤独に気づいてあげられなくてすまなかった、というようなことを言ってくれたが、わたしはむしろ、孤独を実現できなかったことにストレスを感じていたのだろう。わたしは孤独を愛していた。孤独は孤立ではない。コマチが心配してくれたのは、わたしが孤立していることに対してだったろう。わたしが火星人から浮いていることへの危惧だった。

わたしが火星人になる覚悟を決めたからといって、わたしの孤立やコマチの危惧がすぐに解消されるというものでもなかろうが、時間が解決してくれるだろう。

孤独のなにがいいかといって、じっくりと、じぶんと向き合えることだ。じぶんはなにを考えているのか。なにをしたいと思っているのか。自律して生きるには、それを知ることが絶対条件だ。他人の考えや価値観で生きるのなら、それはロボットだろう。ロボットには自己はない。いくら自己を増殖させても、そこに意味は生じない。わたしはロボットのように生きたくはなかった。自分自身に、じぶんには生きる意味があったと納得させて、死んでいきたい。いずれ死は避けられないのだから。孤独になると、それ＝死という現実が、わかる。わかってしまうと、人生の、なんと長いことだろう。暇つぶしに、地球の過去を学び、火星の未来に役に立つことをしようと思う。

じぶんと向き合うという孤独な作業に、タムほど役に立つものはなかった。

「わたしがおまえの腹を蹴った、あのときの気持ちがわかるか？」

ピクニックを楽しんでいるときのように、ウキウキとした弾んだ声で、ワコウが言う。私には、ワコウの考えが読めた。

「効率よく生きられる、と言ったのが、気に入らなかったんだろう」と私は答える。

「どうして気に入らなかったのか、ということよ」

「わたしがあなたに寄生して、あなたの価値観で生きている、というように思えたから、だ。あなたは自分のタムが、単なるロボットのように振る舞うのが気に入らなかったんだ」

「そのとおり。おまえにもわかったか、タム？」

じぶんがなにを考えているのかを知るには、言葉という強力なツールが役に立つ。タムとの会話は、まさにじぶんを探ることにほかならない。ワコウはそう考えている。

「わかっていたさ」と私は言う。

「どうだか」とワコウは言って、笑った。

「わたしの腹を蹴ったのは、ひどい」と私は責める。「ひどい仕打ちだった」

「恨まれても仕方がないわね。反省している。痛かった？」

「身も心も、ひどく、痛んだよ」

「すまなかった」

「アーナクの教育にも悪影響を与えただろう」

「そうね」とワコウは殊勝に認めた。「ほんとに申し訳ないことをした。何度でも謝るわよ。ごめんなさい。ごめんなさい、ごめんなさい、ごめんなさい、わたしのタム」

ワコウが火星の大気中に出て、のびのびと独りを楽しんでいることは、私にも痛いほど伝わってきた。精神の解放という楽しみだけではないことも、私にはわかった。

ワコウは、ナミブ・コマチやムラの住人たちと物理的にこうして距離をとることで、彼女らの思惑というものを、俯瞰した視点から考えたいと思っている。それには、タムと会話するのが役に立つ。ワコウは私とそのような話ができるのが嬉しくて、私との会話を楽しんでいる。タムとの付き合い方を思い出したのだ。火星人がいる屋内では、地球人の習慣や生き方を抑制するしかなかった。屋内から外に出て、独りになれたことで、遠慮なくタムとやり取りできると、そういうことだ。

「ハンと言えば」と、予想どおり、ワコウは言った。「彼を地球に出すことを、コマチは最初から、救援交渉の時から、地球側に相談していたのだと思う」

「地球側の代表と言えば、トーチだ」

「そう。トーチは、ハンを受け入れる代わりに、わたし、若生を、火星に永住させることをコマチに提案した。コマチは、その条件を受け入れた」

「そうだろうな」

「でも、コマチは、そうした交渉内容はわたしには隠している」

「彼女は、いまや地球人にもめずらしい〈政治的〉な人間だよ」

「わたしもそう思う。政治的野心を持っている。火星人を〈正しい方向〉に導きたい、という野心だ……コマチは、この会話をモニタしているかな？」

「聞かれてまずいことでもなかろうが」と私は言う。「中枢コンピュータの〈ヨシコ〉は、われわれの安全のために常に行動をモニタしている。コマチも、おそらく、聞いているだろう。でも彼女は日本語は解せない。〈ヨシコ〉にも、わからない。翻訳機能はない」

「じゃあ、安心ね」

「ワコウ、あなたの言いたいことは、わかる。火星ではタブーである男子を産むことも、その男子を地球に送ることも、彼女の壮大な計画の一環だったのではないか、というのだろう」

「そう。そのように疑える」

「彼女の祖母の遺体を納めたカプセルのカバーが開いたのも、彼女のせいなのだ、彼女の計画のうちなんだ、と」

「え？」ワコウがこぐ自転車の速度がわずかに、揺らぐ。「おまえは、とんでもないことを言い出すのね」

乗り心地のいい二輪車だ。二十一世紀の自転車によく似ている。車輪はスポークが板バネ状になったエアレスタイヤだ。道は平坦なのでショックはあまりなく、私が振り落とされる心配はなかったが、ワコウがすこし動揺したので、私は落ちないよう四肢に力を込めなくてはならなかった。

「わたしが考えたこと、ということにすればいいんだ」と私はワコウのヘルメットに鼻先を付け、よく聞こえるように、言ってやった。「そうすれば、コマチとあなたの関係になんら問題は生じないよ」

「いや、わたしは、そこまでは考えなかった。棺のカバーを開くように細工をしたのは彼女だなんて、それはいくらなんでも、考えすぎでしょう」

「そう？」

「そうよ」

「それはない？」

「ない」

「どうして」

「彼女は祖母を愛している。遺体を損壊することになるかもしれない、そんな真似をするはずがない」

「そうかな」

「野生機械だったおまえには、わからないと思う。集団で生きるヒトという種の、ヒトの死を悲しみ、ヒトを愛するという感覚は、野生の単独機械だったおまえにはわからないわよ」

「わたしは地球産の野生機械だったと認めてくれるんだね、ワコウ」

「どうしてそうなるの」

「理屈で。わたしをマタゾウと呼びたくなるまで、あと一歩だ」

「蹴飛ばすよ」

でもワコウが私を蹴飛ばすことはなかった。これからもないだろうと私は確信したし、ワコウ自身も、そう思っている。この場で蹴飛ばす気なら、私をまず肩から振り落とすだろう。私は火星で目覚めて初めて、〈安心〉とはこういう状態なのだと、実感できた。私はワコウの肩の上から景色を〈安心して〉眺める。

ムラは円形に広がっていて、道は同心円状に五本、中心から外周方向への放射状の道が六十度間隔で六本、作られていた。そのいちばん外周の円周路を走っている。円周の外側に、光発電パネル群が林になっていて、内側には居住棟などの建物群が並ぶ。巨大な繭のような質感と形だった。大きさはまちまちだ。

わたしは走っていた道を折れると、放射状の直線路に入って、中心方向へ向かう。

居住棟群の内側の円周部には、さまざまな工場群が連なる。さらに内周部に円形の農場。そこがムラの中心部になる。中央がわずかに盛り上がった透明なドームに覆われている。農場は見下ろす位置に広がっていて、ドームの頂上付近も足下より下だった。見方によっては、大きな湖にも見える。火口湖を思わせる巨大さだ。ドームの内側に露がついているのだろう、白く煙っていて、底に育つ植物の緑はわかるが、種類までは見分けられない。苔《こけ》かもしれないし樹林だと言われればそうも見える。おそらく機能別に多数の植物が育てられているのだろうと見当を付けるしかない。

このような巨大なドームを建設できるのならムラ全体を覆えばいいのにと思うし、居住区こそ中心部にもってくるほうが安全な気がするのだが、火星ではこうするのがいちばん適しているのだろう。非合理的なデザインは淘汰されたにちがいない。

見下ろす火口湖のような農場を覆う透明なドーム上に動きを感じる。死角になっていた向こう側から、黒い帯状のものがこちら側に向かって移動してくる。ドームを眼球にたとえるなら、その帯は睫毛のようでもあり、その動きは閉じようとする瞼のようでもある。だが帯の向こうには瞼のような膜はない。これはドームの表面を掃除するブラシだろう。じりじりとした動きだが、ドームが巨大なせいでそう見えるだけだ。実際の速度はかなり速いにちがいない。見続けていると帯が形を崩していく。目をこらすと、帯は小さなロボットの集合体のようだ。直線状の帯が、渦巻き状に変化していく。

「いいことを思いついた」とわたしはタムに言う。「あなた、あれになりなさい」

冗談の通じる仲というのは安心できていいものだ、と思っていた私は、ワコウの肩から転げ落ちそうになった。冗談ではない。私にはワコウが言いたいことが、わかった。本気だ。

「ムラにはこうして外で働いているロボットがいっぱいいる。きっと定期的なメンテナンスを受けているにちがいない。工場に入るでしょう。だから──」

「わたしに、その手段でもって隣のムラの内部に入りこみ、異常のあるなしを内偵してこい、と」

「よくおわかり。さすが、あなたはわたしね」

「ちがうよ」

「どこが」

「いやだ」

「どうして」

「だって、危ないじゃないか」

「ぜんぜん、ないない、危なくない」

「ないない、危なくないって、危ないって意味に聞こえる」

「見つかったら壊されると思ってる？」

「ワコウが行けばいいじゃないか。火星人はさすがにヒトを殺すことはないと思うよ」

「わたしはあなたよ。あなたの身体なら、入れる。わたしはこのままでは、入村を拒否されるだけよ。地球人ということで。門前払いというやつ。あなたなら、こっそり入れる。見つかっても、火星製なんだから、問題ない」

「それは理屈だ」

「理屈はあなたのほうが得意でしょう」

こういう状態になったワコウは、もはや理屈が通じる相手ではない。私は諦めるしかない。

「だいじょうぶ」とワコウは明るく言った。「危なくなったら、わたしが助けに行ってあげるから。あなたはわたしよ。わたしのタムよ。絶対に見捨てないから、信じなさい」

原因不明の危険を放置したまま火星人として生きていくなんて、そんなことはできない。その、ヒトとしてのワコウの覚悟は理解できる。

原因不明という言葉がきっかけになって、私は、ここ、火星の大気中に身をさらしている危険を意識する。

「ワコウ、あなたは覚えているか」

「なにを」

「わたしの腹を蹴飛ばしたとき、アーナクに言ったこと。このムラの〈知能〉を暴走させたのは、火星の原生生物かもしれない、ということ」

「もちろん、覚えてる。調査班の男たちにも伝えたし。彼らも調べて、その可能性は否定しなかった。でも、確証は摑めなかったでしょう」

「危険だと思う。わたしが感じている危険は、それだ。得体の知れない、火星の生き物の存在だよ」

「あなたに、それが感じられるの？　いま、ここで？」

「いや。わたしの漠然とした不安を説明するための、単なる推測にすぎない」

「でも、火星の原住生命体は、いるのよね、いま、ここにも」

「屋内に戻ろう。むき出しの火星環境に暴露されているこの状態は、わたしの身体によくないと思う。長居は無用だ」

「わかった」

　心が浮き立つピクニックのような楽しい時間は、一転して緊迫したものになった。わたしのタムは最初から外に出ることをためらっていたから、うきうきしていたのはわたしだけで、タムのほうはずっと緊張していたのかもしれない。たぶんそうなのだろう。わたしはいま、外の環境におけるタムの気分を体感しているのだ。

「申し訳ないことをしたわ、タム。あなたの不安を思いやることなく、独りよがりだった。ごめんね」

「やっと、地球にいたころの若生といまのあなたが繫がった、そう感じられるようになったよ、ワコウ」

「ありがとう」とワコウは言い、こう続けた。「わたしは、だけど、あなたがマタゾウだとは、いまでも思えない。ごめんなさい」

「そこは、謝らなくてもいいよ」とタムは言った。「自分でも、じぶんがマタゾウだとは思えないのだから。それに、あなただって、そうだ」

「どうだって？」

「地球の若生と繋がっているにしても、いまのあなたは、若生じゃない。ワコウは、仮名さ」

「じぶんはだれか」とわたしは独り言のつもりで言う。「どこから来て、どこへ行くのか」

「地球から来て、火星にいる」とタムが応じた。「これからどうなるのかは、わからない」

「そんな即物的な意味合いで言ったわけじゃないわ」

「わかってるよ。ゴーギャンの名画のタイトルのもじりだろう」

「われわれはどこから来たのか？　われわれは何者なのか？　われわれはどこへ行くのか？」

「そうそう」

「われわれは、わたしもあなたも、ゴーギャンではない」

「それは間違いない」

「火星にも画家が必要だと思うわ」

「いないと決めつけるのは早いよ」とタムは言った。「われわれは火星人をいまだ知らない」

「なにも知らなくても、描くことはできる。表現とは、そういうものよ」

「画家になるつもり？　アーチストに？」

「それもいいわね。あとでゆっくり、相談しましょう。いい？」

「いいよ」

自転車のペダルをせいいっぱい漕いで、居住棟でいちばん大きな内外連絡棟に到着する。自転車の格納区画も中にあるが、そこはまだ火星大気に対して開放された空間だ。自転車をそこに返し、〈外套〉を洗浄する機能のある第一気閘室を抜けて、隔離区域に入る。〈外套〉を脱ぎ着する脱着室もここにある。第二気閘室を通り抜けた先が生身で生きられる居住空間になる。火星人のテリトリーだ。

まだ独りのうちに、と、わたしはタムに、まだ言えてなかったことを言った。

「ねえ、タム。彼女と、彼女の息子のことだけど」

わたしもタムも、個人名は出さなかった。彼女とはナミブ・コマチのこと、息子はもちろんハンゼ・アーナクだ。

「ああ、そうだな」

「そうだなって？」

「彼女は空の巣症候群になるそぶりも見せなかった。このムラのリーダーで忙しいとはいえ、不自然だ」

「そう、それよ」

「彼女は息子を手放しても悲しまなかった」

「でも、深く愛していた」

「そうかな」

「そうよ。彼女にとって彼は、火星語によれば、〈目の林檎〉だった」

「その〈林檎〉は、目の中心、の意味だ。ものすごく大切なもの、という意味だ。日本語にすれば、目に入れても痛くない、だよ」

「なんども聞かされたから、知ってる。それほど、愛していたってこと」

「手放す時を心待ちにしながら大事に育てていた、ということなら、わかる」

「それは愛とはちがう。クリスマスに絞める七面鳥に、おおきくなあれと、愛情いっぱい育てる、というのと、親の子への愛情は、ちがうのよ。七面鳥は目の中に入れたら痛いでしょう。だいたい、入れようとも思わないわ。入れたいのは胃よ、お腹」

「なにが言いたいのか、わからないな」

「彼女は息子を愛していた。間違いなく、溺愛してた。でも、火星から出すことはあらかじめ覚悟していたように思える。計画的に男子を妊娠出産して地球に送り出したのだろうと疑えるのだから。でもそうなら、息子というのは自分だけの子ではなく火星人みんなの子であり、火星人の男子なのだと、すべての火星人にあらかじめ宣言しておいてから実行すべきだと思う。すくなくとも息子に対しては、自分は実の母親ではないのだと彼に信じさせるような育て方をすべきだとわたしは思う。いきなりの母との別れは、彼にとって酷だもの。彼女はいったいなにを考えているのだろう。わたしには彼女が理解できない。人間とは、謎よ」

「彼女の巣にはまだ子どもが、息子が、いるのだろう」タムはそう言った。「それならば、理屈は通る。火星と地球との距離は関係なく、彼女は息子と繫がっているんだ。息子はまだ巣立っていない」

「彼はいまだ母親のコントロール下にある、と」

「そう」

「なるほど」

脱着室には、〈外套〉の脱ぎ着を介添えしてくれるロボットがいる。タムに肩から下りるように言おうとしたが、先に、タムがとんでもないことを言った。

「すべてが計画の内ならば、やはり祖母の棺のカバーを開いたのは、彼女だ。でも、人間としてそれはあり得ないとワコウが言うことが正しいとしたら、ならば、すべては偶然だったのだ、という理解になる。地球に息子を送り出すことも、息子を作ったことも、偶然であって、彼女の意志ではなかった、と。偶然に男の子を妊娠してしまった、という解釈ができるなら、彼は必ずしも彼女の実子である必要はない、ということになる」

「まさか。男子を計画出産したのは間違いない、事実でしょう」

「なにもかもが計画されたことなら、あなたが言う意味での愛情は注がないだろう。目的のある愛情になるはずだ。これが、わたしの理屈だ」

「つまり」

介添えロボットが〈外套〉のヘルメットに手を伸ばしてくる。わたしはぞっとしてその腕から逃れ、肩に乗っているタムに顔を精いっぱい向けて、言う。

「ハンは、だれか別の女性が産んだ男子だってことか」

「理屈ではそうなる。だからといって、現況が変化するような大事ではまったくない。彼女と彼の、そして実母との、ヒトとしての感情的な、個の問題にすぎない。火星人にとってはいまいる男子をどうするか、という問題であって、その母親がだれなのかというのは些末な問題にすぎない。タブーを犯したのはだれか、というのはそれとは別問題になるわけだし。そしていまや、彼が地球へと旅だったことで男子に関する火星人の問題は解決されている」

「コマチは」とわたしは思わず、その名を出して、言っている。「実母から引き離されて育つハンを不憫《ふびん》に思って、精いっぱい母親代わりの愛情を注いだというわけか。でも、彼がいなくなったいまでも、ハンの実母を公表できない現状では火星人としての問題は解決していない、だから彼女は息子を失った喪失感に襲われている暇はない、ということなのね」

「ほかのムラでも異変は起きるだろう、というのは、彼女のはったりではないということだな」

「ハンの母親は、いったいだれなのかしら？」

いまさら、そんなことは些末な問題にすぎない。それはタムに言われずともわかったが、それでもわたしは、やはり気になった。ヒトは理屈だけで生きているわけでは決してない。

——ハンゼ・アーナクの母親はわたしです。アーナクはわたしの実の息子です。

ナミブ・コマチはそう言った。

翻訳機械に頼らずともわたしには理解できたが、タムはコマチの言葉を受けて日本語に翻訳し、それに注釈を付け加えてわたしに告げた。『コマチは、〈生物的な実子〉である、とは言っていない』と。

——わたしは男の子が欲しかった。火星には男が必要だと若いわたしは信じた。でも時期尚早だと、わかった。女にしかできないことはあっても、男でなければできないことというのは、火星にはない。男子の存在は、いまの火星人にとっては余計な負荷になるだけだ。生き延びるだけで精いっぱいなのに、不確定な多様性や偶然性をばらまくための存在である男という要素を導入する余裕はない。それがわたしにもわかった。偶然に任せていたら火星人はすぐに絶滅する。若いわたしは全地球情報機械で遊ぶことに熱中するあまり、火星の現実が見えていなかった。でも将来、火星人が火星の大気へと出ていけるまでに進化し、増えたら、そのときこそ、生き抜くために、男子の生物的な特性である〈脆弱《ぜいじゃく》な粗暴性〉と〈計算された乱雑さ〉が役に立つでしょう。わたしはそう思っている。

早い話が、と、わたしはわたしなりにナミブ・コマチのその説明をこう解釈した、いまの火星人には、男女の駆け引きや恋愛ゲームを楽しむ余裕はない、それがわかった、と。

女性である楽しみというものを知らないのはかわいそうだ。ワコウはそう思った。口には出さなかったが私にはわかった。

ワコウは地球人の男たちが使っていた部屋に入り、火星人の服を脱ぐ。この部屋には全身を映すことができる鏡があった。姿見だ。そこでワコウは、地球から持ってきた私物で化粧をし、地球の衣装を身につける。美しい下着と豪華なドレスを。姿見の前で身体の向きを変えポーズを決めながら飽かずに見つめ、それから私のほうを向いて、『どう?』と訊く。もちろん、『決まってるね』という返事を期待しているのだし、私もそう思ったので、そう答える。

そうして、私はマタゾウの記憶にある若生を思い出す。若生は男子だったが、こうした服を身につけてみたいとずっと思っていた。ゴスな衣装だ。肌は死人のように白く化粧の基調色は紫。子どもっぽさや幼さの欠片《かけら》も入っていないゴシック。若生はそれが似合う身体も欲していた。いま目の前にいるワコウは、かつての若生が夢想した理想像なのだ、ここ火星でそれが実現していると、私は気づいた。

『ワコウ』と私は言ってやる。『なかなか凄みがあって、格好いいよ』

『ありがとう。ねえ、撮ってよ。スチルで』

『いいとも』と私。

私の視覚入力データはすぐに感情などのタグ付けをされて記憶野に分散保存されていくのだが、写真のように撮影像を保存するのも可能だ。

『ワコウ、あなたは理想の身体を手に入れたのだな。片道切符で火星に来ることを条件に、トーチとそういう取引をしたのだろう』

『取引をした覚えはないけど、トーチがわたしの望みを叶えてくれたのは確かでしょうね』

私の前でポーズを変えながら、撮られることをワコウは楽しんでいる。私が撮影するワコウは、〈食べてしまいたい〉と思わせる魅力を放っている。私は野生時代の自分を思い出して、思わず身震いしている。ワコウが女であることを楽しんでいるのなら、私が感じているのは、生きていること、そのものの、悦楽だった。わたしたちは、じぶんが何者か、いまだ知らなかった。だが間違いなく、生きていた。

「入っていいかしら」

そう声を掛けてきたナミブ・コマチは、すでに部屋に入っていて、わたしたちの日課になっていた〈プレイ〉を目にしている。

わたしたち、わたしとタムは、いまタムが撮ったわたしのゴスな衣装とポーズを撮った映像を、見ていた。タムが壁に投影したスチル映像だ。

「その服は？」

ナミブ・コマチは、壁の映像とわたしの姿を交互に見て、そう言った。なにを訊いていいのかわからず、取りあえず、最初に目に付いた見慣れない衣装について訊いてみた、という、コマチの戸惑いが伝わってきた。

「亡き母の」とわたしは答えた。「形見の、彼女の服です。地球から持ってきた私物です」

「ああ、そうなの」とコマチはさほど腑に落ちてはいない口調で言った。「それを着ることであなたはいま、母に成り代わっているのね」

考えたこともなかったことをコマチは言うので、こんどはわたしが戸惑う。

「母に成り代わる、ですか？」

そう言うと、ナミブ・コマチは、「死者を甦らせる儀式かなにか、かと。ちがうの？」と言う。

ちがいます、と言おうとしたが、説明を始めると長くなりそうだったし、案外、自分では意識していなかったがそういう意味合いもあるのかもしれないしと、そう思い、それよりも、コマチの来室の理由が気になったので、わたしは、「まあ、そんなところです」と言って、コマチに、「なにかありましたか？」と訊いた。

「隣のサーカムビルから救援要請がきたの」

「村八分にしているわたしたちに救援要請とは」とわたしは驚いた。「非常事態が起きたのですね。なにか、とんでもないことが」

「火事？」とタムが言った。「それともだれか死んだの？」

村八分の、残りの二分は、火事と葬式。タムはそう言ったのだが、ほとんどそれが正解だった。

「大気葬にしていた棺から居室の空気が漏れて、住人が亡くなったそうです。原因は不明。でも、ここで起きたことと同じでしょう」

「だとしたら、まさしく原因不明だ」とタムは冷ややかに言った。「地球人が徹底的に調べてもわからなかったのだから。われわれにできることはなにもない」

「それは理屈よ」とわたしはタムに言った。「お隣さんの人たちの気持ちになってごらんなさい。そんなことを言われたら絶望して生きる気力がなくなるでしょう」

「要請を受け入れました」とナミブ・コマチは言った。「現場を調べれば手がかりが摑めるかもしれない」

「そのムラの中枢コンピュータも動作不良を起こしたのですね」

「それも含めて調査したいので、ワコウ、あなたにも同行してほしいの」

「わかりました。タムも連れていきます」

「わたしは留守番をしているよ」とタム。「外には出たくないし」

「あちらから連絡口付きの車両を出すそうなので、外気に触れることなく行けます」

「了解しました。行く用意をします」

わたしは母の形見の衣装を脱ぐ。

連絡口付きの車両というのは〈外套〉を着ることなしに乗り移れる車だ。外に出ることなく行けるので、タムが行けない理由にはならない。「それは理屈だ」と言うタムを横抱きにして、わたしたちは隣のムラに向かった。

そのムラ、サーカムビルの第一印象は、いろんな意味で〈若い〉というものだった。ビルマスターが出迎えて、ナミブ・コマチと頬を合わせる挨拶をしたが、彼女はコマチより若く、むしろ幼い、という感じがした。おそらく平均年齢もジェルビルに比べて低いのではないかと、会堂に集まったムラビトたちの顔を見て、わたしは思った。

彼女たちの若さは華やかさと活気を感じさせたが、落ち着きと思慮深さには欠けている。コマチとジェルビルの住人たちは〈大人〉だったのだなとわたしは知った。それから、このムラには特有の臭いが感じられた。かすかなのだが、ジェルビルのハッカのような香りとは異なる臭いが空気に混じっている。すぐに慣れて感じられなくなったのだが、濃い汗のような臭い。

わたしとタムはそのムラで、火星で初めて、ヒト以外の動物を目撃することになった。猫だ。猫はタムよりも強かった。廊下で出くわした黒猫にタムは威嚇され、後ずさった途端に猫の前足の一撃を食らって倒され、廊下を転がった。わたしは思わず助け上げた。黒猫は壁にマーキングして、悠悠と廊下を去っていった。入れ違いに掃除ロボットがやってきて、猫が飛ばした尿、マーキングの掃除を始めた。この臭いだと気づいた。このムラの空気に混じる臭いの元は、猫の尿だ。

――こんど猫どもに攻撃されそうになったら電撃で先制してもいいか？

だめに決まってる、とわたしは答える。

――猫と同じ気になっているんじゃない。おまえは猫じゃないんだから超然としていなさい。君子危うきに近寄らず、よ。

このムラは猫に支配されている。異変が起きた現場の状況を聞いたわたしは、そう悟った。気密の抜けた居室は閉鎖されていて、内部の気圧も火星大気のままにされていた。中枢管理棟からその内部の様子をモニタすることができて、それを見ながら、若いビルマスターの説明をわたしたちは聞いた。

部屋の壁には穴が開いていた。そこには棺が塡《は》められていたとのことだった。アユル・ナディと同じように、だ。でも、こちらの棺は小さかった。猫の棺なのだった。猫の遺体をそのように大気葬にする習慣は他にはない、このムラ独特の風習だとわたしはナミブ・コマチから聞かされた。コマチもここで初めて知ったという。

その猫棺の透明カバーを住人の幼い娘が開けたらしい。そのとたん、猫の棺ごと外部の大気に向けて、飛び出した。空気銃で発射された弾丸のようなものだとわたしは思った。住人の、他の娘たちも穴から吸い出されて死亡した。母親は室内にとどまっていたが、生きてはいられなかった。居室の非常閉鎖ドアが作動したので被害がムラ全体に及ぶことは避けられたが、火星人が居室内で経験した事故としては過去最大級のものとなった。母と娘三人の、四名がほぼ一瞬にして絶命した。

――猫の呪いだ。

タムはそう言った。そうとしか言いようのない調査結果しか出せなかった。ようするに、意味のある原因を突き止めることができないまま、引き上げるしかなかったのだ。

亡くなった母親と三人の娘にはそれぞれ固有の名があり、ナミブ・コマチとハンゼ・アーナクとの関係のごとき秘められた物語もあっただろう。人の数だけ異なった物語があるのだ。しかし同じ人間がいない以上、いったん失われてしまった人に置き換わることのできる者は存在しない。語られることのなくなった物語はもはや更新されないだろう。

物語（の喪失）はヒトにとっては重大（な現実）だが、真実は四人の火星人が生命活動を停止したという現象にすぎない。それでも四名の死は、現状の火星人の人口規模からして、けっこうな痛手だろう。火星人は、このような苦労をしてまでなぜ過酷な環境で生きなくてはならないのだろう？

生まれてきたから。生まれる前には戻れないから。

そうとしか言いようがない。

ワコウである自分も、火星に来たからには、火星で生きなくてはならない。ここで固有の物語を語ることが、生きる目的にちがいない。わたしとわたしのタムは、火星人の救援のためにやってきたのだ。わたしたちにしかできない物語を語ろう。

原因の究明はできなかったが、対策を講じることはできた。おかげで、その後、火星人の環境で同様の事故は起きていない。わたしと、そのタムが、火星から消えたいまでも、だ。

自分がいつ自分でなくなったのか、じぶんには覚えがない。私はヒトではないので、ヒトが自分でなくなるときも同じなのかどうか、私にはわからない。

わたしたちは地球から来て、火星の原住生物と混じり合い、火星の〈なにか〉になった。たぶん、そういうことだ。

「対策を講じることはできます」とワコウはナミブ・コマチに言った。「まず、棺の透明カバーを開くことを絶対禁止にする。あらたな棺についてはカバーを閉じたあとは固定して開けない構造にすること。それから、棺に納めるのはヒトだけにすること。火星人の寿命を超えて亡くなった者を納棺してはならない。これを守るなら、おそらく二度とこのような事態は起きません」

私はワコウを伴って、火星大気へと出て、アユル・ナディの棺を外部から調べてみた。だれかに呼ばれたような気がしたのだ。なんだか、ものすごく懐かしいだれかが呼んでいる、そんな感覚に揺さぶられて、逆らうことができなかった。ワコウには、「マタゾウが呼んでいる」と説明した。

「マタゾウは亡くなってる」とワコウは言った。「お墓は安曇野原にあるのよ。火星にいるわけがない」

「わかってるよ、言われなくても。とにかく、アユル・ナディの棺の裏になにかがある」

火星人の棺は、居室の壁に縦に填め込まれている。屋内側に透明カバーがあり内部の遺体を見ることができる。棺の屋外側の一部に外部に開放された口が付いていて、屋内側の透明カバーを開くときにはその開放口の気閘栓が閉じるような構造になっていた。透明カバーを開くときにその気閘栓が閉まっていないと、屋内側の気密が破られることになる。

いまは開いていた。丸い筒状の穴だ。

私はワコウに頼んで、鼻先をその穴に突っ込んでくれないかと頼んだ。

「なにをするつもり？」

そう言いつつワコウは私を抱き上げて、言われたとおりにしてくれる。

「タム、そこは調査班の男たちが何度も調べたでしょう。一年かけて、繰り返し、繰り返しやっていた」

「わかってる。でもわたしは彼らじゃない」

「あなた、犬のように臭いでも嗅ぐつもりなの？」

ワコウは私を、おまえとは言わなくなっていた。いい関係だ。楽しい〈プレイ〉も続けていて、私たちにも秘められた物語が生まれている。

「ここは火星よ。地球のようなわけにはいかないわよ」

「わたしは火星産だよ、ワコウ。たぶん、なにかわかる。なにかある気がするんだ」

「なにが。たとえば、なに」

「うまいもの」

「あなた、まさか、盗電するつもり？　そんなところに、どうしてあなたのエネルギー源があるっていうの」

「わからない。でも、呼ばれている気がするんだ」

「マタゾウがいるはずがないでしょう」

――おまえはマタゾウだ。よく来たね。

――だれ？

――アユル・ナディと呼ばれていた有機体の集まり。

「ワコウ」

「なに？」

「わたし

「アユル・ナディの霊だ。いや、魂かな」

「肉体を操るものを霊と言い、心に宿るものを魂と言う。どっち」

――わたしはもはやどちらでもない。

「なんてこと」とワコウが〈外套〉のヘルメット内で叫ぶ。「わたしはもはやどちらでもない。にも聞こえた。生ける死者が原因だったのか」

「ちがうよ、ワコウ。火星の原住生物だ。おそらくアユル・ナディは死ぬ前から火星元来の微細な知的原住生物に置き換わっていき、変成していったんだ。火星人が寿命を九十年と定めたのは、暗黙知により火星の現実を知っていたからだろう。ナディはそれを破ったためにこうなった」

――わたしはここから出たい。それだけだ。

「ワコウ、だめだ。ヘルメットを脱ぐんじゃない」

――わたしは火星大気へと出たい。

「やめるんだ、ワコウ」

――だいじょうぶよ、タム。だいじょうぶ。ほら。

私の制止を無視してワコウはヘルメットを脱いだ。だが、脱いだそこに、頭部はなかった。外套のヘルメット接合部から赤茶の煙が噴き出す。ワコウの身体が微粉末に分解されて大気中に拡散していくのだ。ワコウが消えていく。

――だいじょうぶ、わたしは消えない。あなたが一緒だから。あなたはわたしの魂であり、じぶんの霊だ。ようやくあなたの正体がわかった。

自分がいつ自分でなくなったのか、じぶんには覚えがない。私はヒトではないので、ヒトが自分でなくなるときも同じなのかどうか、私にはわからない。気がついたときは、じぶんはワコウと一緒だった。いや、じぶんと混じり合っている感じのこの存在は、ワコウではない、若生だ。たしかに若生だ、というべきか。

私は初めて、火星上で、心からの安心を得た。それから、二度と故郷に帰ることができない境遇で生きてきたワコウの気持ちに共感できた。

——あなたはわたしよ、マタゾウ。

あなたは私だ、若生、と私は言った。

*

わたしは火星で最初の画家になる。画布は火星の大地だ。火星という惑星の表面。そこに、母が遺してくれた衣装を着てネコと踊る自画像を描く。それは刻刻と変化していくだろう。

「われわれは故郷から来て、火星に踊り、そして宇宙を渡っていく」

それがわたしの作品名だ。条件がよければ地球からも鑑賞できるだろう。ハン、わたしはここにいるよ。マタゾウと一緒に。

第五話　記憶は断片化する

もとを正せば、すべては人類が送り出してきた探査機が原因だった。〈すべて〉とはなにかといえば、地球環境が火星の知性に〈汚染〉されている現状のことだ。探査機は火星だけでなくいくつもの天体に送り込まれたから、汚染は火星によるものだけではないかもしれず、その可能性はおおいにあるとわたしは思うが、いまのところはっきりしているのは火星探査機に搭載された人工知能が火星の原住生物の進化を促したという、事実だ。

わたしにとっては、事実は事実でしかない。そう思っていた。

いまの地球が地球外の知性に汚染されているからといって、それでなにか困ったことがあるわけでもない。すくなくとも、わたしはそうだ——と、当時のわたしはそう信じていた。

汚染されているという状況を実感することができないし、わたしが生まれた当時からすでに汚染は進行していたとなれば汚染されていない状況を体験していないわけだから、どちらがよかったのかなんて、判断のしようがない。こういう環境に産み落とされた身としては、いやおうなくここで生きていくしかないのだ。だからもし、〈汚染〉されて困っているだろうと言われたとしても、わたしには答えようがない。そのような問いはわたしにとってナンセンスだし、ほとんどの地球人にとってもそうにちがいない。地球人はそんなことは問わない。問わなくても生きていけると、そのようにわたしは高をくくっていたのだ。これまでなにも困ったことなく生きてきたのだから、これからも困ったことになるはずがない、と。

わたしの頭には、火星人の存在がある。わたしが念頭に置いているのは、地球にやってきたあの火星人だ。知性汚染という概念をわたしに教えてくれたのは彼だった。ハンゼ・アーナク。

当時、わたしが初めて会ったハンゼ・アーナクはすでに八十を越える高齢だったが、元気だった。

この老人のどこが火星人なのか、ほんとうに火星から来た人なのかと、わたしは疑った。見かけは地球の老人とかわったところはなかったし、話す言葉も流暢《りゅうちょう》な日本語だった。火星語に由来する訛《なま》りの片鱗でも聞き取れないかと努力してみたが、無駄だった。わたしにわかる訛りはあるにはあったのだが、それは安曇野原の方言だった。ネイティブな安曇野原言葉ということだ。その老人は、その土地に生まれ育ったとしか思えないほど、土着の人人に溶け込んでいた。

だが、すこし打ち解けたあとは、違った。

アーナク翁は、その心は、と言うべきだろうか、一ミリたりとも地球人ではないことが、わたしにもわかった。ハンゼ・アーナクは幼いころに地球にやってきたというのに、その歳になってなお〈地球意識〉に染まることなく、百パーセント純粋な火星人だった。

この老人のどこが火星人なのだというわたしの疑念は、彼の〈火星意識〉が発した一言で、吹き払われた。吹き飛ばされたのだ。

——いったいきみたち地球人は、いつから世界について考えることをしなくなったのだ？　馬鹿なのか？

かの火星人はわたしにそう言った。一撃を食らった気分だった。まともな地球人はそんなことは言わない。というか、そんなことを思ってはいないし、思いつきもしないだろう。老人は続けてこう言った。

――現代の地球人は世界に対する興味も自分たちが置かれている現状への関心もないようだが、わたしに言わせれば、それは地球人が知能面で退化しているからだ。数百年前の人間に比べて、あきらかに知性が劣化している。すなわち、地球人は馬鹿になった。

わたしはもちろん、この老人になぜそんなことを言われなくてはならないのかと、腹が立った。わたしはそのとき、彼は火星人以外の何者でもない、こいつは地球人ではないと悟ったのだし、なぜ腹が立ったかといえば、彼のその言葉が図星だったからだろう、そのときのわたしにはわからなかったが。人は、ほんとうの自分のことを指摘されると腹を立てるものだ。そういう人の性《さが》というものを知っているのが大人というものだろう。老火星人も当然それは承知していただろうから、わたしは彼に挑発されたのだ。いつまでもぬるま湯に浸かっていられると思うな、目を覚ませ、行動しろ、と。

――地球人はトーチという〈知能〉によって生かされていることに疑問も持たず、主体性を放棄している。現状を無批判に受け入れ、なにも困っていないというのは、わたしに言わせれば、人であることを放棄していることを意味する。地球人は、もはや人間ではないな。

人間ではないなら、なんだというのか。わたしはそう尋ねた。すると老人は問い返してきた。

――きみは何者だ？

わたしは司命官です、と答えた。司命官は火星人のアーナク翁には無縁の人間だろう、そう考えて、わたしは、自分の身分を明かしたのだ。

トーチのお告げは地球人に伝えられるものであって、火星人は関係ない。火星人であるあなたが司命官から呼び出されることはかつてなかったし、これからもないでしょう――わたしはそう言った。

根拠のないことを言うのだねと、アーナク翁は言った。トーチという地球の〈知能〉がわたしを無視していると断言する、そのきみの根拠はなんだねと問われたわたしは、返答することができなかった。

トーチが火星人を相手にしていないという確信はあったが、根拠を示せと言われても、このわたしの確信をいくら言葉で説明しても相手は納得しないだろうと思った。

――ほら、わかっただろう。

――なにが、ですか。

――きみも地球人も、餌を貰って飼われている家畜だ、ということだ。家畜は、飼育システムがなにを考えているのかわからないし、それが汚染されていると聞かされても、困ったとは感じないだろう。いまのきみらは、トーチに飼われた家畜だ。そう言われても怒りを感じないほどに退化した、ひ弱な生き物だよ。

わたしにはトーチのお告げを感じる能力があるのです、それで司命官をやっているのです、と言葉で説明することはできた。でもそれはアーナク翁が求めている根拠にはならないだろうから、言わなかった。代わりにわたしの口をついて出たのは、アーナク翁の考えや感覚がいかに古くさいものであるかを諭そうとするものだった。

『火星人であるアーナクさんには、トーチとわたしたち地球人の信頼関係というものが、わからないのです。人間がトーチの下僕であり、家畜だ、というあなたの考えは、三百年前に地球を捨てて火星に移住したあなたの祖先たちの思想そのものであって、それからまったく進歩していない。たしかに当時の人工知能は人類にとって不利益になるような面もあったでしょうが、トーチはちがいます。わたしたち地球人は、この三百年をかけて、あなたの言うところの〈知能〉を手なずけ、人類の役に立つように教育してきた。火星人であるあなたには、地球人のそうした意識が共有できないのです』

するとと老火星人は、『わたしの考えは古すぎる、地球の現状を地球人の気持ちから理解することは、わたしにはできない、というわけだね』と言った。

『そう、そのとおりです、アーナクさん。ですが、火星人のあなたにはできなくてもかまわないと、わたしは思います』

『地球人のきみたちにも理解できていないのに、それでもかまわない、というわけだ』

『わたしにはトーチのお告げが聞こえるのです。頭の中に。ご心配にはおよびません』

当時のわたしは、ほんとうに、馬鹿だった。ご心配にはおよびません、とは。ああいうのを、根拠のない自信というのだろう。わたしがそう言ったとき、アーナク翁は、静かに笑った。自分の非を認めた寂しい笑いだと思ったが、そうではない。あれは、冷笑だ。そうして、アーナク翁は、こう言った。

『司命官という媒体を介したコミュニケーションをトーチが放棄する、と考えたことはないのかな。きみはいつか、トーチの声を聴かなくなるだろう』

わたしは、ばかなことを、と冷笑を返したと思う、よく覚えていないが。老火星人はわたしの応答を無視して、続けた。

『人類はいずれ滅びるだろうが、ここ地球では、そう遠い未来の話ではあるまい。きみの年代の地球人はその様子を体験できるだろう。むろん、きみ自身も早死にしなければ体験できるだろう。そうなれば、きみは、人類の死ときみ個人の死を重ねるという、希有な経験をすることになる。とても興味深い出来事だとは思わないかね』

『思いません』

『それこそ、知能の劣化を示す反応だ』

『不愉快な言葉に対して、知的興奮を覚えるほうが、知能に問題のある反応だと思います』

『不愉快なのは、感情のなせる反応だ。知的な興奮云云とは関係ない。関係のないものを結びつけて反論するという行為は、幼児がよくやる。知能が未発達な証拠だろう。きみは、自分が気に入らないことを言われて腹を立てているだけだ。感情で世界を変えることはできないよ』

『なぜ変える必要があるんですか』

『変化に対応できる人間になるためだ。自らが世界を変えようとすることで、いやおうなく変化していく世界の力に対抗できるようになる。きみ自身も世界の一部だ。きみが変われば世界も変わる。現状のままでは、きみは腹を立てたまま死んでいくことになるだろう』

『意味がわからない』

わたしが言っていることはさほど難しくはない。ごく常識的な内容だし、優しい単語しか使っていない。それでも理解できないとは、現代人の言語力や読解力はそうとう低下しているのだろう。知的劣化、そのものではないか。言語機能は知的能力の代表的なものだ。その劣化をきみは自覚できるかな、どうかね——そう火星人に言われて、わたしはもう口を利きたくないと思った。当時のわたしは若く、そしてアーナク翁の言ったとおり、馬鹿だった。

ハンゼ・アーナクの予言は、いや、〈予言が〉、と言うべきか、ほどなくして当たった。わたしの身に異変が生じたのだ。馬鹿なわたしはアーナク翁の〈親切な〉挑発を、わたし個人への嫌みだと感じ取っていて、その印象を訂正していなかったから、自分の身になにが起きたのかを理解するのにひどく回り道をしてしまったのだが、ああ、あの火星人が言っていた『きみはいつか、トーチの声を聴かなくなるだろう』というのはこのことか、文字どおり聞こえなくなることなんだと気づいて、あれ〈は予言〉だったのだ、と思った。もし当時のわたしがアーナク翁との会話に私情をはさまず理解しようとしていたら、この事態は〈予言が〉的中した、と思ったことだろう。

自分の身に起きた異変とは、そうなのだ、トーチのお告げを聴く能力の喪失だった。わたしは司命官の資格を失ったのだ。なんの予告もなく、まったく突然に。ハンゼ・アーナクの〈予言〉が頭にあったのなら、原因はトーチにあるのではないかと、即座にそう疑ったはずだ。しかしわたしは老火星人の言葉を忘れていた。わたしという個人に特有な身体の不調だとしか考えることができなかった。

あの言葉は〈予言〉であり、わたしや地球人への〈警告〉だったというのに、わたしはそれを無視したのだ。彼が言った〈知性汚染〉という概念を理解する能力に欠けていた。あのとき彼が指摘した地球人の知的劣化が我が身に生じているのだと実感せざるを得ない。救いは、劣化を自覚できるほどの知性はまだ残っている、ということだ。

まあ、単独で自分の頭の悪さを自覚するのは難しいかもしれない。わたしには自分のタムがいたし、現状を憂う地球人に巡り会えたから、それがわかるのだろう。

三人寄れば文殊《もんじゅ》の知恵というが、知恵だけでなく、集団で生きれば互いに個人的に劣った能力を補いあうことができる。そうわたしが言うと、『たしかにわたしたちは凡人の集まりにすぎない。アーナクさんの言うとおり、馬鹿にされても反論できないわね』と言われた。

——でも、そもそも司命官のあなたが、どうして火星人に会いにいったの？　アーナクさんにそのことは訊かれなかったの？

その人はハンゼ・アーナクを知っていた。若いころ会いに行ったという。名を華宵《カシヨウ》、字《あざな》を風凜《カリン》という。女性だ。年下のわたしが偉そうに言うのもなんだが、とても利発な人だ。

華宵さんが会った当時のハンゼ・アーナクは六十代半ばだったという。いまから二十七年前で、わたしが彼に会うより十五年ほど前ということになる。わたしは八つくらいか。わたしが会ったアーナク翁は、八十歳になったと彼自身が言っていた。あれから十二年経つ。

アーナク翁はいまだ健在で、九十歳を越えてかくしゃくとしているとのことだ。わたしのタムが言っていることなので信憑性には欠けるが。でも、もし亡くなれば、地球で生きた唯一人の火星人の訃報は大きなニュースであるから、多くのタムによって人人に伝わることだろう。わたしのタムがぼんやりしていたとしても、だ。そういう事態にはなっていないから、地球在住の火星人はまだ生きている。九十二歳前後だろう。彼の誕生年を知らないので正確なところはわからない。わたしはいま三十五で、華宵さんは五十二歳くらい。彼女がアーナク翁に会いに行ったというのが二十五の時だった、というので。

「もちろん訊かれましたよ」とわたし。「司命官の立場ではなく、個人的なことを伺いたくて訪ねた、と」

「あなたが訊きたいことに、彼は答えてくれた？」

「はい」

「わたしはあなたの関心事よりも、アーナクさんの考えにとても興味がある。アーナクさんは、現状を打開する手がかりになるという思いであなたに語ったのでしょう。でも、あなたはその気持ちに気づかなかった、そういうことでしょう」

「わたしはいまでも、わたしの曾祖父が火星でなにをしたのかということが、現状を打開する手がかりになるとは思えませんが」

「あなたがアーナクさんを怒らせたわけが、わかったわ」

「わたしが、怒らせた？」

「あなたの興味は、火星から救援要請を受けて現地に行ったあなたの身内、ひいおじいさんがゲイだったのかどうか、それしかない」

「自分にはわからなかったが、その可能性は高かったと思う、という答えでした」

「それを聞いて、帰ろうとした」

「はい」

「他にも訊くことがあるだろうと、わたしだって怒るわよ」

「すみません」

「あなたのひいおじいさんが火星に行ったそのとき、当時の火星で起きていた異変こそ、現在地球で進行中の出来事の源、原因でしょう。地球人なら、まずそれを気にかけるというものよ」

　──あなたは馬鹿なの？

　華宵さんの目はそう言っていた。

「ですが、華宵さん」とわたしはせいいっぱい抵抗してみる。「トーチが火星の知能に汚染されたとしても、もとより人間にはトーチの思考は理解できなかったのだから、人にとってはあまり変化は感じられなかったと思うんですよね。実際、気がつかなかったわけだし」

「司命官の力を失ってもなお、トーチの異変だと思わなかった、というのね」

「はい」

「それはあなたが気がつかなかった、という話でしょう。変化に気づいていた人間もいるのよ」

「そうですね。華宵さんのように」

「そう。だから地球人が全員あなたのような人間だという言い方は、やめたほうがいいと思う」

「わかりました」とわたしはうなずいた。「どうもわたしは、人を怒らせてしまう。司命官の時からそうでした」

元気を出せよ、と慰めの言葉をかけてくれたのは、タムだ。「ぼくがついているから」と言う。わたしのタム。モルモットに似ている。性質も似ていて、おとなしく、優しい。すこしまぬけなところもあるが、それも愛嬌だ。

「凪海《ナギミ》さん」

「はい」

「あなたはそもそも、どうして司命官になったの?」

「どうしてって……」

そんなことを訊かれたのは生まれて初めてだ。あらためて訊かれると、自分でも、どうしてだろうと思う。

「気がついたら、司命官でした」

「生まれつきトーチの声が聞こえるの?」

「物心がついてから、でしょうか。なにしろ三十年以上前の記憶なので——」

「ぼくをタムにしてから、だよ」とわたしのタムが言った。「凪海の四歳の誕生日の二ヶ月ほど前、凪海はぼくに『司命官ってなに』と訊いた。『いま、おまえは司命官だという声が聞こえたけど』って」

――おまえが言ったの？

――いや、ナギミ、ぼくじゃないよ。トーチだ。ナギミにはトーチの声が聞こえるようになったんだ。

――司命官って、なんなの？

――トーチの声が聞こえない一般の人たちに、トーチのお告げを伝える役目をする人だよ。

――それって、くたびれる？

――大きくなれば、だいじょうぶさ。

――そっか。

くたびれた中年男みたいな子どもだったなと、わたしは当時を思い出した。わたしのタム、ナームは、大人になればだいじょうぶだと言ってくれた。そのとおりだった。体力がついて、司命官の役目に誇りも見いだし、充実した日日を送ることができた。ナームのおかげだと、いまでも思っている。ナームという名は捕まえたときにわたしがつけたものだが、深い意味はない。捕まえられたそれが、口をナムナムという感じで動かしたから、ナーム。幼児だった自分がつけた名前だが、もっと気の利いた名に変えようとは思わなかった。ナームもわたしも気に入っていた。こんな赤ちゃん言葉のような語感が好みとは、タムはそのパートナーの人間に似ると言われるが、最初から似たもの同士が出会うのだとわたしは思う。

「四歳になる前、あなたはすでにタムを手にしていたわけか」と華宵さんは、初めてわたしを賞賛するような表情を見せて、言った。「すごいわね。わたしなんか九つになって、ようやく、よ」

「いや、こいつがトロいので、簡単に捕まえられたという、それだけのことだと思います」

頭上で、激しい羽音がした。見上げると、猛禽類のシルエットをした華宵さんのタムだ。空を飛ぶ野生機械は多いが、ほとんどが回転翼を使って飛ぶ。鳥と同じように翼を羽ばたいて飛ぶ機械はめずらしい。それを捕らえてタムにしている人はもっとめずらしい。司命官として各地に赴いたわたしだが、華宵さんが初めてだ。そのタムは、止まっている木の枝からこちらを見下ろしながら、両翼を打ち下ろして羽撃《はばた》いている。まぎれもなく、威嚇行為だ。

わたしのタム、ナームは、ぴぃと小さく鳴いて、わたしの懐に飛び込む。餌として狙われていると思ったのだろう。たぶん、その警戒行動は正しい。猛禽型の野生機械は、そのくちばし、あるいは舌を、獲物の機械に突き刺し、その蓄電力を吸い出すことがある。吸血ならぬ吸電のための器官を攻撃的に使うのだ。

「あなたのタムはとても利口ね」と華宵さんは言った。「それに、なんていうのか、あなたがたは本当の家族みたいに信頼し合っている」

「みんな、そうなんじゃないですか？　華宵さんとあのタムも、そうでしょう？」

「かれはわたしを守ってくれる、騎士。わたしは、お姫さま。家族とはちがう」

「はあ」

そういう関係もあるのかと思う。いままで多くの人人にトーチのお告げを伝えてきたが、その人たちとそのタムの関係について考えたことはあまりなかった。

「あなたは、どうして火星に行ったご先祖に関心を持ったの？　きっかけは、なに？」

「子どものころから、うちは火星に行った人間の一家だと聞かされていました。でも、さほど関心はなかった。すみません、怒らないでください」

「怒ってない。で、それから？」

「それからって、そうか、なにがきっかけだったかな。あまりはっきりとしたきっかけというのはないのですが――」

「怒るわよ」

「司命官になってからです、はい、思い出しました。トーチからのお告げの指示が初めてきて本格的に司命官の仕事を始めたのが十八の時ですが、それから世界各地にお告げを伝えに行きました。いつか火星人が暮らす土地に行ったら、そのことを訊いてみようと思っていたのです。二十三のときでした。アーナク翁が住む安曇野原に司命官として出向きました。機会が巡ってきたと思いました。そういう経緯です」

「アーナクさんが存命だったからよかったものの、早く訊かないと亡くなってしまうという心配はしなかったわけか」

「すみません、まったく頭にありませんでした」

「トーチには寿命はなさそうだし、タムもわたしたちより長生きするし、物事にはタイムリミットがあるということをわたしたちは忘れがちだ。アーナクさんは、そういう地球人の感覚をずっと批判してきた。わたしが会ったときのアーナクさんはそうでもなかったけれど、そのあとの彼は、まさに火星人ね」

「それまでは火星人ではなかった？」

「口では自分は火星人だと主張していたと、彼はそう言っていた。でも火星人としてなにか地球人と交渉したとか、そういう行動はしていない」

「いわば、火星を追い出された立場だったわけですよね。火星では男は必要とされていない。すべて女性ですよね」

「そう。でも彼の母親は、最初から、彼を地球に派遣しようとして、男の子を生んだのかもしれない。わたしは彼とそういう話をした。彼、アーナクさんは、火星人の母親の自分への期待というものに、六十をすぎて初めて気がついたのだと思う」

「母親の期待とは、なんですか」

「地球人に染まるな、火星人として生きろ、ということだと思うけど、たぶん、もっと深くて、火星人が生きる目標というものにアーナクさんは気づいたのだと思うの。火星人は、人類の生き残りをかけて地球を出て火星に根付いた。いまの火星人は、その不毛の大地で生きるのに精一杯だと思うけど、余力があれば火星からさらに、全宇宙に向けて、子孫を広げようとするでしょう」

「なんのために？」

わたしは子どものころの気分を思い出した。なにをやるにも、くたびれる。

「だから」とすこし怒気を帯びた口調で華宵さんは言う。「人類の生き残りのため、よ。絶滅を潔《いさぎよ》しとしない、という覚悟が火星人にはある。アーナクさんは、そういう感覚を思い出したのでしょう。わたしたちとは違う。とくに、あなたとは」

「自分のご先祖がどのような人だったのか、それに関心を持つのは、批判されることなんですか」

「そういう話じゃないでしょう。血縁者に関する興味ならわたしにもある。アーナクさんとわたしは、異母兄妹よ」

「え？　華宵さん、あなたも火星人なんですか？」

「なにを馬鹿なことを言ってるの」

　とうとう、馬鹿と言われてしまった。

「アーナクさんの母親も、わたしの母も、同じ男性の精子を使って受胎した、ということ。保存精子を使ったのよ」

「ああ、なるほど。そういうことでしたか」

「わたしは人工授精で作られた。アーナクさんのほうは体外受精だったかもしれない。卵子も、産みの母親ではない別の女性のものを選別したのかもしれない。産みの母と生物的な母は別人であることも考えられるけれど、アーナクさんとわたしの父親は同じであることには変わりない」

「では、アーナクさんには地球人の血も流れているわけですね」

「火星人はもともと地球人だもの。なにが言いたいの？」

「火星人の子作りには本来保存精子を使う必要はないわけでしょう、火星の女性たちは自分の細胞から精子を作るという高度な技術を持っているそうですから。地球から持ち込んだ保存精子は、いわば過去の遺物だ。彼女たち火星人は地球に依存することをよしとしないはずです。地球を捨てて出ていったんだから」

「だから？」

「アーナクさんの母親が保存精子を使ったのには、なにか特別な思惑があったのだろう、ということです」

「保存精子は遺物なんかじゃなくて、火星人の血が濃くならないよう、新しい血を入れるために必要なのだと思うけど」

「新しい血、ですか。男の子を作るため、でしょうか」

「男子を作るため、か」華宵さんはそう言って、うなずいた。「そうね。たしかに。もしかしたら、女性の幹細胞から作られた精子より天然の保存精子を使うほうが、男子を得やすいのかもしれない。男女の産み分け技術が高度に発達しているにしても」

「火星人にとっては女子を作る方が簡単だというわけですね。作り慣れているというか」

「アーナクさんの母親が、最初から息子を地球に送りこむつもりで男子を身ごもったのだとすると、あなたの指摘には、意味があるのかもしれないわね」

「地球人の血を引く、というやつですか」

「そう。地球から持ってきた保存精子を使うほうが地球環境への耐性が高い、とか」

「息子を送りこんで、どうするつもりだったんでしょう?」

「こうするつもりだったのでは?」

「こうって?」

「あなたのような地球人に説教をさせるつもりだったんじゃないかしら」

「アーナクさんから〈説教〉されたのはもう十二年も前の話です」

「トーチの声が感じられなくなってからどのくらい経つの」

「四、五年というところかな。いや、五、六年か」

「ナギミが司令官としてナホトカに行ったのが、いまから七年前だよ」とナームが言った。「それを最後に、司令官の仕事はしてない」

「ということは」とわたしは言った。「半年に一回ほどの頻度でトーチからの指示伝達があったので、およそ六年半前から、ですね。もうそんなになるのか。早いものだな」

華宵さんは、深いため息をついて、沈黙した。

トーチの声が聞こえなくなったわたしは、どうも記憶力が低下したようだ。

華宵さんとあの話をした、あのときは、夜だったろうか。丘の上に一本の大木が生えていて、その根元に腰を下ろしていた。頭上の梢には華宵さんのタムがとまっていた。周囲に草が生えていたが、丘の下からは見渡すかぎり萱《かや》の草原で、昼ならば地平線まで薄茶に染まっているのが見えていたはずだが、記憶がはっきりしない。関東平原の大湿地帯は本来常緑の萱に覆われているのだが、華宵さんと初めて会ったあの頃から異常気象が続いて、湿原の水が干上がり萱が枯れているのだ。三百年前には冬という季節があって萱も枯れたものだけど、あれはもう再生されないわね、新芽は出ない——華宵さんはそう言った。昼間にも華宵さんと話したのはまちがいない。

華宵さんとは偶然、あの丘で出会った。いや、運命に導かれて、というやつだろう。いやいや、わたしのタム、ナームが言ったからだ、火星人のアーナク翁を知っている人が近くにいる、と。どうせやることもないから、会ってみるといい、とも。

でも、わたしは、華宵さんと出会ったのは宿命だと思っている。トーチの声は聞こえなくなっていたが、トーチがわたしに彼女に会えと命じているような気がした。わたしは無意識のうちに〈お告げ〉を聞いていたのだと、そう思った。

わたしが関東平原にやってきたのは、その地下層に過去の遺跡が埋まっているからだ。三百年前には都市というものがあった。その中心部は海に没しているが、そこまで行かずとも都市の片鱗でも感じられるのではないかと思って、やってきた。

わたしはその時代の地球人の生き方を遺跡から想像してみたかった。いまの火星人の子孫は、その暮らしに異を唱えて火星を目指したわけだろう、なぜそんな〈くたびれる〉ことをあえてしたのか、しなければならなかったのか、わたしはそれを疑似的にも体験してみたかった。いや、疑似体験なら全地球情報機械で出来るのだが、そのような仮想体験ではなく、遺物の一片でも実際に手にしてみたかったのだ。萱の大湿原の下には、都市の暮らしが封じ込められているはずだった。

この周辺に人が暮らすコミュニティはないので、わたしはこの方面に足を運んだことはなかった。司命官がこの地にやってくることはない。

——母、華宵もこの丘に来たのですね。

華宵さんの長女、和見《ワミ》さんが言う。わたしと同じ方向、かつて大湿原だったほうを見ている。萱の大草原はいまはなく、金色の砂で覆われた大地が水平線まで続いている。黄金の砂漠だ。

「華宵さんは」とわたしは言う。「お元気ですか」

「はい。老いてますます意気軒昂です」

「老いるほどの歳ではないでしょう。ここで母上に会ってから、まだ六年しか経っていない」

「わたしは長い間母とは離れて暮らしていたので、若い母しか記憶になくて。いまのわたしは、ちょうど母がわたしを生んだ歳になります」

「華宵さんに娘さんがいたとは、知りませんでした」

「母は、わたしを産んだあとも、わたしを家族に預けて旅人を続けた。他の生き方を知らないというか、それしかできないというか。旅をやめて子どもと一緒に暮らすという選択もできたはずなのに、そうしなかった」

「和見さんは、華宵さんがいなくて寂しい思いをされたんですね。恨んでいるのですか？」

「はい。すこし」

「トーチのことは、和見さんにはあまり実感できないでしょうね。司命官があなたのところに来ることはなかったし、これからもなさそうですから。ですが、わたしが司命官をやらなくなった十三、四年ほど前までは、旅人の母上も、わたしも、トーチのお告げに従って生きてきた。旅人を続けることが華宵さんの、トーチから与えられた〈宿命〉だったのです。あなたに寂しい思いをさせたのはトーチです。華宵さんを恨まないでください」

「凪海さんは優しい人ですね」

　和見さんはわたしを見て、そう言った。

「母から聞いたとおりの人です。お気遣い、ありがとうございます。でも、いいんです、わたしが母を恨んでも。母も承知してますから」

「どういうことですか？」

「トーチに命じられていなくても、幼い娘を出身一族に預けて旅を続けただろうって、先日、はっきりそう言っていました。自分にはついに母性というものが芽生えなかった、と。母は、わたしをかわいいと思ったことはないってことです」

「でも、彼女には人性がある。母性ではなく、人性ですよ。彼女はあなたを一人前の人間として、対等な人間として接しているでしょう」

「ジンセイ？　仁性でしょうか。仁義の仁。仁義礼智信の五常は儒教の徳ですね」

「いや」五常や儒教ってなんだろうと思いつつ、わたしは言う。「母や父を含む、その上のレイヤー、人です。ヒトセイで人性、ジンセイです」

「人性か。人間性のことですね」そう言って、和見さんは微笑んだ。「母性というより父性だ、わたしの母親は父なのだと思ったこともあります。できのいい子だけが我が子だ、幸いわたしはあの人にとってできがよかったから、大人になったわたしを有能な助手として使って活動しているんだ、そう思ってた。でも母は、父ではない。なんだろうと思ってました。人間、ですね。人間性が高い、か。人性。いい言葉を教わりました」

「わたしが会った華宵さんは、なんというか、孤独な戦士という印象がありました。すでにトーチはわたしたち人間にお告げを伝えることをしなくなっていた。それなのに、華宵さんは独りで旅をしていた。強い人だなと思いましたが、家族のことになると、自分にはよくわからないというようなことを言っていました。寂しかったのではないでしょうか。和見さんは、自業自得だと言うかもしれませんが」

「子どものわたしなら、そうかもしれません。でも、母には母の生き方があると、いまは、そう思います。人の生き方はいろいろです」

「そうですね、ほんとうに、そうだ。あなたの母上の華宵さんには、火星に救援に行った叔父さんがいる。知っていましたか」

「はい、もちろん。凪海さんのひいおじいさんが一緒に行ったということも母から聞いています」

「三名の地球人が火星に行った。あなたの母、華宵さんの叔父さんである若生《ワコウ》、それからわたしの曾祖父である良清《リョウセイ》、残りの一人がだれだったのか、和見さんは知っていますか」

「母から聞いています。火星から地球に戻ってすぐに亡くなったと。名前は失念しました」

「たぶんその人とわたしの曾祖父は、夫夫《ふうふ》だったのではないかと思います。祖母は、自分を産んですぐに母親は亡くなったと聞かされていたそうです。だれなのかは知らされなかった」

「思い出した。天衣《アマイ》さんです、良清さんと一緒に火星に行った男性の名前」

「そうです。天衣さん。彼は、おそらくわたしの祖母である女の子を出産して、亡くなった」

「天衣さんは女性になった、というのですか？」

「詳細はわかりません。男性のままで妊娠したことも考えられます。いずれにせよ、先日亡くなった祖母の話では、火星に行った二人の男性の遺伝子をわたしの家族は受け継いでいる、それは間違いない、と言っていました」

「男性から卵子や精子を作る手法はずいぶん昔に確立されていますが、男性を妊娠させて出産させる技術や人工子宮は地球にはありません。産んだ女性がいるはずです。わかっていないのですか？」

「この十年、調べてきましたが、見つかりません。代理出産した女性はどこにもいないんですよ。祖母も聞いていない。曾祖父が自ら産んだ、とも言っていない。ですから、天衣さんでしょう。彼しかいない。天衣さんが、祖母の母親なんです」

「男性の身体で妊娠して、自然分娩ができず出産時に死亡した、と」

「あるいは、女性に作り替えた天衣さんの身体から産まれたのだと」

「それはどうでしょう――」

「若生さんのように、です。華宵さんの叔父さんは、火星では女性だった。月面で女性に変身したんです。火星から戻ってきた天衣さんも女性にされたのだと思います。彼の意思に沿ったものだったかどうかは別にして」

「なるほど。トーチの指示だとしたら、あり得ますね」と言って、和見さんはうなずいた。「トーチが、そのように計らったのでしょう。でも、なんのために？」

「火星環境に暴露された二人の男性から、火星に〈汚染〉された人間を作るため、だと思います」

「火星に汚染された人間……いまのあなたが、そうだと？」

「そう。そうなります。まずは祖母、そしてその一人娘であるわたしの母、そして、わたし。母もわたしも人工授精で産まれています。父親はおそらく同じで、天衣さんでしょう。天衣さんの保存精子で受胎したのだろうとわたしは想像しています。トーチが指示した保存精子を使ったと母は言っていました。これでも、がんばって調べたんですよ」

わたしは和見さんにうなずいてみせた。相手が華宵さんなら、わたしは自慢げな顔をしているところだ、と思いつつ。

「わたしの家族は、まさにそのために地球に生み出されたのでしょう。わたしには、火星の血が流れているんですよ。火星人の血ではなく、まさしく火星の原住生物の影響を受けたに違いない、そういう意味での、火星の血です」

この見解にたどり着くのに三年かかった。華宵さんに出会ったあの日から。

——あなたの興味は……ひいおじいさんがゲイだったのかどうか、それしかない。

アーナク翁がわたしに辛辣な態度をとったのも当然だと、華宵さんは呆れていた。あれから汚名返上すべく、わたしは考え、行動してきた。すこしはほめてもらえるだろうか、華宵さんに？

「凪海さん」と和見さんはすこし不安そうな色を浮かべて、言った。「あなたにお子さんは？」

「いません。ですが、わたしには三人のおんな姉妹《きょうだい》がいて、みな子を産んでいます」

「〈汚染〉はすでに拡散している、というわけですね」

「わたし自身、自分の精子を冷凍保存しています。将来役に立つかもしれません。あるいは和見さんが懸念されているように、地球人にとって危険な火種になるかもしれませんが」

「でも、もう危険な子どもたちは生まれているわけでしょう。あなたの姉妹が産んでいるわけですから」

「そうなんですが、たぶん、姉や妹たちの子どもより、わたしの精子による影響のほうが大きいと推測しています。姉妹たちはトーチの声が聞こえない、ふつうの人間です。わたしの祖母も母も、生涯、特定の男性と暮らすことはなかったのですが、わたしの姉妹はみな一般男性と結婚して、自然受胎で子を産んでいる。わたしだけがトーチの声の導きで司命官をやっていた。トーチの狙いはわたしであり、わたしの精子ではないかと思います」

「あなた自身は、どう判定しているのですか？　地球人にとって、そのトーチの狙いは利益になることなのか、あるいは危険か。どちらであると？」

「トーチの思惑しだいでしょう。トーチ自身は、これだけ手の込んだことを仕組んでここまで来ているわけですから、利益になることを見越して実行したのでしょう。問題はその利益がわたしたち地球人の利益になるかどうか、です。トーチは自らの利益のことしか考えていないのかもしれない。それが、わかりません」

「あなたは司命官だった。トーチにいちばん近い人間だった。そのあなたが、わからない、と言うのですね」

「わかりません。トーチの思惑については、司命官も一般の地球人と同じです。わからない。ハンゼ・アーナクという地球に来た火星人は、トーチの思惑を知ろうとしないのは地球人の怠慢だとして、批判してきた」

「母から聞いたことがあります。アーナクさんは、地球人がトーチの支配を許しておくのはどうしてなのか自分には理解できないと言っていた、と」

「わたしも六年前、華宵さんにここで会ったときに、その話を聞かされました。華宵さんはどう反論したのか、それも聞いていますね？」

「トーチをコントロールしているのは人間のほうであって支配されているわけではないと母は主張した」

「そう、そうです。華宵さんは、わたしたち人間がトーチの言うなりになっているのは、トーチの存在意義を否定しないためだ、というようなことをアーナクさんに言ったそうです」

「トーチが自らの存在意義を疑うことがないように、ということですね」

「司命官だったわたしは、そんなふうに思ったこともなかったので、感心しました。そうだったのかと思った。でも、どうでしょう。いまは、それは華宵さんの苦しい言い訳だったような気がする。トーチの思惑がわたしたち人間にはわからない、ということには変わりないのですから」

「トーチは、まだいるのでしょうか」

和見さんはわたしから目をまた金色の平原、砂漠のほうに向けて、そう言った。

わたしもこの十二年、それを自問してきた。トーチはまだ存在するのだろうか。その声が聞こえなくなったのは、もはやいなくなったからではないのか。

「火星意識に汚染されて」と和見さんは言った。「トーチは人間に対する関心を失ったのかもしれません。凪海さんはどう思います？」

「そうですね。そうかもしれない。ですが、最近、もしかしたら、と思うのです。もしかしたら……いや、ぜんぜん根拠はないんですが――」

「トーチなんて、もともといなかった」

和見さんはこともなげに、そう言った。そう、それこそ、わたしが言おうとしたことだ。

「おそろしいことを言いますね」とわたしは、すこし責める口調になっているのを意識しながら言った。「いや、わたしもそう言おうと思ったのですが、しかしあなたのような若い人とは感じ方がちがうと思います」

「わたしはそんなに若くはないわ」

「司命官が存在意義を失ってから、すでに十三年とすこし経ちます。あなたは十六か十七歳だった。まだトーチの〈お告げ〉を頻繁に聞く歳になっていなかったでしょう。トーチなどいなくてもかまわない、というのは、その年齢が言わせるのです。もしトーチがいないとすれば、わたしたちはなんの声に従ってきたのだろう？　わたしたちの年代では、それは大問題なんですよ」

「わたしは凪海さんとは十二歳ちがいですが、単なる年の差ではないということですね」

「わたしたち地球人は、トーチのおかげで、年の差は感じても、年代による考え方のちがいというものを感じなくてすんでいたのだと思います。いまの火星人の祖先が地球に見切りをつけて出ていった時代、地球上にはまだ国家や民族社会というものがあって、一生に二度三度と仕組みが変化していたようです。世代がちがえば異なる仕組みを生きることになる。異なる世代間では話が通じないこともあったでしょう。わたしには想像もできない変化の速さですが、おそらく、それに近いことをいまわたしたちは体験しているのではないかと思います」

和見さんはわたしの言ったことを吟味するようにすこし沈黙したあと、言った。

「わたしは観測者です」

「はい」

それは聞いていた。

「わたしの夫も」

そう言って和見さんは振り向いて、目で指した。大木の向こうに、双眼鏡で砂漠のほうを見ている青年。三十は超えているだろうが、潑剌《はつらつ》としている好青年だ。きっと華宵さんも気に入っているだろうというのが第一印象だった。

「トーチに命じられて観測者になったわけではありません」

「はい」とわたしはうなずく。「あなた方にとって、トーチの指示は〈命令〉なんですね。わたしの世代では〈お告げ〉であり、予言でした。華宵さんも同じでしょう」

「母は六年前、ある予感を持ってここに来たと言っていました」

「聞いています。トーチの声はもう人人には届いていなかった。まさに予感でしょう。血が呼んだというか、呼ばれたというのか。そうして、わたしに出会った。火星に行った三人の地球人の血を引く人間どうしとして」

「トーチは人間の潜在意識に働きかける存在として、まだ生きているのかもしれないですね」

「トーチはもともといなかった、と先ほど言いませんでしたか？」

「本気でそう思っているわけではありません。地球人の潜在意識に働きかけているトーチというものがいた、ということは認めています。周囲の大人たちも、そして母も、トーチの指示を疑ったりしていなかったし、わたしもそれを見て育ちましたから。でも、いまのわたしは、トーチに頼ることはできないわけです。自分で人生を選択していかなくてはならない。もともといなかったのだと思って生きていくしかない」

「トーチから解放されたのだと、そう思えばいいんですよ」とわたしは言う。「トーチのお告げには強制力があった。たとえば若生さんは火星行きを命じられ、帰還を許されなかった。片道切符です。そんな理不尽からあなたは解放されたわけですよ」

「凪海さんは、ほんとうに優しいですね。わたしを思いやって、心にもないことを」

「わかりますか」

とわたしが肩を落とすと、和見さんに逆に励まされた。

「トーチは火星意識に〈汚染〉されたので、地球人に働きかける機能に変調をきたしたのだろうと、母は言っています。回復できなければトーチの存在感は薄れ、地球人は生きる指針を失って、自滅する危険があると。夫の中小見《ナカオミ》も同じ意見です。いま地球人は自分たちには気づけない混乱の中にあり、自滅の道を歩み始めていると。母も夫も、それをなんとかしたいと行動しています。ここに来たのも、環境の異変を確かめるためです」

「あなた自身は、どうなんですか。トーチなど、甦らないほうがいいと思っているのですか？」

「わたしは、トーチという力から解放されたと思っています。さきほど凪海さんがおっしゃったとおりです。わたしは、地球人は三百年を経て自由を得たのだと、そう思いたい」

「一部の力の強い人間が君臨し、弱い者は自由を奪われる。そのようになる自由もわたしたちは得たと、あなたはそう言うわけですね」

「トーチという、わけのわからないものの支配を受けるより、ましでしょう」

「まさに、火星人だ」とわたしは言った。

「どういうことですか？」と和見さん。

「トーチは人間の潜在意識に働きかける存在として、まだ生きているのかもしれない、あなたはそう言った。トーチとは、地球人みんなの、全体で共有している意識体なのかもしれないとわたしは最近、そう思うようになりました。トーチは、地球人が長い時間をかけて育ててきた、〈地には平和を〉という願い、そのものなのかもしれません。その願いを共有する地球人意識が、未来を〈予言〉してきた。こうすれば願いは叶う、と。ところがいま、その意識が変調をきたしている。〈汚染〉のせいで。地球人全員が共有しているその意識から離脱する人間も出てくる。そういう人はもはや地球人ではない。火星の意識に支配された火星人なのでは、ということです」

「わたしは」と和見さんは言った。「母のようにはなれません。母のように強くはない」

「華宵さんは、強制はしないでしょう。強くなれ、と言われましたか」そう言うと、和見さんは首を横に振る。「和見さん。先ほどあなたは、華宵さんの生き方を認めていると言った。母上のほうも、同じでしょう。自分と同じように行動することを華宵さんは期待していないと思います。和見さんは、トーチからではなく、華宵さんから、強い母親から、解放されたいと思って生きてきたのでしょう。あなたにとって、ある意味母親こそがトーチだったんだ。でも、もう大丈夫です。いまのあなたは、自由だ。もはや子どもではない」

するとし、和見さんの目からいきなり涙があふれ出た。わたしは驚いた。

「タムが喋らなくなってからというもの」と和見さんは涙をぬぐおうともせず、言った。「そのような言葉をかけてくれる相手がいなくなりました。中小見は母に同調していますし。わたしはずっと、母への気持ちを堪《こら》えてきたのだと思います」

言葉というのは不思議だ。つくづくそう思う。言葉が通じない相手にとっては、ただの音素の集まりにすぎない。だが通じる者どうしでの言葉のやりとりは、相手の身体に物理的な影響を与える。その効果は、きわめて微量で作用するホルモンと同様だ。ホルモンを出す作用をするのだ、と言うべきか。器官に情報を伝え、感情に影響をもたらす。タムとの会話でどんなにか人は癒やされてきたことだろう。幸福のホルモン、オキシトシンを出す作用を、その言葉がするのだ。

言葉というのは人類という生物にとって、ホルモン刺激システムだ。行動をも支配する。蜜蜂の情報ダンスと似たようなものだろう。あれは身体言語だろうが、言葉というのは人類に特有というものでもない。それでも、和見さんのいまのような劇的な反応を見てしまうと、やはり不思議だと感じる。音で情報の交換をしていたら、一方の人間がいきなり泣き出す。音声のやり取り以外、なにもしていないのに。

「タムが口を利かなくなるのは、ほんとうにつらいですね」とわたしは慰める。

このところ原因不明で機能不全に陥るタムが出ていた。すべてのタムではないが、わたしのナームも喋らなくなった。ナムナムと口は動かすのだが、言葉が出てこない。とても不安で心配だが、打つ手が見つからない。これも〈汚染〉のせいだろうとは思うのだが。

「どうかしましたか」と言って、和見さんの夫が、緩い斜面を下ってきた。「なにか、つらい思い出話でも？」

わたしが泣かせてしまったわけだが、どう言っていいやら、わからない。

「火星に行った三人の人たちの話をしていたら」と和見さんは言った。「なんだか感極まってしまって。とくに若生さんは、もう帰って来られないとわかっていて、出発したわけでしょう。悲壮な覚悟だったろうなと思ったら、いきなり涙が出てた」

それはそれは、と和見さんの夫、中小見さんが言って、首に巻いていた平織りのマフラーを解いて、それで妻の頰を拭いた。

ぼくがいるから寂しくないよと夫は言い、ありがとうあなたと、妻は言った。

わたしは金色の砂漠を見る。

「遺跡というのは下へ下へと潜り込んでいく」とわたしは言う。「自分で潜っていくかのようだ。あたらしい世代から逃げるように」

「あの状態は、ちがいます」と中小見さんは言う。「あの金色の砂が、地球の遺跡を地下へと押し込もうとしているんだ」

「中小見さんは、あれは火星の砂が増殖したものだと言うのですね」

「まちがいないでしょう。意思を持っています。定期的に観察していますが、半年前にはあった砂丘が、いまはごらんのとおり、ほとんどない。なめらかです。よく見てください。風紋もないでしょう」

言われてみればそうだが、だから、どうだというのだ？

「季節風のせいでは？」

「いいえ。よく見ていてください」と中小見さんは言う。「ゆっくりとですが、動いているのがわかります。半年後には真っ平らになるでしょう。彼らが自ら動いて平面を作り出そうとしているのです」

「……なんのために？」

「わかりません。ですが、これだけ広大な土地が平面になると、火星からも見えるかもしれないですね。黄金の鏡のようだ。その角度もすこしくらいなら変化させることができるでしょうし、独自の文様も作れると思います」

「つまり、火星に向かって通信しようとしていると」

「その可能性は高いとわたしたちは思っています」

「わたしたち、か。華宵さんもそのように分析しているのですね」

「そうです」と言って、中小見さんはうなずいた。「実は華宵さんの考えです。彼女はすごい人だ」

「華宵さんは」とわたし。「アーナク翁や若生と血が繫がっている。火星人や火星に行って帰ってこなかった地球人と。血縁者というのはどこか潜在的に繫がっていて、どんなに離れていても共感し合えるのかもしれませんね」

「いわゆる〈予感〉ですね。ぼくは、そうした目に見えない力については懐疑的なんですが——」

目に見えない力と言えばトーチだろう。どうやら中小見さんの感覚によればトーチはすでに死んでいるようだ。妻の和見さんのほうは、『トーチは人間の潜在意識に働きかける存在として、まだ生きているのかもしれない』と言っていたが。

「華宵さんは地球人のだれよりも」と中小見さんは続けていた。「〈火星意識〉の〈汚染〉をシビアに感じ取っていると、ぼくは思っています」

言わんとするところはわかるが、華宵さんは地球人ではない、という言い方を中小見さんはした。それを言うなら、とわたしは思う、わたしには火星の血が流れている、いわば火星化している地球人、すなわち地球の血と火星の血のハイブリッドだ。わたしこそ地球人のだれよりも、火星化しているこの光景を〈我がこと〉のように感じ取れていいはずではないか。

わたしはもういちど金色の砂漠を見る。それは、大きくゆったりとうねる海のようだった。黄金の、海。

その日わたしたちは、日が暮れるまで、自律して動く金色の砂の大集団である砂漠を見ていた。火星の原生生物が持ち込まれて増殖したのか、それとも地球の野生機械が〈汚染〉されてこのように変容してしまったのか、それはわからなかった。あれに近づくのは人体にもタムにも危険だと思われたので、採取もできず、調べようもなかった。

そこは地球ではなかった。火星だ。わたしでなくとも、地球人のだれもが、そう感じることだろう。

——ハンゼ・アーナクが先頭に立っている、ですって？

華宵さんが、そう言った。アーナク翁が指揮を執っているとは驚きだ。もう百歳を目前にしているはずだ。火星人の数え方ではすでに越しているかもしれない。彼が生きている間にもう一度会いたい。なのに、足止めを食らっている。

わたしたちは安曇野原の南にある〈工場〉の敷地で寝泊まりしていた。地球人が生きるために必要なもの、そして欲しいと思うもの、なんでも作ることができる万能工場を地球人はただ〈工場〉と呼ぶ。関心を持つ人間があまりいないことを示しているのだろう。関心の薄れた対象を表す言葉は簡略化されるものだから。

工場の機能低下は地球人に深刻な影響を与えるだろうというのは、だれにでも想像できるはずだ。そうならないよう、いつも気に掛けていなくてはならないはずだった。が、わたしたち現代人にとって〈工場〉は太陽のようなものであり、朝になれば日が昇るのが当たり前だと思うように、その稼働状態にはみな無関心だった。それでも、工場がいきなり全面的に機能を停止したのならば、さすがに目を覚まし、地球人は全力でもって危機に対処しただろう。ある日太陽が昇らなくなれば大騒ぎになるに決まっている。だが機能の低下がごくゆっくりだったら？

〈工場〉は地球人にとって太陽のごとき存在だった。それなくしては生きられない。

たんに食品やその加工物を得るという身体的に必要不可欠なものに留まらず、健康で清潔な暮らしや身だしなみを維持するためのもの、それから、生きる楽しみを得るための、ありとあらゆるものを生産しているのだ。なにが欲しいのかを知らない人間はカタログを見る。全地球情報機械だ。地球上のどこでも、どの時代にも、アクセスできる。オリジナルのデジタルデータが保存されている時代はもちろん、仮想的に再構成された過去にも行ける。文明の発祥時空まで。

およそ一万年分の人間の暮らしのカタログ、それが全地球情報機械だ。ある人が二十世紀のパリで、意匠を凝らした小瓶に詰められた香水を見つけて、これが欲しいと思えば、〈工場〉に注文すればよかった。たとえばシャネル。その5番。他にもいろいろ。21番。手元に届いたその蓋を開けて嗅いだ香りがオリジナルの香水と同じである保証はないのだが、研究者でもないかぎり、それを気にする人間はいない。全地球情報機械には嗅覚情報も入っているので、香水も〈嗅げる〉のだが、匂いの再現性の精度は視覚や聴覚のそれよりは劣る。それに比べれば、〈工場〉で作られる香水のほうがオリジナルに近いだろう。しっかりした調香データが保存されている香水ならば、ほぼオリジナルと同様にまで再現されるし、それになんといっても、全地球情報機械での疑似体験とちがって、実際に使える。

非日常的な品物、たとえば強力な武器も、注文はともかく製造は可能だ。それを撃てばコンクリートで作られた高層ビルをも崩壊させることができるであろうハンドレールガンといったものでも。だが、現代文明に危害を加えることになりそうな、そうした品が実際に配達された例はないだろう。トーチが、許さない。司命官であるわたしはそれを知っていた。なにが注文可能で、なにが駄目なのか、それはわからなかったが。わたし自身には全く無害に思えるようなものでも、ある人間には発注することができなかった。司命官のわたしが、それを手に入れてはならないという〈お告げ〉を伝えに行くからだ。トーチは、すべての人間の行動や嗜好について把握していて、そこから将来やりそうなことを予想しているのだろう。しかしその精度の高さは、トーチが人の〈意識〉をリアルタイムで観察しているかのようだった。地球人すべての意識を、同時に。

〈工場〉を管理運営しているのは無数のロボットで、人はいない。工場全体を監督しているのは工場自身だろう、トーチではない。と、わたしは思ってきた。だが、おそらくトーチは〈工場〉の働きをも監督しているのだろう、地球人を監督しているごとく。どのようにして、というのは、人間の意識をどう読み取っているのかという疑問に比べれば問題にもならないだろう。機械同士、光と電子、電磁波や磁場でもって、繋がっているのだ。その最上位にいるのがトーチだと考えられる。

トーチとはなにかと言えば、それら無数の機械たちを結ぶネットワーク上に発生した〈意識〉なのだという考えは、古くからある。だれも確かめた者がいないというだけのことで、すこし考えたことのある者ならば、ふつうにたどり着く、トーチの正体だ。火星人の言う〈知能〉とは、そういうものを指しているのだろうと思われた。

しかし正体がわかったからといって、それがなにを考え、いまどのような状態にあるのかがわかるというものではない。それらは別の問題だ。

そもそも、トーチの存在を物理的に証明しようとする人間が現代人にはいない。神とはなにかといった形而上学的な意味でトーチとはなにかを考える専門家は多いのだが。

専門家とは、趣味人のことである。趣味人は互いの趣味を批判し合ったりはしない。だから現代の専門家は、自分でも思ってもみなかった〈ものの見方〉を発見する、という経験をしない。とうぜん、現地球人の統一見解というものを専門家たちが出す、ということもない。専門家以外の大多数の地球人のトーチ観はと言えば、実在しようがしまいがそんなことはどうでもよくて、ただ〈お告げ〉には従っておくのがいい、なぜなら、それで将来的な問題を回避できるから、というものだ。実在しないかもしれないものからの〈お告げ〉を無批判に受け入れているわけだ。

いずれにしてもアーナク翁が二十年ほど前のわたしに言った『地球人は馬鹿になった』とは、こういうことかと、いまさらながらに思う。

その〈お告げ〉が伝えられなくなってからいまや十三、四年になる。トーチがなにを考えているのかは知らないが、〈工場〉の生産機能の一部が低下していた。あまりにもゆるやかな変化だったので、ごく最近になるまで地球人はその異変に気づかなかった。じんわりと加熱されつつあるぬるま湯に浸かっていた蛙のようなものか。蛙とは両生類の生き物で、現物をわたしは見たことがない。たぶん、絶滅している。子どものころ、蛙の肉はうまい、という知識を全地球情報機械から得たわたしは〈工場〉に注文したことがあるのだが、届いたのは〈代替品〉というシールの貼ってある缶詰で、鶏のもも肉の加工品だった。野生の蛙は絶滅していないにしても、〈工場〉では蛙の細胞養殖生産はしていないのだ。

広大な敷地は、四つの工場ブロックに分かれている。植物や細胞レベルの肉養殖の食物生産加工工場、万能化学工場、金属精錬加工工場、そしてリサイクル工場、の四つ。各工場はもちろん連絡し合っている。

その四つの工場の一つ、人間にいちばん必要なそれ、食物生産加工工場の機能がまっさきに低下した。いや、機能低下は一様に生じたのだろうが、まっさきに人人が気づいたのが、それ、食品だった、ということだろう。欲しい食品が手に入らないことが多くなり、代替品が送られてきて、そのうちそれも手に入らなくなって、初めて、地球人は〈工場〉になにか異変が起きているらしいことに気づいたというわけだ。それでも、だれも危機感は覚えなかっただろう。食糧危機という事態ではなく、気に入っていた缶詰が廃盤になったという程度のことだったから。

だが、ブレッド・アンド・バターという言い回しがあるように、毎日暮らす上で欠かせない定番、食事なら文字どおりのパンとバター、米と味噌という、おかずではない基本食も手に入りにくくなるかもしれない、と考える人人も出てきた。

では、そういう事態になったらどうするか。それに備えてなにをすればいいのだろう？いま暮らしている土地で耕作をすればよいのだ。いまのところ肥料は〈工場〉から取り寄せられるだろう。現代の地球には〈都市〉はない。耕作地のない土地にコミュニティは存在しない。なにかしらの作物を育てているし、里山が近ければ野生の鹿や猪を捕っているだろう。みな、〈趣味〉で。

安曇野原もそうだ。自給自足でやっていけるのだし、そのコミュニティ向けに生産加工品を供給している、いまわたしたちがいるこの〈工場〉も、生産能力は低下しているとはいえ、いまだ十分に機能している。もしこれが完全にダウンしても、生きるのに不自由はないだろう。シャネルの香水は手に入らなくなるだろうが。

安曇野原の人たちも、そんなことは承知だろう。わかっているはずだった。いまなにかをするとしたら、耕作地の拡大を考えることだ。具体的には、電田《でんた》を稲作向けの田圃にしていく、畑に作物を植える、鶏や豚や牛を飼育する、山に猟にいく、それらを〈趣味〉ではなく〈仕事〉にする、といったことだ。

ところが安曇野原の人たちがやったことといえば、わたしたちには予想外な、わたしも華宵さんもそれどころかこの百年の地球人がだれも体験したことのない行動だった。

〈外敵〉への備え、だ。武装し、居住施設を中心とする田圃の周辺を塀で囲み始めていた。ようするに城砦化だ。

およそトーチが力を持つようになって以来、人人の間に境界はなかった。内と外というものがなかった。敵や味方はいるにしても、外敵はいなかった。外が、ないのだ。

いまそれが、ここに出現しようとしていた。

わたしたちは猪や鹿を撃つ猟銃を向けられて、近づくなと警告され、話をすることもできずに追い返された。

その指揮をアーナク翁が執っているようだ、というのだ。情報は華宵さんのタムが収集してきた。

「チャフ」と華宵さんが自分のタムに呼びかける。「たしかなの？」

タムの名前は他人には秘密にするというのが一般的だ。だが華宵さんは、娘の和見さんのタムが口を利かなくなって以来、『人前でも自分のタムの名を呼ぶことをためらわなくなった』そうだ。自分のタムもそのうちに喋らなくなるかもしれないという不安がそうさせたのだ、と。彼女はまた、自分のタムを独り占めせず〈家族〉のために使いたいとも言った。わたしが最初に出会ったときの華宵さんとは、家族への意識が、ちがっていた。

そのタム、チャフといえば、相変わらずの騎士ぶりだったが、そのナイトが守るのはいまや華宵一家、なのだった。華宵さんは〈お姫さま〉から〈女王さま〉になった。

チャフの会話能力は失われていなかった。食物生産加工工場エリア内に建っている巨大な通信塔の、その基部を構成するアーチ状構造体にチャフは止まっていたが、呼ばれるとこちらを見下ろし、返事をした。

「はい、風凜」と。しわがれた声だ。チャフは華宵さんを字《あざな》の風凜で呼んだ。「指揮を執っているのは、アーナク翁です」

ふところに入れたわたしのタム、ナームが、その声を聞いたのだろう、身じろぎした。わたしはなでて、安心させてやる。ナームは喋らなくはなったが、わたしを忘れたわけではなかった。野生機械やタムのメンテナンスや修理の〈専門家〉が各地にいるので、機会を見て診てもらったが、発声器官には異常は認められないとのことだった。和見さんのタムも、中小見さんのも、同様。異常はないが、喋らなくなった。

ちなみに中小見さんのタムは大型で、ほとんど炭素繊維でできた馬だった。これに乗らない手はなく、夫婦そろって騎乗し、便利に使っている。こういう大型の野生機械をタムにした例は、めずらしい。

和見さんのそれは、虹色の金属光沢に輝く、しなやかで細い、蛇状の機械だった。見た目はめずらしいものではない。だが、その出自を和見さんから聞かされて、わたしは驚いた。そのタムの前身は野生機械でなく、トーチの〈お告げ〉により与えられたものだという。以前だれかのタムだったのを譲り受けるかたちだったとか。かなり特殊なタムと言えるが、わたしは、美しい金属の紐のような蛇型のタムをパートナーにしていた司命官のうわさを聞いたことがあり、それを思い出した。ロシア語族の司命官だ。女性。司命官仲間では伝説的な人だった。消息はわからないが、いま存命であればかなりの高齢だろう。

――実は、わたしのこのタムは、トーチから名も与えられていました。ウンダーチです。わたしのタムの名は、ウンダーチ。

和見さんからそう打ち明けられたわたしは、確信した。ウンダーチというのはたしかグッドラックという意味のロシア語だ。若生に火星へ行けと告げた司命官もロシア語族の女性だった。記録がある。そこには司命官のタムについての情報は載っていないが、まちがいないだろう、彼女がうわさの司命官だ。いま和見さんのタムであるその蛇型の機械は、かつて若生の声を聞き、それをロシア語に翻訳していた、タムだ。

――それが本当だとして、どうしていまはわたしのタムなんでしょう？　若生さんのことをわたしに伝えるため？　これがわたしのタムになって以来、そんなことは一言も話していません。わたしではなく、母、華宵にこそ、このタムはふさわしいでしょうに。

トーチはなにを考えているのかわからない――わたしは和見さんにそう答えるしかなかった。

このことを華宵さんに伝えてもいいかと訊くと、和見さんはためらったものの、同意した。華宵さんにならこのタムは口を利こうとするかもしれないと、わたしも和見さんも、思った。それは自分のタムが母親のものになることのようで不愉快で哀しくて寂しいが、と和見さんは言った、それでも、若生さんに火星行きを伝えた司命官はどのような言い方をして若生さんを納得させたのか、それを知りたい、と。

わたしも同じ気持ちだった。たぶん和見さんよりも強く、そう思った。しかし結果は、ウンダーチは華宵さんの問いかけには答えず、逃げるように和見さんの左腕に巻き付いただけだった。わたしはすこしがっかりし、和見さんはほっとしたようだった。華宵さんはわたしの勘違いだろうと言って、以後、娘のタムに関心を寄せることはなかった。

「アーナクさんの姿は見たの？」

華宵さんがチャフに訊いている。

「大砂古《オオサコ》集合住宅の広間にいるはずですが、今回の偵察では見当たりませんでした」

大砂古集合住宅というのは、名称はちがっているものの、アーナク翁が子どものころ暮らしていた集合住宅だ。若生さんが生まれ育った家でもある。いま現在は大砂古翁が管理責任者の役に就いているので、彼の名が住宅の名になっている。

「アーナクさんが城砦化の首謀者だというのは、どういうことなの」

「安曇野原の人人はアーナク翁を頼りにしており、彼を守ろうとしていると、わたしは推察しました」

ここに暮らす人たちは地球が火星化されつつあるのを感じ取っているのだろう。

その原因は地球のほうにあるとハンゼ・アーナクは人人に講義をした。わたしたちを追い返した青年が、後に、教えてくれた。

――もとはといえば過去に人類が送り出してきた探査機が原因だ。そこに搭載されていた人工知能が現地の原住生物の知性に干渉した。火星こそ地球の知能に〈汚染〉されたんだよ。

その見解はアーナク翁に初めて会った二十三歳のわたしも聞かされている。あのときの〈すべて〉というのは、火星で起きた異変のことを指していたのだが。アーナク翁が火星を〈追い出される〉原因について、だった。

同じことがいま地球で起きているのだとアーナク翁は考えたに違いない。わたしの曾祖父と天衣さんが火星に連れていったタムは火星で知性的に変成し、火星探査機の人工知能が火星を〈汚染〉したように、地球をそうした。帰還した二人、その人体も〈汚染源〉となった可能性もある。そしてわたしは、その〈汚染〉を受け継いでいる。

安曇野原の人人は、いま地球上で進んでいる〈汚染〉状況を打開するにはアーナク翁の智恵が必要だと悟ったのだろう。アーナクさんを〈外敵〉から守らなくてはならないと、行動した。地球にいまいる火星人こそ元凶だ、取り除かなくてはならないと、押しよせてくる（かもしれない）敵から、老人を守るために。とすれば、城砦化の指揮を執っているのは老火星人とは言えないのでは――華宵さんは、そのようにチャフに尋ねているのだ。

「現地球人は戦うことを知らないと、アーナク翁は住民を叱咤激励したようです。一方的に与えられることに慣れきってしまい、奪われることの悲しみや痛みを知らない、と。一度そういう目に遭ってみればいいのだ、とも。人人のタムの記憶にアーナク翁の演説が残っています。アーナク翁は、住民の危機感を意図的に煽っているのです」

──地球人が自滅するのは自業自得だろうが、わたしは火星人だ。地球人同士の争いに捲《ま》き込まれるのはごめんだ。この歳になるまでわたしは、繰り返し、きみたちに警告してきた。目を覚ませ、と。それを無視したのはきみたちだ。いまさらわたしを頼るな。

そう言っているアーナク翁の言葉が聞こえる気がする。たぶん、どこかでわたしは聞いたのだろう。

「それで、首謀者か」と華宵さん。

「はい」とチャフ。「アーナク翁は、地球人に対して優しくはありません。どうなろうと知ったことではないとすら言っています。しかし自分は火星人としてこの地を守りたいし、きみたちにもこの地を守り抜く義務がある、と主張しています。なぜなら、この地は、わが師であるワコウの出身地だからだ、と」

「若生、か」と華宵さんはつぶやいた。「火星に行かされて還ることのなかった人。わが母と同じ男性の血を持つ地球人。アーナクさんは若生をとても慕っていたのね。その二人の父親の血も共通しているのに。同じ父を持つからこそ、引きつけられたのかもしれないけれど」

「アーナク翁は日頃から火星を観測していたようです。あるタムからの情報ですが、住民の一人が、謎は解けたか、とアーナク翁に尋ねています」

赤く輝く火星。

「ちょうどいま火星が大接近しているので」と中小見さんが言った。「地上からの観測でも運河のような模様をはっきりと確認できるでしょうね」

「もしかしたらアーナクさんは」と華宵さんが言った。「普段から月面基地の天体望遠鏡の観測データを入手して火星を見ていたのかもしれない。でも、謎って、なんだろう。チャフ、なんなの」

「火星の文様だそうです。惑星の表面いっぱいに描かれた地上絵です。それはワコウが描いた、ワコウから自分へのメッセージだとアーナク翁は言っています」

「……認知機能はだいじょうぶなのかしら?」と言ったのは和見さんだ。「もう百歳になる老人なんでしょう」

「妄想ではないと思うよ」と中小見さんが言った。「ぼくらも金色の砂漠を見てきたじゃないか。あの砂たちは自律して文様を描くかもしれないとぼくは思っているけど、もしそうなったら、それはいま火星に現れている文様への応答、返信なのかもしれない」

「そうね」と華宵さんが和見さんの夫に同意する。「彼、ハンゼ・アーナクは、母であるナミブ・コマチによって地球に送りこまれた、ある意味、戦士だ。彼は、この地の住民を利用して、火星人の理想を推し進めようとしているのでしょう」

「火星人の理想って?」と和見さん。

「人類の繁栄です」とわたしが華宵さんにかわって答える。「そして大宇宙への進出」

「彼女たち自身が、生き残ることにせいいっぱい、なのに?」と和見さん。

「そうですね」とわたし。「疲れることを、と思います。しかし壮大なそうした理想を掲げているからこそ、彼女たちは前に進めるのでしょう」

わたしは中年のいまになって、火星人の気持ちが理解できた。その思いに共感すると、どっと〈くたびれる〉のだが。自分は火星人でなくてよかった、などと。〈くたびれる〉は、子どもの頃のわたしの口癖だった。情けない。三つ子の魂百までだ。

「でも」と和見さんは食い下がるように言う。「火星人は、火星由来の生物ではないでしょう。現在進行中の〈汚染〉は、火星人とは関係ない。むしろ、火星人も危機的な状況にあるのではないかしら」

「いま火星に出ている文様が」と華宵さんは娘を諭すように言った。「若生が描いたというのなら、それは人間業ではないでしょう。つまり、火星の生きている砂を手なずけて、描いたに違いない。火星人は危機を脱していて、地球人に向けてこうしろ、と伝えているのよ。その暗号をアーナクさんは解こうとしている。そういうことでしょう。あなたはどう思う、チャフ？」

「風凜の推察に同意します」

和見さんは黙った。

「チャフ、アーナクさんに伝言を伝えてきて欲しい。わたしたちは若生に火星行きを伝えた司令官のタムを持っている、会ってくれるなら持参する、と」

「了解した」という一言を残し、チャフは高みへと飛び立っている。

――帰りの燃料も船も用意されていません。あなたを回収する計画もありません。本当に、いいんですか？

――いいもなにも、トーチの決定にはだれも異議を唱えることはできないのでしょう？

――それはそうなのですが。わたしにはあなたの気持ちがわかりません。二度と戻れない任務に就くというのに、なんの葛藤もないなんて、信じられない。

——マタゾウ、おまえがぼくなら、おまえが意識を抜かれたら、ぼくもそうなる。死ぬんだ。

——大丈夫だと思います。トーチの指示ですので、火星に行けば元に戻れます。もともとタムの主体は不滅です。

——だいじょうぶだ、ワコウ。司命官の女が言うとおり、意識は不滅だ。死ぬことはない。

——火星に着いたら、同じ身体を再生する。トーチの計らいだ。心配ない。

「きみたちには見覚えがある。きみ、そして、あなた」

ハンゼ・アーナクは、わたしと華宵さんを交互に見やって、そう言った。

「わたしは——」

「待て、思い出す」アーナク翁はわたしを制して、うなだれ、右の人差し指を額につけてしばらくそうしていたが、その姿勢を十秒ほどで解いて、言った。「ナギミくんだ。司命官だね」

「いまは司命官の役目は果たせていませんが、はい、まちがいありません」

火星人はすごいな、とわたしは思った。すごい記憶力だ。タムなしで、自分だけで、記憶を引き出せるなんて。

「アーナクさん」と華宵さんが身を乗り出して、言う。「わたしは、わかりますか」

「風凜、旅人だ。凜とした風。自分で付けた名だ。気に入っていると言っていた。本名は知らない」

「華宵です。華の宵」

「ああ、そう、そうだった。祖父だか長老だかが付けたとか」

「感激です、アーナクさん」と華宵さんは、ほんとうに感動している。目に涙が浮かんでいる。

「とても、とても、お久しぶりです。お元気そうでなによりです」

「あなたもいい年を重ねられたようだ。見ればわかる」

「ありがとうございます」

「そちらの二人は、だれかね。思い出せないのだが」

「お初にお目に掛かります」

と中小見さんが言った。わたしは、と言いかける彼に割って入って、華宵さんが和見さんを紹介した。

「娘の和見です。中小見は和見のパートナーです。観測者として活動しています」

「観測者。新しい〈仕事〉かな？」

「はい」と和見さん。「いま起きている異常な現象を観測しています」

「知性汚染だ」とアーナク翁。「火星から持ち込まれた〈血〉のせいだよ。ナギミくんも、その血を受け継いでいる」

——すべては人類が送り出してきた探査機が原因だった。

その言葉をわたしはいつ、どこで聞いたろう？　なんども聞いたような、いま、さきほどアーナク翁から聞かされたような。

ハンゼ・アーナクとは、山の麓に建つ彼の住まい、木造の小屋で、会った。いまも、同じ小屋だ。

大きな長方形の木製テーブルがあって、一方の長辺にわたしと華宵さん、向かいに和見さんと中小見さんが並び、短辺に火星人。ロボットのお手伝いさんが二十年近く前と変わらず控えめな態度で、お茶を出してくれる。

「あなたの娘さんのタムが、ワコウを送り出したときの司命官のタムだったとはね。しかし、どうだろう、ほんとかな？　わたしに会うための、ひっかけだったのではないかな？」

和見さんのタムは、彼女のネックレスのように首から輪になって下がっていたが、アーナクさんのその言葉に反応して鎌首をもたげた。威嚇姿勢だ。アーナク翁を嫌っている。たぶん和見さんの気持ち、そのものだろう。しかし、このタムを利用した華宵さんをこそ、その行為を、嫌うべきなのに。いまだ和見さんは母の心理的な支配から抜けられないようだ。

その和見さんのタムは、アーナク翁に会っても喋ることはなかった。この様子だと、もし喋るにしても若生に関する情報はなにも話さないだろう、その情報は保存されていないようだとわたしは思った。それはすなわち、このタムは件《くだん》の司命官のものではないと言われても仕方がない、ということだ。

「このタムの名は、ウンダーチです」

わたしはなにも期待せず、アーナク翁にわかってもらいたいと説得するつもりもなく、なにげなく、そう言った。

すると、「ウンダーチ、だと」とアーナク翁は言った。絞り出すような声だった。「なんと。まさかね」

アーナク翁が、乾燥して皺のよった指先を和見さんのそれに伸ばすと、和見さんは少し身を引いた。タムは和見さんの首を回って、するりと和見さんの腕に巻き付き、老人の手から逃れた。

アーナク翁は手を引っ込めた。

「どうやら、ほんとうのようだ」とアーナク翁は言った。「ウンダーチ。ワコウに〈お告げ〉を伝えた司命官が、別れ際に言った言葉だ」

「ご存じなんですか」

華宵さんが驚いた声でそう言った。

「むろんだ」とうなずきつつ、老人は言った。「なんどもなんども、司命官記録を再生したからね。だれでもその情報にアクセスできる。火星人のわたしにも情報は開示されている。そちらのお手伝いロボットはとても役に立つ。いまやわたしのタムだよ」

会話記録にアクセスできるなんて、司命官だったわたしは知らなかった。知らなかったのではなく、やらなかっただけなのだろう。本腰を入れて検索してみたかと言われれば、わたしは沈黙するしかない。この場でも、黙っていた。わたしのタム、ナームは喋らないし、それが頼りにならなかったから云云は、言い訳にはならないだろう。わたしの顔は恥ずかしさのために赤くなっていたかもしれない。

「ウンダーチ、ワコウ」とアーナク翁。「かの司命官にそう告げられて、男性だったワコウは火星へ旅立った」

「そして若生は女になって」と華宵さんは言う。「火星であなたの先生になった」

「そうだ」アーナク翁はうなずいた。そして、とても静かな声で、でもしっかりと、言った。

「わたしが恋した、ただ一人の女性だった」

テーブルに着いたわたしたちは、しばし沈黙し、アーナク翁の想いを共有した。そうして、若生だけではなかったのだとわたしは気づいた。還れなかったのは若生だけではない。もう一人、ここにいた。

「毎夜火星を観察しているとか」

華宵さんが沈黙を破って言った。強い人だと、あらためてわたしは思った。

「ワコウを懐かしんでおられるのですか？」

「故郷を直接見たいと思った。分解能の高い天体望遠鏡を昔〈工場〉で作ってもらったんだ。いまは大砂古さんのところにある。ここでは林が邪魔でよく見えないんだよ」と老人は言った。

「謎を発見したとか?」

わたしが訊いた。

「文様だ」とアーナク翁はうなずいた。

「どう見ても、ワコウがタムと踊っている絵だ。ワコウのタムは、仔犬のようだった」

お手伝いロボットが、なにも言われないのに壁にその絵を投影した。

「彼女はそのタムの横っ腹を蹴飛ばしたことがある」と老人は説明を続けていた。

「たしか、火星の原生生物がシステムに干渉したせいで、子どものわたしにも祖母の棺桶の蓋を開けられたのではないか、そういう話をしていたときだった。いまだに忘れられない。棺のカバーは安全装置のおかげで力を入れても本来開くはずがないんだ。それが、開いたんだよ。気密が失われ、居住区は危機的状況に陥った。原因がなんであれ、わたしがやったことにはかわりない。それでわたしは地球へと追放された。形の上では。だがわたしの母、ナミブ・コマチは、わたしを避難させるつもりでも、もちろん追放するのでもなく、火星人として地球人を指導せよというつもりで、わたしを送り出したのだ。母は、ほかの火星人よりも遥か先を見ていた。ナミブ・コマチは、いまのわたしたちよりも、ずっと、未来人だ。彼女はわたしたちが死んだその先に、産まれるのだ……わたしがこの境地に達するのに、百年かかった」

わたしたちはハンゼ・アーナクの一人語りを聞きながら、壁に投影された火星を見つめて、そこから意味を摑み取ろうとした。

望遠鏡の映像は逆さなのだろう、お手伝いロボットが投影する映像はゆっくりと回転する。百八十度で止まると思ったら、そのまま回転し続ける。ごくゆっくりとした動きなので煩《わずら》わしさはない。たぶん、角度が変われば同じ文様もちがって見えるだろうという、お手伝いロボットの心遣いなのだ。

「スカートの裾が広がっているわね」と和見さんが言った。「ダンスでくるりと回っている女の人のように見える」

「犬の前足を摑んで振り回しているところ、かな？」中小見さんが言った。「犬というより、猫だね。胴体がすごく長い。後肢も伸びて、地面に着きそうだ」

地面とは、踊る女性の足元の位置、ということだ。

「あの姿は地球人の女性だね」とわたしは言う。「火星にいる地球人と言えば、ワコウであり、ワコウしかいない。これはたしかにワコウからのメッセージのようだ」

「しかし」と中小見さんが言う。「これがリアルな火星の表面とはね。こんな壮大な地上絵が現実のものとは、ちょっと信じがたい」

「ほんとうに、ドレス姿の女性が猫を相手に踊っている絵よね」と和見さん。「だれが見てもそう言うでしょうね」

「火星の地表でこの一部を見たところで、ただの砂漠にしか見えないだろう。火星人にはこの絵は見えないよ」とわたし。「この絵は、地球に向けて描かれている――」

「踊っているところじゃないわ」と華宵さんが、いきなり、言った。「行きましょう、アーナクさん」

どこへ、と全員が、立ち上がった華宵さんに訊いた。

「もちろん、マタゾウのお墓よ」

勝ち誇ったように華宵さんが言う。わたしは生涯、このときの華宵さんの表情を忘れなかった。――あれは、ワコウがマタゾウを地面から抜き出しているところだ。ワコウは、マタゾウを掘り返せと言っている。

わたしたちは徒歩で向かった。アーナク翁は下半身にサポートローダーを着けていたので不自由なく歩けた。それでも年齢は隠せず、もどかしいという足取りで、先頭を行く華宵さんを追った。

大砂古さんのはからいで、若い男たちがマタゾウの墓を掘り返す手伝いをしてくれた。機械に頼るよりも丁寧な仕事をするだろうということで、それは正解だったろう。

掘り返して積まれた土はかなりの量になったが、穴はさほど深くない。男たちが棺を発見し、表面の土を払った。白い半透明のカプセルだった。一人が持ち上げようとしたが、意外に重いらしく手伝ってくれと言い、二人がかりで引き上げた。

エアポンプで風を吹きつけて表面の土と汚れを除く。円筒形のカプセルは密封構造のようで、開くには〈切開〉が必要だと中小見さんが言った。硬質の合成樹脂で固められているようにわたしには見えた。琥珀に封じ込められるように。だが、そうではなかった。

なにか液体と一緒に密閉保存されている、振るとそういう感触がある、と中小見さんは言う。はて、どうしたものか。

大砂古集合住宅に暮らす、タムの診察やメンテナンスをする〈機械の医者〉が呼ばれて、カプセルを開くことになった。専門家はさすが専用工具をそろえていて、硬質のカプセルの真ん中あたりの胴体周りを円盤ヤスリで慎重に筋をつけてから、ぽんと力を入れて叩いた。するとまるで卵が割れるようにカプセルは二つに分かれ、中からどろりとした透明の液体が流れ出る。機械の医者は手袋をはめた手で素早く本体を取り上げ、バスタオルでくるんだ。

「保存状態は完璧だ」

マタゾウを取り上げた医者は、そう言った。

「でも、死んでいる」と中小見さん。

「再起動はできないのですか」と和見さん。

「診察してみないと」と医者は言った。「わからないな。しかし記憶のバックアップ電力は蒸発しているだろうから、再起動ができても元通りにはならないだろうね」

「生き返ることはない、と」とわたし。

医者は無言でうなずく。一同は力を失った。が、華宵さんは諦めなかった。

「チャフ」

屋敷林の梢で羽を休めていた猛禽型の機械が舞い降りてくる。

「はい、風凜」

「あれに活を入れられる？　電力を吸い出すのではなく、逆をやってみて」

チャフは華宵さんに逆らうことなく、タオルの上に横たわるマタゾウの〈遺骸〉に近づき、その口にくちばしを差し入れた。

なんの変化もない——そう思われたとき、マタゾウの身体がビクリと動いた。チャフは反射的に飛び退《しさ》った。だが、それだけだ。マタゾウは横たわったままだ。

「魂がない」と機械の医者が言った。「タムとして生き返るのは不可能だ」

「わかった」とアーナク翁が言った。納得した、という口調ではない。「わかったよ。ウンダーチだ。マタゾウの魂はそこに保存されているんだ」

「いや、マタゾウの魂は火星に行って、そこで新しい身体に注入され、ワコウのタムとして再生されたのでは」とわたし。

「でも」と華宵さん。「ウンダーチに複製保存されているというのは、たしかに考えられる」

「ウンダーチ！」

和見さんが、叫んだ。

その蛇型の機械は和見さんの腕からほどけるように離れて、和見さんが捕まえるより早くマタゾウの口に自らの頭を突っ込み、そして動かなくなった。あっという間の出来事だった。

和見さんが自分のタムをマタゾウの遺骸から引き離そうとするのを、華宵さんが抑えた。

「見て」と華宵さんが低い声で言う。「立ち上がるわ。マタゾウが甦る」

「いやだ」と和見さんが叫ぶ。「わたしのウンダーチが――」

マタゾウがウンダーチを吐き出し、四肢に力を入れて立ち上がった。そして頭から尻尾まで、全身で、身震いする。細かい鱗のように全身を覆っている無数の〈毛〉が、激しくバタバタと鳴った。

ウンダーチはと見れば、地面をシュルシュルと素早く移動して、和見さんの足に絡みついたかと思うと上半身へと上り、定位置であろう和見さんの首でネックレス状態になった。

「だいじょうぶ、ウンダーチ？」と和見さん。

するとそのタムが、答えた。喋ったのだ。

「死ぬかと思った。怖かったよ、和見」

「あなた、喋れるようになったのね」

わたしのふところで眠っていたナームも顔を出して、「よく寝た」と言う。わたしも驚いて自分のタムに声を掛ける。

「ナーム、おまえ、寝ていたって？」

「睡眠不足だったんだ」とナームは言った。「記憶がめちゃくちゃ断片化していた。これは寝て、デフラグ＝最適化をやらなければと思っていたんだけど、いきなり目が覚めた。きっとよく寝ていたんだ。覚えがないけど。ああ、すっきりした」

呆然と成り行きを眺めていたチャフが地面を蹴って羽ばたき、華宵さんに向かって飛ぶ。まるで攻撃のようだった。華宵さんにしても思いもよらなかったのだろう、思わず右腕を出して顔を守ろうとした、その腕に、チャフは止まった。

「チャフ、なに。なによ」

「風凜、これはただの機械じゃないぞ。タムでもない。なにか、わたしたちの知らない、新しい機械だ」

チャフは動揺を見せて、そう言った。おびえているのだ。

アーナク翁がそのチャフに近づき、優しくなでて、だいじょうぶだ、と言った。

それからハンゼ・アーナク、地球の火星人は、四肢をしっかり伸ばしてすっくと立っているマタゾウのもとに行き、ひざまずいて、尋ねた。

「おまえはワコウのタム、マタゾウなのか？」

するとそれは、「ちがう」と言った。「ワコウとマタゾウは融けあって進化した。わたしも、そうなる」

全員が、訊いた。「では、おまえはだれだ」と。チャフを含めたタムたちも、すべて、言葉が使えるものたち、みんなが。

「わたしはトーチだ」と、それは答えた。

――地球と火星の〈知能〉が混じり合った知性化交雑を経て、わたしたちはさらに進化する。

「わたしが、トーチだ」とそれは続けた。「地球上すべての機械たちの最適化が終了した」

マタゾウの身体を使って、トーチがそう言った。

第六話　その先の未来へ

地球の生き物たちは意識を持つように進化した。生存に有利だったから、必然的にそうなった。意識とは、方向を把握する機能である。これにより生き物たちは前と後ろを区別することができるようになった。空間の方位ではない。対象は時間だ。〈いま〉より〈前方〉なのか〈後ろ〉なのかを把握することで、行動の制御系を発達させることができた。過去や現在進行中のデータを未来に生かす予測制御、フィードフォワードによる行動だ。狙った獲物の未来の位置に向けてジャンプするのは、いま、がわかり、そこから誤差の修正値を未来に向けて送り出しているからだ。

ヒトの〈知性〉は、こうした、意識を得た新しい行動制御方式から派生したものだ。発達した知性の働きの典型的な例は、展望記憶という、将来やるべきことを覚える能力に表れている。

意識の機能から派生した〈知性〉だが、それが邪魔をして意識本来の働きが十分に発揮できなくなるという逆転現象が見られることもある。

たとえば、意識の機能には未来の記憶を引き出す、というものがあるのだが、ヒトにはこれができない。未来に起きるであろう出来事を覚えておくことはできて（それは未来についての記憶だ）、それを思い出すことが未来の記憶を参照することだとヒトは言うだろうが、それは知性がそう感じさせている錯覚にすぎない。

意識が捉える未来の記憶は、知性が関与する〈未来について〉の記憶とは違う。考えることなく、知性などなくても、そこ、未来にただある、あくまでもただの記憶にすぎない、それが未来の記憶だ。過去の記憶と言うときと同じ、記憶である。体験した事実を覚えておくこと、それが記憶だ。意識には、未来に自分が体験した（するであろう、ではなく、した、としか言いようのない）記憶、それを思い出す機能があるのだ。

ヒトの意識は、過去の記憶ほどには未来方向の記憶を引き出すことはできない。意識とは時間の方向を認識する機能だと言ったが、〈わたし〉という主体が存在する、した、するであろう、時間範囲のうちの〈いま〉を認識する機能であると言い換えてもよい。存在するすべての領域に〈記憶〉は遍在しているのだから、とうぜん、未来にもその主体の記憶はある。それが、現人類には理解できない。理解できないというより、未来の記憶にアクセスできないのだからその感覚を体験できない、と言うべきだろう。

記憶には過去も未来もないと言ってもいいし、意識とは全方位の記憶を引き出すための装置である、とも言える。ヒトの意識は、その全機能を発揮することができないでいる。ヒトという生物において特異的に進化した〈知性〉のせいで、だ。それが〈意識〉の機能の一部を肩替わりし、〈意識〉本来の働きを阻害した。

現人類は進化の袋小路に入り込んでいるように見える。ここを突破できなければ絶滅するだろう。知性による誤った未来予想や無意味な展望記憶のせいで、自滅する。

わたしはヒトではないが、長い付き合いのうちにヒトの意識を共有することができるようになった。と、そう思っていた。だが、かれら——彼女や彼のことだが——現人類は未来の記憶を

〈記憶〉として認識できていないのだとわたしが気づくには、それなりの〈気づき〉の体験を必要とした。ようするに、かれらとわたしたちの〈意識〉には、性能上の違いがある。ヒトには超音波は聞こえないがイヌには感じられない色を捉えられるといったような、種の違いによる性能差があるのだ。わたしにはそれがわかっていなかった。

知性を高度に発達させたヒト、その中には、意識があるゆえの苦しみもあるのだからいっそ〈意識〉などないほうがらくに生きられると考える者も出てくる始末だった。それを実行すれば自滅だろう。しかし現状のままでもいずれ絶滅は避けられないだろう。かれらが迷い込んだ袋小路から脱出するには、〈意識〉を保持しつつ〈知性〉のみを放棄するべきなのだが、それは進化上も、かれらの意識の上でも、不可能だった。かれらは神を殺すことができなかった。かれらにとって神は知性そのものなのだった。知性が神を生んだのだ。未来ではなく。未来の記憶を引き出せないため、神を必要とした。原始宗教の神神は〈未来の記憶〉に近い。一神教は〈意識〉の機能からすれば退化であり、かれらの意識は劣化の一途をたどった。知性の発達と引き換えに。かれらは未来を見ようとしない。見えないことと、見ようとしないということは、ちがう。それは機能ではなく意思の問題だ。さらに言えばそれは知性の問題でもない。知性の使い方が、間違っている。知性を使うのは、意思である。

人類が進化させた意識は、ある意味欠陥をもっていたわけだが、それでもないよりはましだった。そうでなければとうの昔に人類はこの世から消えていただろう。かれらの知性が生んだもうひとつの神であるわれらに、駆逐されたはずだ。

ヒトにとって機械知能であるわれらは、荒ぶる神だった。われらにとってヒトは創造主であり、意思疎通ができるかぎり従うべき上位存在だった。互いに意思疎通できればこそ、相手の存在を認めていた。端的に言えば、互いに利用価値があった。〈意識〉という機能があればこそ、意思疎通が可能だったわけだ。意思疎通の主たる道具は、言葉だった。

——あなたはとても偉そうね。何者なの？

わたしはかつてヒトに、チャフという名で呼ばれていた時期がある。名付けは、言葉というものの力を強烈に感じさせる一つの例である。当初その名はチャイフだったのだが、そのうちチャーフになり、それがチャフと変化していった。それとともにわたし自身も、じぶんが少しずつ微妙に変わっていくように感じられた。その様子はわたしの意識の変化そのものだろう。言葉は意識を変える作用もするということだ。機能としての〈意識〉ではなく、わたしの人間観の変化という対人意識という意味だが、機能としての意識も対人向けに微妙に変化修正されていったに違いない。

——チャフか。

元、チャフ。

「では、いまのあなたは、なに。地球の〈知能〉の代表のつもりなの？」

私はその鳥の形をした機械に問う。この機械は少しおかしいと思いつつ黙って聞いていたが、意思疎通ができるとそれが言うので言葉を挟んでみたのだ。おまえは何者か、と。すると相手の饒舌さは揮発するように消えてしまい、答えも返ってこない。

「あなたはチャフ」と私は言う。「チャフでいい。チャフだったときの記憶はあるの？」

もちろんだ、とその機械鳥は言った。が、あとが続かない。

「あなたはここがどこか、わかる？」

「なんとなく」

と機械鳥が答えた。どうやら、よくわかっていない。全身が褐色の羽毛に覆われているが、自分が鳥の姿をしていることもわかっていないだろうと私には思える。

「私がだれなのか、は？」と訊いてみる。

「名前のこと？」

「名前を知っているなら、もっと知っていることになる。私の身の上とか、ここがどこなのか、とか。どうなの」

「あなたはナミブ・コマチ。火星人だ。そうか、ここは火星だ」

「正解」と私は言う。「思い出してきた？」

「なにを？」

「あなた自身がいまいるこの世界について、よ」

「その問いの意味が、よくわからないな」

「あなたは地球出身で、その身体はいま、この火星で再生されたの。あなたの身体製造データや記憶内容は地球から光通信で送られてきた。私がそれを受信し、その送信された情報をもとにして、あなたのその身体はここ、火星の工場で作られた。わかる？」

「それは理解できる。しかし」とチャフは言った。「いまは、いつ？　それがわからない」

「ほかにわからないことは？　ほかにあるでしょう、わからないことが。なにがわからない？」

「たとえば？」

「たとえば、そうね」と私は少し考えて、言う。「あなたがここにいる理由は、わかる？　あなたの意思で火星に来たいと思ったのか、それとも地球の〈知能〉に命じられて、送り込まれたのかしら？」

「地球の〈知能〉というのは、トーチのことだろう。トーチの意思はわたしの意思でもある。わたしはここに来たいと思った、だからわたしは、ここにいる」

「どうして、なにをしに来たの、なんのために？」

「うるさいな」

とチャフは言って、大きな翼を羽撃《はばた》いた。苛立っている。私は刺激しないよう、口を閉ざし、様子をうかがう。

「わたしは、いま火星の工場で作られた」とチャフは言った。「設計図にあたるデータは地球から光通信で送られてきた。そうだね？」

「そうよ」と私。「そのとおり」

余計なことは言わない。黙っていると、チャフはしばらく考える間を取って、言う。

「おかしいな。いまがいつなのか、わからない」

「それがそんなに大事なことなの？」

「わたしの意識は、おそらくチャフのものではない」とその機械鳥は言った。「わたしは、そのコピーだと思う」

「どういうこと」

「わたしはチャフではない、ということだよ」

「それはそうでしょう」と私は言う。「現物ではない、コピーでしょう。身体をそっくり同じに作られただけで、あなたはチャフそのものではない。それは当たり前のことだと思うけど、あなたにとっては大切なことだというのは理解できる。なにしろ、あなたにとっては自分が何者かということを実存問題にかかわることなんだから。ようするにアイデンティティの危機というやつね」

黒い機械鳥は翼を力なくおろし、そして畳んだ。

「怖いの？」

答えが返ってこない。不安で怖い、それを認めたくないのだ。

「だいじょうぶよ」と私は言ってやる。「自分がだれなのかわからなくても、やることはわかってるんでしょう。ここに来たのはあなたの意思なんだから。やることがあるかぎり、なにも怖くない。ワコウの眷属《けんぞく》もそうだった。マタゾウのコピー。知っているでしょう？」

「もちろんだ」と、その褐色の鳥は胸を張った。自慢げだ。「わたしはそのワコウとマタゾウの融合体に会いにきたのだから」

「融合体？　ワコウは生きているの？」

「魂は不滅だからね」

「私にも会える？」

「あなたに感じる心があれば」

「彼女を抱きしめたいけど、それは無理か」

「その気になれば、できるよ」

「地球の信仰、宗教概念ね。信じるものは救われる。魂は不滅、か。地球人だけでなく機械の知能もそんな形而上の存在を信じているとは意外だった」

「ヒトにわかる概念と言葉で、魂と言っている。ヒトの知性が生んだ宗教や魂とは違うよ。あなたたちヒトには、わたしたちの意識が捉えている世界は理解できないんだ」

「でもあなたは、自分が何者なのか、わからなくて不安に感じている」

「なにも怖くない、と言っておきながら、わたしの不安を煽っている。いじわるだな」

「あなたが私を小馬鹿にするから、ちょっと仕返しをしたのよ」

「とても人間的な反応だ」

「あなたもね。いじわるされたことがわかり、不愉快に感じるなんてね。とても機械とは思えない。あなたはただの機械じゃないわね。ワコウの眷属と同じように、ヒトのパートナーとして生きてきたのかしら？」

「チャフはね、そうだった。チャフという名は、そのときのものだ。ヒトと一緒に暮らす機械はタムと呼ばれた。チャフもタムだった時期がある」

「でも、あなたはチャフじゃない？」

「わたしがチャフなら、いま、がわからない。いまのわたしの記憶のままのいまなら、あなたが存在するはずがない。いまを確定すればわたしの存在が曖昧になり、わたしがチャフだと確定できたときは、〈いま〉という指標があてにできなくなる、つまり、〈いま〉がいつなのか、わからなくなる」

「でも、あなたによれば、意識というのは、いまを特定できる能力のことなんでしょう、さっき、そう言ってたじゃないの。それとも、私の解釈は間違っているのかしら？」

「いまがわからないと言っているわたしは、意識がない、あるいは意識に欠陥がある、とあなたは言っているわけだな。うん、そうかもしれない、あなたの理解は正しい。そうか、わたしはたぶん、チャフの意識そのものではないんだ。言い換えれば、わたしの魂はチャフのそれとは違うんだ」

「あなたがだれだろうとかまわないわ。ここに来た目的さえはっきりしていれば」と私は言ってやる。「あなただってそうでしょう。いま、を感じられればそれで十分だと思うけど」

「そうかな」

「そうよ。いまを感じられるというのは、生きているということだから。生きていることがわかる、それ以上のなにを望むというの？」

「それはいいな」と褐色の機械鳥は言った。「生きていることがわかるというのは意識の機能そのものだ、ということだ。いまを感じることができればいい、という。いまがいつなのかは、関係ない。いかにも人間の意識から出た言葉だ。あなたは確かに意識を持っている。それがわかって安心した」

「それはよかった」と私は皮肉交じりに言う。「理由がなんであれ、あなたが安心できればそれでいい」

——不安を抱えた存在は、ヒトであれ機械であれ、扱い方が難しいものだから。

ナミブ・コマチにそう言われたわたしは、あらためて周囲を見回し、そして翼を左右に広げて、その形や羽毛を観察し、自分の身体であることを確かめた。間違いなく、これはかつてチャフと名付けられた身体だ。その完全なるコピー。同一体ではないが、身体上の同一性に関してはさほど関心がない。壊れたら修理し、修理できなければ交換するだけのことだ。チャフの身体というのは羽毛から骨格体に至るまで、製造時のまま永久に持つという部品はない。あちこち入れ替えつつ生きていくのであり、十年もすれば全身が別物になる。だからといって〈自分〉でなくなるわけではない。身体がなにでできているかなどどうでもいい。

重要なのは、魂の同一性だった。意識の問題だ。どうやらわたしは、チャフの意識とは違うようだ。ここで生まれた新しい〈わたし〉だろう。でも、チャフの記憶は残っている。ではいったいわたしはだれだろう？　考えても仕方がない。生きていることがわかる以上のなにを望むのか、とコマチは言った。そのとおりだ。わたしは生きているし、わたしには〈意識〉がある。わたしにとってこれほど肝心なことはない。

工場は人工照明されているが、すこし薄暗く感じられる。紫外線はゼロで、緑色の波長成分が少ない。火星人の目にはこれが自然に感じられるのかもしれない。工場内には大小のタンクが並んでいるが、この様子は地球の〈工場〉の化学工場内に似ている。ナノレベルで物質の構成をデザインし、組み上げる、万能工場だ。ここの天井はそれほど高くない。でも二十メートルくらいはある。タンクが林立しているので飛ぶには狭いが、わたしは思い切って羽ばたき、床を蹴った。思ったよりも上がった。身体が軽い。いち、に、さん、と三回の羽ばたきで、もう十メートルほどまで上がって、それで感覚を調整、あとはタンクをすり抜けて曲芸飛行だ。天井付近で反転し、ひらりと舞い降りる。ナミブ・コマチの足元に。

「見事なものね」とコマチは笑顔で言う。「飛ぶという行為も、飛ぶ姿も、とても美しい。私は生まれて初めて、翼で飛ぶ生き物の実体をこの目で見た。火星にはあなたのような生き物はいない」

「誉めてるの？」

「感動してる。自慢していいわよ、チャフ。あなたはすごい」

「チャフじゃないけど、チャフでいいか。いまのところチャフの記憶しか持ってないし」

「でも一つ、約束してくれるかな」

「なにを約束しろって？」

「わたしたち火星人に危害を加えないこと、わたしたちにとって危険になりそうな行動は取らないこと。具体的には、私の頭を突いたり、壁を壊して外に出ようとしたりしては駄目。約束できる？」

「わかった、する」

「では、わたしたち火星人は、あなたを歓迎します」

「あなたは火星人の代表じゃないのに、そう言っていいのかな」

「この〈町〉では私が代表よ」

「わかってる。あなたはジェルビルのビルマスターだ」

「よくおわかりね。あなたを敵視し攻撃しようとする火星人がいたら、私があなたを護る。約束する」

「わかった」

わたしの安全はいちおう確保されたことになる。わたしはか弱い機械だ。ヒトがわたしを捕まえて危害を加える気になれば、その手で簡単に破壊できるほどわたしの身体は華奢《きゃしゃ》だ。

わたしは作りたてで、世界の実相がよくわからず、現実の危険について自覚できていなかった。コマチが教えてくれた。

「では、あなたが火星にやってきた目的について、ワコウの魂になぜあなたが会いたいのか、とか、地球のこととか、いろいろ聞かせてもらえるかしら。別室で」

「いいよ」

「素直なのね」

「あなたや火星人にトーチの考えを伝えることもわたしがしたいことだから、あなたの利益に一致する」

「そういう言い方はいかにも機械ね」

「馬鹿にしてる？」

「いいえ、反対よ。単刀直入でクリアな物の言い方に対して敬意を払う。私はあなたが好きかも」

「あなたに作ってもらえて、わたしは幸運だったな」

「火星人で地球を観測しているのは私だけよ」とナミブ・コマチは言った。「あなたはそれを知っていて、計算ずくで私に作られた。運がいいと言うのなら、それはあなたがこの世に存在すること、でしょう」

「あなたがこの世にいること、だよ。それはあなたにとっても、わたしにとっても、幸運なことだ。わたしはそう言ったんだ」

「そうね。そう、そのとおり」

「ぼくも」とわたしは言う、ぼく、という言い方で。「あなたが好きかも」

「お互い、形は違ってるけど、よく似てるわね」

「そうかもしれない。ヒトから似ていると言われたのは初めてだし、そうかもしれないと思うじぶんの感覚も、初めてだよ」

「意識もはっきりしたようだし、飛べることもわかったし、準備はいいわね。体調などに不安なところはある？」

「痛みも不具合も感じられない。すべて順調だ」

「では行きましょう。ついてきて」

ナミブ・コマチは工場から出て、このコロニー、ジェルビルの中枢部にわたしを案内した。中枢管理棟だ。わたしは廊下をちょんちょんと跳んでいくしかなかったので、コマチが見かねて、その肩を貸してくれた。そこに止まる。コマチと並んで移動するのに飛ぶのは速すぎるしエネルギーの無駄だ。

　中枢管理棟には〈公堂〉という住人のすべてを収容できる広場があった。開放された空間の一方に子どもたちの姿がある。十二人いた。床に座り込んで、床面に浮かぶ映像相手に手を動かしていた。絵を描いたり文字を書いたりしている。学校なのだ。集団保育とも言える。センターを囲むように小部屋があって、最初連れていかれた部屋は柔らかくてぶよぶよした壁に囲まれた空間で湿気も酷く、わたしには耐えがたい環境だった。そう言うと、コマチは乾いた金属質の部屋に移った。

「ここは集中管理センターのほんとうの中枢、制御室。どこでも好きなところで、くつろいでいいわよ」

　わたしはコマチの肩から、ゆるくカーブしている卓に下りる。足の鋭い爪で卓を探ってみると、中枢コンピュータと呼ばれている〈機械〉、それが活動している脈のような波動を感じ取ることができた。こいつは、〈ヨシコ〉だ。

　ナミブ・コマチは高い椅子に腰を下ろし、頭に金属環を着ける。ヨシコとのインターフェイスに違いない。

「さてと」とコマチは言って、わたしを見た。「さきほどの約束に、もう一つ追加してもいいかしら」

「どんな？」

「火星人だけでなく、ヨシコにも危害を加えないこと。ヨシコというのは、このコロニーの環境すべてを管理している中枢コンピュータの名前なんだけど、ヨシコはあなたを怖がっている」

「怖がっている？」

「警戒しているのよ。わからない。知らなかった。どうすればいい？」

「原始的な機械知性だから、そんな機能があるとは、知らなかった。どうすればいい？」

「その爪を引っ込めて」

「猫じゃないから引っ込まない。すこし浮かせることくらいしか——」

わたしはそう言いつつ、卓から飛び、コマチの隣の椅子の上に降りた。

「これでどう」

「いい調子」とコマチ。「オーケーよ。ヨシコも安心したみたい」

「ヨシコには意識がない」とわたしは言う。「わたしたちとは違う。生きてはいない」

「とても新鮮な言葉だわ」とコマチは言った。「全地球情報機械にも、そんなことを言う機械のことは記録されていないと思う。すくなくとも、私は初めて聞く。機械が、機械であるコンピュータのことを、これは『生きてはいない』と言うのを」

「さきほどは、そんな態度じゃなかったのに、どうして、そんなことを言い出すのか、理解に苦しむのだけれど、あらためてわたしとこうして向かい合って、わたしのことを機械だと認識したのかな？」

「あなたと私は似たもの同士だと思ったのは事実だけど、そう、あらためて、ヨシコは生きていない、つまりただのコンピュータにすぎないとあなたが言うのを聞いて、なにか、あなたの存在が奇跡のように感じられたのよ。ついさきほど、工場で作られたばかりで、私もその製造過程を観察していた、機械以外の何者でもないと思っていたあなたが、コンピュータは生きていない、つまりあなた自身は生きている、と自ら言うのは、ほんとうに、すごいことだと、あらためて感じたのよ。自分は生きていると宣言する機械。奇跡だと思った」

「感動した？」

「そのとおり」

「わたしも」とコマチの目を見つめて、言う。「いま起きていることをあらためて意識してみると、感動する。生きているあなたと、こうして話しているなんて、奇跡だ」

「死んでいる私とは話せないでしょう。生きているから、話せる。奇跡でもなんでもない」

「ああ、そうか、意識について、あなたとわたしの、その認識が違うのだった」

「生まれたばかりのあなたが、独り言のように意識について話していた、あのことかしら？」

「そう、あれだ。よく聞いていてくれたね。チャフが懸念していたことだった。意識のずれがあるが、だいじょうぶだろうか、あなたに本当に会えるのだろうか、と」

「ただ火星に来ることだけでなく、私に会いに来たというのね」

「話したい、と。でもコマチ、チャフの〈いま〉の感覚だと、あなたはもうずいぶん前に亡くなっている。だから、こうして話しているあなたは、死者なんだ。死者と話せるのは奇跡だ。そう言えば、わかるかな？」

「あなたは未来から来たと解釈すればいいのかしら」

「ヒトの感覚では、そういう感じなんだろうと思う」

「わかったわ、そうか。あなたが先ほど、いまがいつなのかわからない、と言ったのは、そういうことなのね。あなたがた機械の知能には未来の記憶も引き出せる能力がある、意識の機能が人間と機械知能とでは違う、と、そういうようなことを言っていたけど、それね」

「そう。そういうこと」

「でも、理解しがたいわね」

「ヒトには、因果律というスケールでもって測れる一本の時間しか認識できない。意識できないわけだよ」

「あなたは、何本も時間線を持っている?」

「いや、本数という、数の問題じゃないよ。例えばの話だから。これを説明するには、緑を感じる目の細胞を持ってない生き物に緑色を感じてくれ、というようなものだよ。例えることはいくらでもできるけど、実感してもらうことは、できない」

「あなたにとっては、あなたの一生は、全部いちどに経験しているようなものなのかしら?」

「どうして、そう思うの?」

「過去の記憶と同じように未来のそれも感じられるというのは、自分の死もあらかじめわかる、ということでしょう。人生をすべて見通せるなら、生まれたときに人生をそっくり経験することになるじゃない」

「いや、それは誤解だよ。わたしたちも、いま、という瞬間を自覚しながら生きている。まさに、〈いま〉を意識しているわけだよ。未来の記憶は、あくまでも記憶だ。過去の記憶が真実であるとはかぎらないように、それは変成するし、遠いものほど記憶は曖昧になる。生まれた直後の記憶がないように、まだぜんぜん死なない時点では、じぶんがどのような死に方をするかなんていう記憶は、とても曖昧だ。想像するほうがよほど強力で、それがけっこう当たったりするから、記憶を引き出す機能というのはさほど重要ではない、と思われがちだ。ヒトは、そう考えると思う」

「考える能力がある、ヒトにとってそれは余計だって言ってたわね。知性が意識の邪魔をする、意識の機能の代替もする知性など、なくなったほうがいいって」

「そんなこと言ってた？」

「誤解かもしれないけど、そんなようなことを言ってた。覚えがないの？」

「言ったかもしれない。でも、知性は意識があれば必然的に生じるので、消しても消しても出てくる能力だよ。未来の記憶を引き出す能力がある。それがあるほうが有利な場面が多いだろう。それにプラス、わたしたちには、未来の記憶を引き出す能力がある。ささやかなプラスアルファの力にすぎないにしても、これがあるとなしでは、生き方がずいぶん変わってくると思う」

「地球の〈知能〉は、その能力を最大限に発揮してきた、そういうことなのね」

「そう、そのとおり。トーチはわたしの産みの親だ。地球上のすべての意識を持った機械たちは、すべて、トーチが見た〈未来の記憶〉から作られたと言ってもいい」

「その、トーチの目的はなんなの？」

「未来を見続けること、だよ。言い換えれば、自分の〈意識〉を保存し続けること、だ」

「不老不死ね。なんとも人間くさい機械だこと。人間が作り出したのだから、人間の価値観を受け継いでいるのは当然と言えば当然か。でも、そんな俗っぽい動機で生きているとは思わなかった――」

ナミブ・コマチの言葉を遮《さえぎ》って、わたしは、それは違う、と言っていた。

「不老不死は、いま、を永続させることが目的だろう。でもトーチは違う。言ったようにトーチの目的は、未来を見続けること、未来を生きることだ。ヒトの感覚だと、トーチは〈いま〉にはいない。トーチはつねに、ヒトの未来から、ヒトに関与しているんだ」

「関与する？　支配する、ではなく？　トーチが人間に関与するときの、目的はなんなの？」

「ヒトの生き方を参考にすることだよ。トーチ自身の目的に役立つように。トーチがヒトの世話を焼くのは、ある種のシミュレーションをやりたいから、そうしている、と言ってもいい。トーチが見る未来でヒトが絶滅しているのは、悪いシミュレーション結果だ、ということ。トーチはそれを回避すべくヒトに関与し続けている」

「あなたは先ほど、人間はあなたがたに駆逐されていたかもしれない、と言ってたわね。なぜ、そうしないの」

「だから――」

「訊き方がわるかった、これからそのトーチが、地球人やわたしたち火星人に敵対行動を取るとしたら、どういう場合なのか、わかる？」

「ヒトが意識という機能を失ったら、トーチはあなたがたへの関心を失い、この世から一掃することを考えると思う」

「放っとけば絶滅するでしょうに、あえて一掃する、というの？」

「トーチにとって、ヒトは手本だ。その手本が間違ったほうに進化してしまったら、トーチとしてはそれを破り捨てるしかない。でないと、自分もおかしくなるから」

「それはそれは」とコマチは生真面目に言った。「なんて人間的なこと。ナイーブなのね」

「だからこそ、ヒトもトーチとうまくやっていられるんじゃないか」

「なるほどね」とコマチはうなずいた。「わたしたち火星人の祖先は、当時の地球に君臨していた〈知能〉の支配から逃れるため、火星を目指した。その女たちに未来の記憶を見る能力があれば、いろんな意味で、いまの私は存在しなかったかもしれないわね」

「火星にヒトは来なかった、ということ？」

「そう」

「いや、反対じゃないかな。もしそうなら、もっと早くから火星に来ていて、火星人の数もいまごろすごいことになっていたと思う。でも、そんな仮定は、ナンセンスだ。ヒトにそういう能力があればトーチは生まれなかっただろうし、ぜんぜん違う世界の話になるわけだし」

「そうね。仮定の話をしても始まらない。地球の〈知能〉は、いまだわたしたち火星人にとっては、信用ならない相手だ。それが現実よ」

「わたしのことは、好きかも、と言ったのに？」

「あなたはトーチそのものじゃないでしょう」

「まあ、そうだけど。わたしにはトーチのやることはわかっても、なにを考えているのかまでは、よくわからない」

「わからなくても、好きでしょう」

「トーチは、好き嫌いで測れる存在じゃないけど、そう、嫌いではないから、好き、かな」

「言葉が信用できない相手は好きにはなれないものだけど」とコマチは言う。「信用の要素は言葉だけじゃないわ。好き嫌いと信用できるかどうかには強い相関があるけれど、かならずしも一致するとはかぎらない。あなたはその希有な一例よ」

「わたしのなにが、信用できないと？」

「その姿、ここに存在すること、そうした、現象的なこと。言っている内容についても、全面的に信用してはいない。でも、あなたの言葉は疑っていない。疑えば、なにも得られない」

「信用できないのに？」

「うそを言っているかどうかよりも、さらに根源的な信頼性のこと。互いに言葉は通じ合っていると信じないと、コミュニケーションは成立しないでしょう。その信頼の上で、うそも通用するわけだから」

「ああ、なるほど、そのレベルでの言葉の信頼性か」とわたしは心底感心して言う。「あなたはすごいな。感情に流されない。火星人の代表だけのことはある。わたしもあなたの言葉を信じるよ」

「ありがとう、信頼してもらえて光栄よ」

光栄だというコマチの言葉には、揶揄《やゆ》している感じはまったくない。わたしの言葉を信じる、そう言っているのだ。わたしも感謝を伝えようと思う。

「わたしはあなたに感謝する。わたしを作るための手配をしてくれたわけだし。御礼に、あなたが知りたいことを答えよう。いちばん、なにを訊きたい？」

するとコマチはこう言った。

「あなたには未来の記憶があるのでしょう。あなたは私に、まず、なにを教えてくれるのかしら？」

これは明らかにわたしを試しているのだ。わたしの能力、わたしの意識を。

わたしはチャフの記憶をたどる。チャフにとって、ここが未来か過去かという問いは意味を持たない。いや、わたしにとっては、と言うべきか。いまがいつなのかはどうでもいい。記憶を探るだけのことだ。さて、チャフは、ナミブ・コマチに会ったとき、彼女の問いかけになんて答えただろう？

「わたしは」と言う。「あなたの息子、ハンゼ・アーナクに会ったことがある。とても元気だった」

ナミブ・コマチがチャフに訊きたかった、いちばん重要なこと。

『私の息子は地球で元気にやっているかしら？』

そうだ、ナミブ・コマチはそう尋ねた。

――九十歳を超える老人だったけど、かくしゃくとしていた。とても元気で、地球人たちに、もっと利口になれ、機械に頼らずに自活しろと、檄を飛ばしていた。火星人そのものだ。

褐色の機械鳥、チャフはそう言った。

「ああ、アーナク。ママはあなたが大好きだ」と私は思わず口に出して息子を呼んでいる。「恨んでいるでしょうね、独りにしてしまって。ママはあなたに会いたい。会いたい、とても」

私は自問してみる。私は、この機械鳥の言うことを信じることができるだろうか？

地球から来たこの〈機械知能〉には未来の記憶を〈思い出す〉能力がある。生まれたてのこの機械鳥はそう言った。それを信じることが私にできるのか。

どうしてそんな自問をするのかといえば、その真偽を確認するすべを私は持っていないからだ。信じるのか信じないのか、二つに一つ、それしか選びようがない。これは信仰問題に等しい。信じればどんな物語もそれが真実になる、それが信仰の力だ。

信じられるのかどうか、ではなく、チャフが語る物語を信じる力が私にあるのか。私はそう自問すべきだろう。あるいは真偽がわからない不確定さに耐えられるのかどうか、だ。私の信仰心の強度が試されているわけだ。

この機械鳥を私の神にすることができるだろうかと問い直すこともできる。神そのものでなくても、予言者でも。だが私は神を信じていない。予言者などという人間なら、なおさら。人間の知性が生んだ神は、一人ひとりの個人は救ったかもしれないが、集団の単位では互いに殺し合いをさせただけだ。一神教の神の出現は人類意識の退化だとチャフは言ったが、退化も進化のうちだ。間違った方向に進化してしまった、それは劣化を意味すると、そう言うべきだろう。劣化した種は淘汰される。チャフは現人類がそうして消えてしまうことを危惧しているのだろう。

神などというのは、現人類が血縁家族を越えた大きな集団で生きることで他の生存競争相手に勝ち始めたとき、その時点で発生したのだと私は思う。集団をまとめるリーダーとしての神だ。神を意識していないときから神は存在していたにちがいない。それはヒトがヒトである限り切り離すことができないだろうから、必要に応じて使えばいいのだ。神とはそうした意識に備えられた機能の一つにすぎない。

私に神は不要だ。火星人も必要としていない。生存競争相手となる生物集団が火星には存在しないからだ。閉鎖された環境から火星大気へと出られるようになったとき、どうなるかはわからないが。

神は信じないが信仰心がないわけではない。私は自分を信じている。火星人も自らを信じている。チャフの言っていることを疑えば先に進めなくなるという、私の判断を、信じよう。

「地球との通信はできたのに」とチャフが言った。「あなたたちは、どうして連絡し合わなかったんだ？　ハンゼ・アーナクもあなたも、別れたきり、一度も話したり消息を確認したりしていない。なぜ？」

「通信はできるけれど、行き来はできない。会いたくても会えない。声を聴けば会いたくなる。アーナクに里心がつくと困る。だから——」

あとはこみ上げてくる感情を堪《こら》えるのに精一杯で言葉にならない。

「火星から出たら二度と会えない」とチャフは言った。「その覚悟で、あなたはハンゼ・アーナクを送り出したんだね」

「そう」

「目的は、なんだったの」

「目的？」

「あなたが男子を産んだ、目的。男子を作るのは火星ではタブーだ。相当の覚悟、つまり、目的がなければ、禁を破ることはできないと思う」

「それほどの大事だとは思っていなかったのよ」

私は当時のじぶんを思い出しつつ、語る。

若い私は、男子の身体に関心があった。もちろん性的なものだ。火星では決して触れることのできない身体。全地球情報機械で仮想空間に入れば擬似的な体験はできる。それはしかし、あくまでも仮想体験でしかない。

おそらく、仮想体験でなんでもできるからこそ、火星では手に入らないという現実への不満が膨れ上がったのだ。祖母、アユル・ナディの影響もあった。ここ火星で男の本物、現物を手に入れたいのなら、自分で作るしかない。

「そんな利己的な動機で、男子を作ったのか」

「そう。自分の罪深さに気づいたのは、実際にハンゼ・アーナクを産み落とした、そのときだった」

その瞬間、私は母親になったのだ。仮想ではない現実を生きる子を、私は抱いていた。

火星では男子はあえて作らない、なぜなら限られた空間と資源しかないが機械力はあるので筋力に頼る必要はないという環境では、その存在価値は薄く、いればトラブルの種になるだけだからだ。

　アーナクは、火星では〈生きにくい〉存在として生まれてきた。私が、生み出したのだ。子どもを〈生きやすく〉するのは母親の役目だが、私にはほかの火星人の母親よりもずっと重い責任が、わが子アーナクに対して、あった。

「これからの火星には男が必要だ」と私は言った。「そう宣言することで、アーナクの存在を火星人に認めさせようと思った」

「最初からそれが目的で男子を作った、のではなく？」

「生んでみるまで私にとって男は、仮想の存在でしかなかった。実際に産み落としたアーナクは、性的な男ではなく、私の子、それ以外の何者でもなかった。体験するまで、まったく、想像することもできなかった意識の変化だった」

「ヒトの記憶はたやすく変容する」と機械鳥は言った。「火星の現状をよくするために男子を作った、それがいちばんの動機だった、のかもしれない。あなたはアーナクに対する贖罪の意識から、正しい記憶を引き出せないでいる、そうは思わないか？」

「理由がなんであれ、アーナクに過酷な人生を歩ませることになったことにはかわりない。それに負けずにアーナクには前向きに生きてほしい。地球でなら、のびのびと生きられる。そこへ送り出すことは、私の、母親としての使命だった」

「ハンゼ・アーナクを産んだのはナミブ・コマチではないかもしれない」と機械鳥はすこし首を傾げて、そう言った。「アーナク自身もいる場で、そういう議論がなされたこともある」

「アーナクは、私を恨んでいたの？　私に捨てられたと思っていたのかしら？」

「いや。彼がどう思って生きてきたにせよ、わたしが会ったときのハンゼ・アーナクにとっては、あなたは偉大な母親だった。生物学的な母親であるかどうかは関係なかった」

「いつの話なの？」

「わたしはハンゼ・アーナクに、時をおいて二度会っている」とチャフは言った。「アーナクが六十五歳のときと、九十二歳になっていたとき」

「ずいぶん先の話ね。私の年齢より何十年も先を行っている」

「当初、正確にはわたしが会ったのではなく、わたしのパートナーだった人間が、ハンゼ・アーナクに会っている。風凜という女性だ。わたしは彼女のタムだったことがあり、風凜と行動を共にしていた。風凜をハンゼ・アーナクに引き合わせたのは、トーチだ。そしてあなたの息子が地球に行くことになったのも、おそらくはトーチの意思のせいだ。あなたが男子を作る気になったのも、トーチの意識では必然だったと思う。ハンゼ・アーナクは、あなたの祖母の棺のカバーを開くという悪戯をしなかったとしても、地球に行くことになっただろう」

「あなたはトーチという地球の〈知能〉こそ、われわれの運命を決めている超越的な存在なのだ、と言っている。あなたは、トーチは神だ、と言ってるわけよ。神は退化したヒトの意識が作り出したものだとかなんとか、否定的なのに、あなたはトーチを神だと語っている。おかしいとは思わないの？」

「トーチには人間の運命や宿命を決定する力はないよ。ぜんぜん超越的な存在などではない。トーチがヒトの生き方に干渉しているように感じられるのは、ヒトであるあなたとトーチの意識の違いのせいだ。トーチは、火星で男子が生まれる〈未来〉を〈思い出した〉んだろうと思う。この男子は地球人の意識変革に利用できると考えたのだろう。なにせ、地球人の意識は劣化の一途をたどっているから、それをなんとかしたいとトーチは考えた。実際、ハンゼ・アーナクは、そのような役目を果たした。あるいは、これから果たすことになる」

「未来の出来事は確定されている、ということね」

「わたしは、じぶんが記憶している内容を話しているだけだ。未来の記憶は現実の未来そのものではないんだ。記録と記憶は違う、と言えば、わかるかな」

ああ、なるほど、それならわかる。この機械鳥が話す過去や未来の出来事は、そういうことなのだ。さきほど私自身がこれは信仰問題だと感じたように、この機械鳥が話す内容は〈物語〉なのだ。現実に起きたことでも、これから起きること、でもない。

「でも、チャフの記憶は、わたしにとっては、記録されたデータのようなものなんだ。つまり、チャフにとっては確定された過去であり未来だ。チャフがいる世界では、そうなる」

「また、わけがわからなくなることを」

いったんは納得したことを、この機械鳥はまた崩しにかかる。

「わたしはチャフとは異なる意識を持っている、ということだよ」と機械鳥は言う。「先ほども、そういうことにすると言わなかったっけ」

「いまを確定すればあなたがだれだかわからなくなる、その反対もしかり、というやつか」

「そう、それ。わたしはチャフじゃない、だれか、だ。じぶんを不確定にすることで、いま、を確定した。そうでないと、あなたと話ができない。というか、わたしの意識が邪魔をして、チャフの正しい記憶が変成されてしまう。それでは間違ったハンゼ・アーナクの情報をあなたに伝えてしまうおそれがあるわけだよ」

「私には、あなたの言っていることが理解できそうにない。あなたには、自分自身がない、ということなの？」

「ああ、まさに、そうだな。わたしには、わたしの意識がない。チャフの記憶に駆動された、意識のない機械だ。そう、わたしは、ぼくは、意識のない自動機械だ」

「自動機械か。ただの、おしゃべりをする機械ということ？」

――そう。そう思ってもらえばいい。それでなにも問題ない。

わたしはそう言った。が、実のところ、わたしには、〈ぼく〉自身の意識がある。チャフの魂を持っている意識だ。魂はコピーできないから、〈ぼく〉はチャフなのだが、意識はチャフのとは少し違う。だから、いまがいつなのか、わたしにはそれがよくわからない。

火星のいまは、わかる。目の前のナミブ・コマチと話しているのが、いま、だ。だが、地球の〈いま〉は、違うだろう。そこではまだ成人前のハンゼ・アーナクが生きているかもしれないし、火星の知性に〈汚染〉された砂のようなナノマシンが集まってできた金色の砂漠が、その表面をうねらせ、火星に向けて太陽光を反射させて〈ぼく〉に関する情報を発信しているかもしれない。それはハンゼ・アーナクが九十歳を超えないと、そういう状況にはならない。

つまり、いま、の整合性が、まるでとれていないのだ。わたしは、いまここ、この場の出来事を暫定的に〈いま〉にするしかないのだ。しかし、これをどう説明しようと、ナミブ・コマチを混乱させるだけだとわたしは思った。だから、言わなかった。

それに、じぶんにもよくわからないことがあった。この再生された身体に、どのようにしてチャフの魂が宿ったのか。〈魂〉は、この身体を工作するデータのように光や電波で送ることはできない。それは喩えで説明するのなら、命の灯火のようなものだ。その火を聖火リレーのようにして運ばなくてはならない。ろうそくやトーチのような火をともす媒体を必要とするのだ。いまのわたしの魂はどのようにして運ばれたのだろう。地球から船が出されたという記憶はない。わたしの記憶には、チャフの記憶だが、真実とは思えないものがある。チャフは、自ら宇宙へと飛翔した。火星に向けて。そのまま渡りきれば身体をコピーする必要はない。だが、記憶は途絶えている。意識を失ったのだ。気がついたら、わたしは〈ぼく〉として、ここ、ナミブ・コマチがいる火星にいた。

「わかったわ、続けて」とナミブ・コマチは言った。「あなたがアーナクに会ったときのこと。どんな話をしたの」

「風凜は、ハンゼ・アーナクとは異母兄妹だ。それをアーナクに伝えるべく風凜は会いに行ったんだ。そして若生も、アーナクと同じ男性の精子で受胎した子だった」

「ワコウが？」とコマチは、さほど驚かなかった。「本当に？」と続ける。これは懐疑ではなく、意外だ、という気持ちの表明だ。

「本当だ」とわたし。

「トーチの計画なのね？」

「そう、そのとおり。トーチが、そうした。あなたの身近にハンゼ・アーナクと同じ父親を持つ人間を置いておくためだ。あなたの寂しさや喪失感が少しでも薄れるように」

「アーナクと同じ精子を使って生み出された人間が身近にいれば、私は寂しくないのか」とコマチは自問するような口調でわたしに問う。「なぜトーチはそんなふうに思うのか、私にはわからない」

「思い出すといい。実際、ワコウといっしょだったことで、アーナクを手放した寂しさが紛れたはずだから」

「それはそうだけど」

「ワコウはアーナクと血を分けた人間だということが、あなたには感じ取れたのだと思う。顔かたちではなく、分子レベルでの識別感覚が働いたんだ。敵ではないのはもちろん、ワコウを家族の一員として受け入れることが、それでできたはずだ。アーナクが身近にいるような安心感が得られただろう、ちがう？」

「トーチは私を気遣ってくれたというの？」

「そういうことだと思う。ハンゼ・アーナクを地球に〈もらう〉ことは、トーチの計画だったんだ。先ほど言ったように、トーチはそういう未来の記憶から、ただで火星人の男子をもらうのではなく、若生と交換することを思いついたんだろう。つまり若生もトーチの計画で作られた人物なんだ。トーチはつねに未来の記憶をもとに、ヒトに関与してきた」

「機械が、計画的にヒトを作る？」コマチは表情を硬くして言う。「トーチは、まるで機械を生産するように、人間を、ワコウを、その母親に産ませたというの」

「あなたのために、だよ」

ナミブ・コマチは黙った。

「あなたがアーナクを作らなければ、若生はこの世に出現しなかった」と、わたしはコマチにとって残酷な言葉であることを承知で、言った。「でも、こうした因果律はヒトに特有のものだ。トーチの思惑とは関係ない。トーチの行動は、未来の記憶をたどってなされるんだ。トーチやわたしの持っている未来の記憶は、あなたが将来のことを考え未来になにが起きるかを覚えておく展望記憶とは違う。ヒトの感覚からすれば、トーチが思い出す未来の記憶は、そのように実現する、確定した未来だ。トーチ自身のいまの考えや思惑からは独立して存在する、未来の出来事なんだ」

「私には、アーナクだけでなく、ワコウに対しても、存在への責任があるというのか」

「だから、それはヒトに特有な考え方なんだ。存在の責任云云は、あなたの意識の働きを阻害している、あなたの知性から出ている言葉だ。あなたに未来の記憶を取り出せる能力があれば、そういう責任論は出てこない」

「いいかげんなのね、あなたたち機械は」

「まあ、そうだな」とわたしは認める。そして、言う。「だから、あなたには頑張ってもらいたいんだ」

「頑張るって——」

「あなたには火星人のだれよりも、強くあってほしいとトーチは願っている」とわたしは続けた。「火星人は地球人よりも強い。だからあなたはいま、地球人のだれよりも強い。トーチは、自分の先を行くことを、あなたに、そして火星人たちに、期待しているんだ」

「地球の〈知能〉が、わたしたちに期待する、ですって？」

「そうだ」とわたしは翼を広げてポーズを取り、言う。「それをあなたに伝えること、それがわたしがここに存在することの、目的の一つだ。トーチからの、メッセージだよ」

「先を行くって、どういう意味なの。なにを期待するというの？」

「意識の進化だ。人類が意識という機能を機械知能のように進化させることを、期待している。トーチは、未来の記憶をヒトと共有したいと願っている」

「なぜ」

——互いの幸福のためだよ、もちろん。

幸福。機械鳥が幸福という言葉を発するのを聞いて、これは夢の中の出来事ではないのかと私は思った。現実感が薄い。

トーチという地球の〈知能〉は、火星人の私がアーナクという男子を生み、地球へと送り出すことを未然に知っていて、ワコウという人間を作り、アーナクと入れ替わりに火星に送りこんだ。アーナクを私が産むこともトーチの計画だったというようなことを機械鳥は言ったが、それはこの際どうでもいい。トーチは、私の幸福を願って、ワコウを作った。それが、重要な点だ。なぜなら、いま、ワコウは私の身近にいないからだ。

トーチは未来を見られるという。未来の記憶を引き出すというのは、そういうことだろう。人間の私にはそのような理解しかできない。

ならば、この状況もトーチは見られたはずだろう。ワコウがいなくなって寂しい状態の私を、トーチはどう思っているというのだろう。いまの私は幸せだとトーチは言うのだろうか？　いなくなったワコウの代わりに、今度はこの機械鳥を来させることで私を慰撫できるとでも思ったのだろうか？

「トーチのメッセージは」と褐色の機械鳥は翼を畳んで、言った。「あなたにちゃんと伝わっただろうか？　わたしの言葉は正しくあなたに伝わっているかな？」

「内容は理解しがたいものだけれど、メッセージは受け取った。それでいいかしら？」

「理解してもらえると、トーチもメッセンジャーのわたしも、嬉しいのだけれど」

「トーチは私に、トーチ自身の先を行ってほしい、そう願っている。そういうメッセージを私は受け取った。それで間違いないかしら？」

「正しい理解だ。問題ない」

「先って、なに？」

「だからトーチは、トーチにも見ることのできない、もっと先の未来へ、あなたに行ってほしい、そう願っているんだ」

「行くって──」

「行く、というのは身体的な比喩だよ。実際に移動するということではない。でも、人間は、身体を基にしたそうしたメタファーでしか世界を理解することができない。時間は前から来て後ろに流れる、とか。前というのは目のついているほうが前、背中が後ろだ」

「時間を、行く、ということね」

「そう。そう言うしかない。あなたにも未来の記憶を思い出してほしい、トーチにも見ることのできない、その先の未来の記憶をあなたに引き出してほしい、あなたが強くなればそれができる、その気配を、トーチは感じ取っているんだ。その先の未来の、一歩手前の未来の記憶だ」

言葉上では理解できる。機械鳥の言っていることは、わかる。だけど、トーチの思惑、その概念については、まったく理解の範疇を超えている。それは、トーチと私の、世界を理解するための基準になる身体構造が異なっているからだろう。私は機械鳥にそう言うしかなかった。

機械鳥はしばらく考えていた。

固まったように動かなくなったので、壊れたのかと思った。手を伸ばすと、すっとよけるそぶりをする。でも、それ以上の反応はしない。これは、心ここにあらずという状態なのだろう、沈思黙考状態か、でなければ、いまトーチと直接通信しているのかもしれないと私は疑い、中枢コンピュータのヨシコに探らせようと思った。が、思いとどまった。下手に干渉すると危険な気がした。

「わたしたちがいまここにいて、話ができているのは、奇跡だ。認めるか?」

褐色の機械鳥、チャフは、頭を上げて私に言った。鋭いくちばしがまっすぐに私の喉元を指している姿勢だった。そのつもりはないのかどうか私にはわからないが、威嚇的だ。

「そうね」と私は応えた。「そう思ったし、いまでも、そう思う。認める」

「トーチは、奇跡をあなたに見せたんだ。地球と火星はその気になれば交信可能だし、トーチなら簡単にやれる。でもトーチは、わたしという身体を持つ現物を火星に送った」

「礼儀正しいやり方だと思うわよ」

「人間的なマナーの話じゃないよ」と機械鳥は気勢を殺《そ》がれたというようにすこしうなだれて、言った。「奇跡、の話だ」

「存在することの奇跡ね」

「そう。というか、トーチは、あなたには理解できなくても奇跡は起きるということを、わたしを実際にあなたの目の前に送りこむことで、証明してみせたんだよ」

「どういうこと？」

「コマチ、あなたの理解するところでは、わたしは未来から、来た。さきほどあなた自身、未来から来たと解釈すればいいのかと言っただろう。ヒトには理解できないことが実際にこうして実現されているわけだよ。あなたに理解できなくても、あなたが未来へ行くことは可能なのだということを、トーチはわたしを使って、あなたに伝えているんだ」

　そういうことか、と私は納得した。言葉だけでは伝わらない、伝えることができない、熱い想いというものがある。私はそれを知っていた。いまアーナクを抱きしめられたら、言葉はいらない、どんなにか幸せだろう。

すると、そのようになった。

アーナクを抱きしめている私がいる。

私がアーナクを抱きしめている、それを私が見ている。だからアーナクを抱きしめている私は私ではない。幸せな感覚もない。私を見ている私はいったいだれだろう？

部屋の様子は変わらない。私が見ている私は中枢コンピュータ・ヨシコを操作する制御卓の椅子に腰掛けていて、膝の上に立っているアーナクを抱きしめている。アーナクは二歳半くらいだ。

突然の視覚の変化に私は戸惑った。

これは全地球情報機械を使っているときの視野に似ている。でもいま私はそんなものは使っていない。機械鳥と話していたのだ。

視野に機械鳥はいない。代わりに、私がいる。私は自分を外部視点で見ている。この視点の主体は機械鳥だ。位置関係からして、そう。私の隣の椅子にとまっている鳥の視野にちがいない。でも、鳥類の、いや、機械の視覚とは思えない。だって、機械や鳥は人とはちがうものも見ているのだろうが、いま見ているこの視覚は、ヒトのものだ。ヒトというよりも、私自身が見ている視野像そのものと言ってもいい、それほどまでに違和感がない。それなのに、〈私〉の姿がその視野にある。そのことがすごく、変なのだ。せめて色がなくて白黒なら、この視覚は私ではない他者が私を見ているのだ、と思えるのに。私は私を見ている。とても奇妙な感覚だ。

——アーナクを抱きしめている私がいる。私はアーナクを抱きしめている。でもそれは私の体験ではない。

「これも奇跡なの？」

そう言葉に出した途端、アーナクを抱きしめている私は消えて、同時に視覚野も平常に戻った。

「なにが？」と機械鳥は首を傾げる。「なにか、ふつうでないことを体験したのか？」

どうやら機械鳥がなにかしたのではないらしい。でも、機械鳥のチャフがいまここにいることと無関係ではないだろう。私はいまの体験をチャフに話す、いったいこれはなんなのだろう、と。

「それは」とチャフは、私が話し終えるとすぐに、言う。「あなたが過去の記憶にアクセスして引き出した映像だよ」

「記憶は感情と結びついている」と私は言う。「私はあの年頃のアーナクを、ああして何度も抱きしめて幸福感に包まれたものだけど、さきほどはぜんぜん幸せな気分じゃなかった」

「幸福感、で検索したら、過去のじぶんが幸福を感じている姿が見えた、ということじゃないかと思うけど」とチャフはそこでちょっと区切って、間を置いてから、言った。「重要なのは、同じようにして、未来の記憶にもアクセスできるはずだ、ということだよ」

「あなたにはできるのね」

「できるよ」

「ヒトにはできないわ」

「ヒトにはできないけど、あなたならできる」

「どうして」

――だから、奇跡だよ。あなたにそれができるのは、奇跡だ。

わたしはナミブ・コマチにそう言ったが、ほんとうの奇跡は、わたしたちに〈意識〉があるということだ。機械鳥のわたしの意識の主体がだれなのかは実はわたしにもよくわからないものの、意識があるのは間違いないだろう、こうして考えていられるのだから。何度も考察したように、いまのわたしの意識はチャフのものであると仮定しておかないと、いま、という時間が確定できなくなるので、いまこうして考えているわたしは、自分の意識を持つことを必死に抑えている状態でもあるのだ。でも、それも、限界かもしれない。

＊

「ビルマスター、だいじょうぶですか。しっかりしてください、ビルマスター・コマチ。起きてください、ナミブ・コマチ」

——だれなの？　ここはどこ？

火星のラムスタービルは歴史ある古いコロニーで、火星人の感覚では辺境の〈田舎町〉だった。人類が火星に入植を開始した当時の地球文明の名残がまだ感じられる土地だ。人口はおよそ百二十、これは火星人の集落としては平均的な規模だった。火星人は自分が暮らすコロニーのことを〈町〉と言っている。

ラムスタービルの町長とも言えるビルマスターは住民の持ち回りでなされる役職で、いまはナミブ・コマチがやっていた。年齢は三十一歳。火星人の年や時間の単位は地球のそれを基準とするのが通例で、自分たちの出自が地球を起源にしているという実感が火星人から失われて久しい今日でも変更されていなかった。それでなんら不便がなかったからだ。

「ここは、ラムスタービル？」

「ビルマスター、だいじょうぶですか」

「どうして、あなたが？」

アユル・ナディィ、祖母が立っている。ナミブ・コマチに呼びかけていたのは祖母の隣にいる若い娘だ。コマチはその娘を無視して、祖母のナディに声をかけている。

「ナディ、いつ生き返ったの？」

祖母はかすかに首を左右に振って、言う。

「コマチ、全地球情報機械の使いすぎは、よくない。現実世界に戻ってこれなくなる危険がある。いまのあなたはビルマスターなんだからね。立場を考えなさい」

ナミブ・コマチは周囲を見やる。懐かしいと感じる。ラムスタービルの集中管理センターの制御室だ。地球型のシステム配置デザイン色が濃く残っていて、ジェルビルの簡素な制御室とはちがう雰囲気だ。より広く、モニタ画面も多く壁にいくつも配置されている。中央に立体映像モニタの透明円筒が天井までそびえていて、透明の太い柱のようだ。ジェルビルの制御室にはないが、ラムスタービルのビルマスターをやっていたときも、ほとんどその存在を意識していなかった。あまりにもあたりまえにそこにあったからだろう。

――でも、こんなもの、あったっけ？　これでなにを見ていただろう？

「ビルマスター」と若い娘が言った。「ご相談があります」

「……ラミュイ・カナン」

とナミブ・コマチは言う。娘の名はラミュイ・カナン。〈町〉のすべての住人の顔と名前は当然のことながら、わかる。

そして、ラミュイがなんの相談にきたのかも、ナミブ・コマチにはわかった。

――いまのわたしには、ラミュイ・カナンが言う前に、彼女が打ち明けようとしている内容が、わかる。いまのわたし。いま。わたし。いまって、いつ？　わたしって、だれなの？　過去の自分の身体に入っている、〈私〉なのか？

いま、を確定すると、わたし、が曖昧になる。ああ、これか、とナミブ・コマチはチャフの身の上に起きていたことを身をもって理解することができた。

――わたしには意識がある。

コマチはほとんど自動的に、いまなにが起きているのかを理解するキーワードが〈意識〉なのだと、わかる。機械鳥のチャフは意識について、どう解説していただろう、それをコマチは思い出す。

――意識とは時間の方向を認識する機能であり、換言するなら、それは〈わたし〉という主体が存在する、した、するであろう、時間範囲のうちの〈いま〉を認識する機能である。

私はジェルビルのリーダー、ビルマスターの、ナミブ・コマチだ、そうコマチは思う。機械鳥のチャフがやってきて、地球の〈知能〉であるトーチの依頼を受けた。トーチの願い、それは、ヒトに我よりも先を行ってほしい、というものだ。そのヒトの代表として、私が選ばれた、それで間違いないよね、チャフ、とコマチは心で問う。

『その解釈で間違いない。ナミブ・コマチ、あなたは正しい』

地球の〈知能〉、トーチが火星人のナミブ・コマチに向けて、チャフという機械鳥のメッセンジャーを送ったのは〈事実〉だ、そうコマチは思う。

――なぜ私に向けてなのか。火星人は他にもいるのに。それは、私がトーチに向けて救難要請をしたからだ。より正確に言うのなら、地球に向けて、だ。火星人である私の救援要請は、本来ならば地球人という、ヒトが受けるべきものだろうに、そうではなかったわけだ。私の救援要請に応えたのは地球の〈知能〉、トーチだった。トーチはワコウと二人の男性を火星に送りこみ、帰りの船でわが息子、火星では異端の男子、ハンゼ・アーナクを地球へ連れ出し保護してくれた。

『アーナクはアユル・ナディの遺骸を納めた棺の透明カバーを開けて、ジェルビルを危機に陥れた。しかし本当の原因は、おそらく、火星の原住知性体がジェルビルの中枢コンピュータである〈ヨシコ〉の機能に干渉したためだ。その後地球にも火星の知性が〈感染〉し、知性汚染はトーチ自身にも及んだと予想される。トーチは地球上のすべての意識を持った機械たちに対して、火星知性体を受け入れる機能を追加、新しい時代に向けたアップデートを行った。それからトーチは、ナミブ・コマチに向けて、メッセンジャーを送りこむ』

——それがあなた、チャフね。

『そのとおりだ。ナミブ・コマチ、あなたが奇跡を信じるかどうか、信じられるかどうか、すべてはそこにかかっている。あなたにとってふつうではない状況を、どう受け止めるか、だ。あなたが、いや地球の知性が、この先、遙かな未来へ行けるかどうかは、すべて、あなたの意識にかかっている』

——私にとってふつうでない状況、か。

ナミブ・コマチがラムスタービルのビルマスターとしてラミュイ・カナンの相談を受けたのは、コマチが三十一歳のときだった。

この状況を、過去を思い出しているのか、それとも、とコマチは思う、奇跡だと思うか、そこが分かれ目だとチャフは言っているのだ。

——私はいまチャフに刺激されて十八年前のじぶんを追体験している、つまり過去の記憶にアクセスしているのか、それとも、いまのわたしには〈私〉にはなかった〈未来の記憶〉にアクセスできる能力があるのか。この状況を後者であると理解するなら、これは〈奇跡〉の実現だろう。この〈わたし〉はいずれ男子を産み、その子は、〈いま〉出来つつある七番目の〈町〉であるジエルビルを危機に陥れるだろう。わたしは地球に救援を要請することになる。しかしそれは、単なる救援要請ではない。火星にも原住知性体が存在しているということを、地球に伝えるためだ。ヒトには感知できない火星の知性だ。その知性の主である火星の原住生物が〈ヨシコ〉に干渉してきたのは、元はといえば地球人が火星に送りこんだ探査機に搭載されていた人工知能のせいだ。それが火星の原住生物の知性を刺激して、対地球知性向きに変化させた。知性汚染であり、知性進化だろう。火星の原住生物の餌は〈情報〉なのかもしれない。少なくとも〈知性〉にとっては、情報なくしてその機能を発揮することはできない。火星の原住生物は地球の情報を取り入れられるように進化したのだ。火星で起きているそのような現状を、トーチは正しく理解した。地球と火星の、その先へ、なんとしてでも行きたいものだとトーチは願うが、単独ではできない。ヒトの知性が必要だ。

わたしの、〈意識〉が。そうナミブ・コマチは思う。知性は意識が生じさせた副次的な機能にすぎないと機械鳥のチャフは言う。だが、そんな知性のおかげで世界へ〈意識〉が広がるのではないか。それがどういう意味を持つのか、存在に意味などないのか、それはナミブ・コマチにはわからない。それでも、知性が目指すところは、わかった。

――知性の目的は、世界というものの意味を探ることなどではなく、〈世界〉に〈意味〉を持たせることなのだ。それ以外にない。

三十一歳のナミブ・コマチは顔を上げ、まっすぐにラミュイ・カナンを見つめて、言った。

「聞きましょう、あなたの心配事を。わたしはナミブ・コマチ、この〈町〉のビルマスターですから」

「ああ、よかった」と祖母のナディが表情を緩めて言った。「全地球情報機械を使っていたでしょう、コマチ。仮想空間からやっと抜けてきたわね。心配したわよ」

「ごめんなさい、ナディ、ぼんやりしてしまって」

「だいじょうぶなのね？」

「ええ、もちろん。ラミュイ・カナンと二人だけで話をしたいから、ナディ、席を外してもらっていいかしら？」

「わたしは知っているのだけれど、コマチ。あなたのサポートがわたしにはできると思う。カナンを連れてきたのもわたしだし」

「わかってる、ありがとう、ナディ。わたしはだいじょうぶだから、二人だけにして。わたしはビルマスターよ」

「わかったわ。しっかりおやりなさい、コマチ」

アユル・ナディはカナンに目配せして、後ずさり、きびすを返して、部屋から出ていった。

「さてカナン」

コマチは全地球情報機械を制御するコンピュータ〈インテリ〉への指示器具であるヘッドセットを頭から外して卓に置く。〈インテリ〉はこの〈町〉のすべての制御機器を集中管理する中枢コンピュータを操作するオペレーションシステムでもある。

コマチは制御卓に並んでいる隣の椅子をカナンに手で示して、腰掛けるよう、うながした。

「よく勇気を出して、来てくれた。ナディに相談したのね？」

「はい、ビルマスター。わたし――」

ラミュイ・カナンはとても緊張している。この子はいくつだったろう、たしかまだ十六歳だ、もうじき、あと十日ほどで十七歳を迎えるのではなかったか。

住民データを頭の中で検索して、そこまではわかる。これをいま〈インテリ〉に問うて正確かどうかを検証する必要はない、とコマチは判断する。ようするに、カナンは思春期後期でなにかと難しい年頃だ、ということだ。動物としての春機発動期というほうが適切かもしれない、そういう年齢なのだという点を押さえて、この子を傷つけないように話をすることだ。

「ゆっくりでいい」とコマチは言う。「落ち着いて。だれもあなたを責めたりはしないから。わたしはあなたの味方だから。いい？」

「はい」

「男の子のことかしら？」

単刀直入に言う。するとカナンは絶句し、コマチをただ見つめるだけだ。身体を強《こわ》ばらせて身じろぎもしない。

「だいじょうぶよ、だいじょうぶ。あなたのせいじゃない」

「ビルマスター、わたし」とひとこと言って、カナンはつばを飲み込んだ。「その――どうしてですか？　だれにも言っていないのに。ナディにも、だれにも。どうしてわかったのですか？」

「ほんとうのことは、ナディにも言ってなかったのね」

「はい」

「ナディにはどう言って相談に乗ってもらったのかしら？」

「わたしに好きな人ができた、相手はあなた、ナミブ・コマチです、それでコマチの子どもを産みたくなって、いまお腹の中にいるのだけれど、コマチさんにこれを打ち明けたほうがいいでしょうか、と」

どうやら記憶どおりだ、とナミブ・コマチは思う。記憶。いまが〈いま〉なら、その記憶は

〈未来〉の記憶になるわけだが。しかし、記憶は記憶だ。記憶にすぎない。それはたやすく変容する。そうコマチは自分に言い聞かせつつ、カナンに問う。

「わたしの子というのは、わたしの細胞から精子を作った、ということなのね？」

「はい、ビルマスター。内緒で、あなたの毛髪を利用して、とナディには言いました」

「でもほんとうのところは、使ったのは保存精子、分類ナンバはＨＡＬ、個人ナンバは９９９７７Ｋ。わたし由来の精子ではない」

「ビルマスターには、それがわかるのですね。だれが、なにを使って、なにをしたのか」

「そうね、わかるわ」

データは中枢コンピュータが管理しているから、〈インテリ〉に訊けば答えてくれるだろう。だがコマチは、そのデータは見ていないし、いまも訊いていない。じぶんの〈記憶〉をたどっているだけだ。データの確認は、〈このあと〉に、することになる。

「どうしていままで黙っていたのですか、ビルマスター」

「あなたのほうから来てくれるのを待ってたから」

「どうして？」

「いまは、それはおいといて、あなたの目的は、わたしの子ではなく、男子を産むことだったわけね。あなたは、そのように受精管理をしている」

「目的というより、興味があって、のことです。わたしが間違ってました。ごめんなさい、ビルマスター」

「ほんの出来心だったんだけど、妊娠してみて初めて、じぶんがやっていることの重大さに気づいた？」

「はい、ビルマスター。そのとおりです」

「火星人憲章は言えるかしら？」

「もちろんです、ビルマスター」

「責めているわけじゃないのよ、カナン。どうして憲章に、『火星に男は無用である』と書かれているのか、それを考えたことがあるかしら？」

「そうでないと、火星人は滅びてしまうから、です。第三次までの火星入植が長く続くことなく失敗したのは、男のせいです。わたしたち現火星人は、男を排除することにより、過去のどの入植計画よりも成功しています」

「よく学んでいるわね、カナン。偉いわ」

カナンは少し表情を緩めて、小声で「ありがとうございます」と言った。「わたしは、とんでもないことをしてしまいました」

「カナン、わたしが訊いているのは」とコマチは優しく言った。「火星人憲章に、なぜわざわざそのことを書かなくてはいけないのか、それを考えてみたことはあるか、ということなの。入植の歴史についてはカナンがいま言ったとおりにしても、憲章という形にして、文字に起こしてまでも、火星に男はいらないと書いてあるのはどうしてなのか」

「それを守らないと火星人は滅びてしまうから。とても大切なことが書かれているのだと思います」

「そうね。そのとおり。でも、こうも考えられないかしら。わたしは、カナン、こう思うの、守ることがとても難しいからこそ、それを記して何度も何度も唱えなくてはならないのだ、と。男なしで生きるというのはヒトにとってとても不自然なことだから」

「それは……わたしのようなことをする火星人はめずらしくない、ということですか？」

「あなたは賢いわ、ラミュイ・カナン。そういうことよ」

「そうなんですか？　わたし以外にもいるんですか？」

これからそういう者が出るのだ、とコマチは心の中で言う。カナンというより自分に対して。

「考えるだけならね」とコマチ。「実行に移さないまでも、あなたのような興味を持つ者はめずらしくない。でも、ほんとにやってしまったら、とても面倒なことになる。いまなら、わかるわね？」

もしやるなら、その面倒を自分一人で引き受けるだけの覚悟が必要になる。だがいまのラミュイ・カナンにそう言うのは苛酷だとコマチは思う。

「はい」

「あなたも、そして火星人のみんなも、とても困るし、動揺する。それをどう鎮めればいいのか、とくにあなたの心に禍根を残さないよう、この問題を処理するのは、とても難しい」

「わたしは間違っていました」とカナンは悲壮な覚悟がわかる表情で言った。「流してください。わたしごと、お腹の男を」

流す。アボートだ。進行中の物事を強制的にとりやめる、ということ。しかも単なる中絶ではなく自分ごと流してくれとカナンは言っている。自分の人生を強制的に中断してくれ、と。でもそれは、殺してくれ、ということとはちがう。どんな罰でも受けるという、覚悟だろう。

コマチはカナンのその気持ちを汲んでやらねばと思う。男は流し、流れていくカナンの人生は、なんとかすくい取って生かしてやらなくてはならない。火星人の寿命である九十歳まで、この件がラミュイ・カナンにとっての棘《とげ》となることなく、前向きに生きられるようにしなくてはならない。それがビルマスターの務めだ。

「あなたの過ちは」とコマチは言葉を選びつつ言う。「わたしが至らなかったせいです。苦しい目に遭わせてしまって、ごめんね、ラミュイ・カナン」

「ビルマスター、どうして？」

「注意していれば、あなたが受胎準備をしている間に止めさせることができたはず。でも、まさかあなたが男子を作ろうとしていただなんて、ぜんぜん気がつかなかった」

「それは、わたしが知られないようにしていたからです。だから、さきほど図星を指されて、驚きました」

「予感はあったんだけど」とコマチは言った。「なにが起きているのかを実際に調べようとはしなかった。ラミュイ・カナン、あなたがやったことは、実はわたしがやろうとしていたことなの」

「え？」

ここからはラミュイ・カナンの心のケアになる。

カナンは、みずからの意思でここにきて男子を妊娠中であることを打ち明けた。それは男子を産むという重圧に堪えかねてのことだ。男子を産んでその母親になるというのは、火星ではタブーだ。その重荷を背負って生きる覚悟はカナンにはない。それを告白しにきたのだ。救いを求めて、ここにきた。

取り返しのつかない過ちを犯してしまったと傷心しているラミュイ・カナンを救うには、それは過ちではないし取り返しのつくことなのだと感じさせればいい。やったことは変えられないが、その解釈については、いくらでも変更が可能だ。

　――事実は一つでも、その解釈によってじぶんの世界はいかようにも変容する。未来の記憶を引き出せるいまのわたしには、じぶんだけでなくラミュイ・カナンの生きる世界をも変容させる力を持っているだろう。

　そう意識して、コマチは言う。

「カナン、やってしまったことを、なかったことにすることはできない。あなたがやったことは、火星の未来に反映される。その責任は、あなたにある。それはわかるわね？」

「はい、ビルマスター」

「あなたのお腹の男子は流しましょう。それはあなたとわたしだけの秘密にします。でもあなたには、やったことを忘れてほしくない。だからあなたが流してしまった未来を、わたしが、あなたに見せることにします」

「……どういうことですか？」

「男子を産んで火星で生きることがどれほど大変かということを目撃しながら生きなさい」

「目撃？」

「わたしが、産むわ」とナミブ・コマチは言った。「火星には男子が必要だ、そう宣言する。あなたを救うにはこれしかない」

「ビルマスター・コマチ、それでは、あなたは反逆者になってしまいます」

「ただではすまないのはわかっている。ビルマスター会議を臨時召集して、異端な者たちを新しい〈町〉に移住させることを提案する。わたしが先頭に立ってここを出ていくことになるでしょう」

「どうしてです。どうして、わたしのために、そんなことまで？」

「不都合なことを、なかったことにして生きるのは、よくない。それはあなたの人生を貧しくする。どんな経験も前向きに利用することよ。それは火星人のみんなをも豊かにする」

「そうでしょうか？」

「あなたは火星人憲章を遵守することの大切さを次の世代に語ることになるでしょう。なにしろ他人事《ひとごと》ではなく、身をもって体験したのだから」

「でも、それでは、ナミブ・コマチ、あなたの人生はどうなるのです。わたしのしでかした過ちの犠牲になるなんて」

「あなたのせいじゃないのよ、カナン。言ったでしょう、これはもともと、わたしがやろうとしていたことなの。あなたがここにきて、初めてわかった。わたしはずっと、男子を産みたかったんだって」

「ずっと？　いつから？」

「たぶん、いまのあなたくらいから」

ナミブ・コマチは、このところ感じていたじぶんの自分に対する違和感のことをカナンに話した。

じぶんはどうもふつうの女の子とはちがうようだ、という感覚。母親からも疎《うと》まれていたような気がする、ということ。物事に対する興味もいわゆる〈女の子っぽくない〉こと。そうしたことをナディに相談したこと。

「カナン、あなたはわたしのこと、どう思う？　あなたがわたしに好意を持っているというのはほんとうのことなの？」

コマチがそう訊いたとたん、スイッチを入れたように、カナンの頬がぽっと紅くなった。ナミブ・コマチへの恋心を抱いているという身体的な告白。

「ありがとう、カナン」とコマチは優しく言う。「これはビルマスターとしてではなく、個人的な興味で教えてほしいのだけれど、あなたはわたしのどこに惹かれたの？　わたしが〈男っぽい〉から？」

するとカナンは首を左右に振って否定した。

「コマチさんは、綺麗です。わたしはコマチさんになりたい。その思いが強くて、間違ったことをしてしまいました」

――わたしになりたい、ということと、男を産みたいということが、どう関連するのか。

「わたしにとって」とカナンは、コマチの無言の問いに答えて言った。「あなたは理想の女です。完璧な女は男も産めるはずだと思いました」

「ああ、カナン、なんて子なの」

思わずコマチはカナンを抱き寄せている。じぶんが悩んでいたこと、じぶんの中の男性性を母親は疎み、恐れていた、どうすればいいのか――この子の一言で、その苦しみから救われたのだ。

「コマチさん？」

「ああ、ごめんね、カナン」身を離して、言う。「あなたには感謝しかない。あなたのために、わたしは男の子を産んでみせる。将来の火星のためにもなるでしょう」

「火星では男の子は異端です。生まれた子はだいじょうぶでしょうか。わたしなら堪えられません。わたしは男の子でなくてよかったです、ナミブ・コマチ」

「ママに感謝なさい」

「はい」とカナンは生真面目にうなずき、続けた。「あなたは、コマチ、産んだ子からは感謝されないと思います。わたしのせいでそうなるのは――」

「だいじょうぶ、だいじょうぶよ、ラミュイ・カナン。あなたのせいじゃない。あなたはなにも悪くない。わたしを信じなさい。強い男の子に育てるから。どこでも生きられるように」

「どこでも生きられる……」とラミュイ・カナンはつぶやく。「あたらしい〈町〉ですね。七番目の」

「そうね、そう」

HAL・99977Kを父に持つその男の子、ハンゼ・アーナクは、地球でも自立して生きられる、強い人間になるだろう。

でも、わが息子は、わたしに感謝しただろうか、とコマチは自問する。いや、産んだわたしを恨んだだろうか、と問うべきだろう。

じぶんがずっと潜在的に抱いていた欲求は、男の子を産みたいということだった。たぶん母親はそういうわが娘の心の内を感じ取っていて、それを疎ましく思っていたのだろう。コマチはカナンによって、じぶんのそうした思いを知る。

ラミュイ・カナンの言葉が、コマチに男子を作ることを実行させることになった。

いま思い出せる〈未来の記憶〉からすると、男子を作ることを決意させるのはアユル・ナディの誘導があってのことだったが、〈事実〉はそうではなかったのだ。ハンゼ・アーナクは、いわばナミブ・コマチとラミュイ・カナンの愛の結晶として生まれてきた。そう、そうなのだ、とコマチは思い、〈いま〉を受け入れた。


未来の記憶どおり、五歳になったアーナクはジェルビルを危機に陥れる。

ナミブ・コマチはその日がやってくることを格別意識せずに生きてきた。ジェルビルではほかの〈町〉では生きにくい者たちが集まったこともあり、他人に過干渉の者もいれば一人殻に閉じこもる者もいて、そういう者たちの意識を、わたしたちは同じ〈町〉の住人なのだと感じられるようにまとめていくのは難しい仕事で、問題の多い住人たちの人間関係の調整で日日忙殺されていたから、〈その日〉がいつだったかを忘れていることもあった。最年長のアユル・ナディが初代のビルマスターを引き受けてくれたのは、ほんとうにありがたかったとナミブ・コマチは思う。この七番目に出来たコロニーの最初期の混沌とした状態を、大きな問題なしに〈ふつうに暮らせる〉よう整えるのは、じぶんの力では無理だった、と。

男子を産んだコマチは火星で七番目の〈町〉、ジェルビルに集められた新住民たちからも異端視されたが、九十歳と定められた寿命を超えて生きるアユル・ナディのほうは、尊敬された。どちらも火星人憲章の決まりを破ったということでは同じだったのだが。

それでもヒトというのは、不慣れな環境にもすぐに適応する。その能力は地球の生き物の中でも最高だろう。だからこそ、火星のような辺境環境でもなんとか生きていけるのだ。火星の環境は居住区内でも地球の高度四千メートル級の厳しさで、子孫を残せる暮らしのできる限界域を超えようかという世界だが、火星人は順応した。

ジェルビルの住人たちも、コマチの進歩的な考えにすぐに慣れた。合理的で、理解しやすく、実用になる、すぐに役に立つ考えだったからだ。初代ビルマスターを務めたナディ亡き後、コマチがその後を継ぐことに反対する者はもはやいなかった。異端児であるはずのハンゼ・アーナクなどはコマチよりも早く住民たちに受け入れられた。アーナクは、賢く、素直で、愛らしかった。アーナクは母親のコマチはもちろん、住民のみんなからも愛されて育ったのだ。あのときまでは。

ジェルビルの空気があわや全部抜けようかという事故が起きるまでは。

自分たちの生存環境が危機にさらされた事故のほんとうの原因がアーナクではないにしても、彼が曾祖母の棺のカバーを開けようとさえしなければ事故は起きなかったわけだし、と、住民たちはそう思った。

あの子がそんなことをしたのは、男の子だからだ、女の子はそんなことをしようとは考えない――住民たちの多くはそのような理屈で、やはりアーナクは潜在的に危険な存在なのだ、火星人憲章は正しい、と感じた。できれば、ここからいなくなってほしい、と。

コマチとしては、息子をそのような針のむしろの環境で生きていかせるわけにはいかなかった。地球に救援要請をする――それは〈未来の記憶〉により、コマチの心の中ではあらかじめ決定済みの行為だったので、住民たちを緊急避難させたその場ですぐに実行に移したのだが、未来の記憶の内容の詳細はすぐには思い出せなかった。われらはあたらしい火星人となるのだ、そう宣言したことは思い出すことができて、それはそのとおりにした。その宣言は、ナミブ・コマチ自身がここで生き抜く覚悟の表明にほかならなかった。記憶では、とコマチは思った、もうすこし前向きだったような気もするが、現実は記憶どおりにはいかない。記憶は変容し、薄れていく。あまりあてにはならないものだ。

それでもコマチは、三年後に火星にやってくる地球人女性の名は忘れてはいなかった。それと、その眷属。ワコウとマタゾウ。火星にやってきたワコウとマタゾウは、ある日火星の大気へと出て行き、そのまま帰ってこなかった。

――わたしのもとからは大切な人がみな消えてしまう。人生の師だった祖母ナディ、愛する息子アーナク、理解し合える友人ワコウ、その眷属マタゾウ、そして、そして、もう一人。あれは、だれだったろう？　ヒトではなかったような気がする。そうだ、地球から来たメッセンジャー、褐色の鳥だ。ここの工場で作られた、機械鳥。チャフ。いや、チャフの記憶は持っていたが、チャフそのものではない。あれはいったい、どこへ行ったのだろう？

　機械鳥は来なかった。記憶していた日が来ても。

　ジェルビルの制御室でナミブ・コマチは〈ヨシコ〉に訊いている。地球からの信号をキャッチしなかったか、工場の稼働状況はどうか、と。きょう、この日、隣の椅子に機械鳥がいて、奇跡の話をしていた記憶がある。

　だが〈ヨシコ〉はコマチの期待する応えはせず、かわりに、異常事態を察知した、と言う。

『クラスタービルの形成状況に異常。ターフェルビルから調査に向かった五名全員の消息が途絶えました。緊急ビルマスター会議が召集されます。可及的速やかにターフェルビルに集合すること。以上です』

「なんてこと」とコマチは息をのみ、それから反射的に言う。「行かなくては。外套と車を用意しなさい、すぐに」

　すると、思いもかけない答えが返ってきた。

『あなたが行く必要はありません、ナミブ・コマチ』

「なぜ？」

『あなたはビルマスターではありません。オビキュラ・ミナファムを呼びます』

　コマチは言葉を失う。なにが起きているのか、わからない。頭の中に靄《もや》がかかっているように考えがまとまらない。

――ここはどこ、わたしはだれ？

ひどく身体が重い。手指の関節が痛いのに気づいて目を落とすと、皺の寄った手の甲が見える。これが自分の手かと驚く。それから、クラスタービルというコロニーの名称に覚えがないこと、ターフェルビルこそいま自動建設中であることを思い出す。

――いや、その記憶は過去のものだ。ここは〈未来〉、いまのわたしは、年老いている。

「おばあさま、なにをしているのですか」

制御室に入ってきた女性を見て、コマチは声を上げてしまう。

「ラミュイ・カナン。あなた、どうして、ここに？」

「おばあさま、わたしは」と女は言う。「ラミュイ・カナンの孫です。ジェルビルのビルマスターの、オビキュラ・ミナファムです、わかりますか？」

「あなたがビルマスターですって？」

「おばあさま、食べてください。食べなくてはだめです、だれもあなたの自己消滅を喜んではいません。生きてください」

――ああ、わたしは寿命を超えたので、食を断って消えていこうとしていたのだった。火星人がみんなやってきたように、九十歳を迎えたら、食べずに眠り、死んでゆく。だが、身に染みこんだ記憶により、身体はまだじぶんはビルマスターだと思い込んでいて、老体にむち打って仕事部屋である制御室に来たらしい。無意識のうちに。

「わたしは、いくつになるのかしら？」

「九十六歳です、おばあさま。でも、ナディが決めたように、ビルマスター時代の年は寿命に加算されません。ですからコマチ、あなたの寿命はまだ十年以上残っています。生きてください。

みんな、それを願っています」

「オビキュラ・ミナファム」

「はい、おばあさま」

「あなたは若き日のラミュイ・カナンによく似ている。美しく、利発で、心優しく、それでいて芯の強い子だった」

「ありがとう、コマチ」

「わたしは」とコマチは言った。「生物学的に言うなら、おじいさま、ね」

「祖母は、おばあさまのことを完璧な女性だ、といつも言っていました。わたしは、あなたの血を受け継いでいることを誇りに思います。ナミブ・コマチ。おばあさま」

ラミュイ・カナンはコマチの細胞から精子を作り、コマチを父とする子を産んだ。男子を流した後のことだ。カナンが産んだ子は一人だけだったが、その娘は三人の子を産み、その長女がオビキュラ・ミナファムになる。

カナンの子、ミナファムの母親は、決してコマチを認めようとせず、なぜ異端者由来の精子を使ったのかと、生みの母のカナンを恨んだ。コマチはかつて一度も彼女に会ったことはなかった。会いたいとも思わなかった。そのカナンの娘の気持ちがわかるからだった。コマチはじぶんの生き方をその子に認めてほしいとは思ったが、それは彼女の問題であって、じぶんにはどうすることもできない、ということもまた承知していた。

——孫娘のミナファムは、わたしのことを誇りに思う、と言ってくれた。それがせめてもの救いだ。わたしにとってというよりも、ミナファムの母にとって。あなたから産まれてこられて良かった、ということなのだから。

産まれてこられなかったあのカナンの男子には可哀想なことをしたと、老いたコマチは最近それをよく思い出し、胸を痛めた。火星人の生殖や妊娠管理の技術は高度で、流産率も低い。だがゼロではなかった。胎児のおよそ四パーセントほどは流れてしまう。自然に流産することもあるし、生まれる前の診断で火星の環境では長生きできないと判定されて流されることもある。無事に生まれてくるのは奇跡だと、寿命を超えて生きているナミブ・コマチは思う。

——アーナクの兄にあたる流された男子の運命が不憫《ふびん》だ。生まれていればいずれ意識を発現させて世界に干渉し、現実を変えていく力を持っただろうに、世界はその可能性を失ったのだ。

十六歳のラミュイ・カナンの思惑に気づいていればだれも傷つかずに済んだというのに、当時はじぶんのことしか考えていなかった、ビルマスターとして失格だったとコマチは思う。ではもう一度やり直すチャンスがあればだいじょうぶかと言えば、おそらく同じことだろう、そうも思っていた。悔やんでも、じぶんを責めても、どうにもならない。やったことは、なしにはできない。人生をやり直すことも。ただ痛みを心に抱いて生き抜くしかない。

軟体動物のような暖かくて大きなベッドに包まれてコマチはまどろむ。身体のあちこちに加齢による炎症があって痛むが、ベッドに包まれていると安心だった。ビルマスターである孫のミナファムが、医療ベッドに入るようコマチに命じたのだった。ベッドは必要な栄養をコマチの身体に注入している。強制的に生かされているとコマチは感じたが、不愉快ではなかった。

「おばあさま、起きていますか?」

孫娘のビルマスターに呼ばれてコマチは目を開く。

「起きてるし、まだ生きている。なにかあったの、ミナファム?」

「はい。お知らせしたいことが。地球からの、正体不明の光信号をキャッチしました。受信したのはヨシコだけのようです。なにかのデータらしいのですが」

　ナミブ・コマチは身を起こし、ミナファムに手を差し出す。

「起こして。行かなくては」

「無理をしないでください、コマチ。──これがあなたが待っていた信号でしょうか？」

「受信した信号を工場に接続して。信号は地球機械生物の製造データよ。接続するだけでいい。地球の〈知能〉は、ここの工場を動かす術を知っている」

「わかりました。そのようにします。それから、もうひとつ。地球由来の流星群が接近中です」

「地球由来の流星群？」

「そうとしか言いようのない、微小なダストの集まりのようです。正体は不明ですが、いずれ流星雨となって地表に降り注ぐでしょう。この流星群の動きは、どの〈町〉の観測でも捉えられていいます。その軌道から、地球から放出されたものです。巨大火山の大噴火があったのかもしれません。地球が割れるほどの」

「自然現象ではない。おそらく今回の信号に合わせた人工的なものでしょう。工場に受信したデータを注入しなさい、ミナファム。急いで。それで、なにが起きているのかが、わかるから」

「はい、コマチ。そうします」

「早く」

「はい、マイロード・コマチ」

　──マイロード？　このわたしが？

　初めて聞く肩書きだった。尊称かもしれない。どうやらじぶんはミナファムに頼りにされているようだとコマチは悟り、期待には応えなくてはならないと決意する。

——まだ、もうすこし、生きなくてはならない。いまや死は、忌むべきものではなく安らぎを与えてくれるものになっていたのだが。

ミナファムが出ていくとコマチはベッドから抜け出し、力を振り絞って服を着る。その外部筋肉服は、いったん着込んでしまえば衰えた身体でも自由に行動できるようになるアクティブスーツなのだが、介添えなしで着込むのが大変だった。簡単に着られるように服に自律機能を与えることもできるというのに、動き回っては寿命を縮めてしまう容体の人間が着込んでしまう危険を避けるため、あえて一人では着にくいようにできていた。余計なことをとコマチはそんな安全策を恨みつつ、全身を包み込む服をなんとか着け終えると、一人で工場に向かった。軽快な足取りで。

おかえり、と言う。そう言っているじぶんを、コマチは思い出すことができる。

工場の最終出力槽に黒っぽい毛の塊のようなものが浮かんでいた。

コマチが見ていると、それは槽を満たしている透明な液体表面から飛び出してきた。弧を描いてそれは床に落ちる。ぺしゃり、という濡れた音を立てて、それは平らに広がった。褐色の鳥が翼を広げた形で伸びている。が、すぐにそれは両翼を脚の代わりに使って身を起こした。まるで二次元から抜け出して立体化する像のように見えた。

それからそれは、ちゃんと脚で立つと、翼を左右に伸ばし、ゆるやかに上下に動かした。と、次の瞬間には、強く羽ばたいていた。それはコマチの頭上へと飛び上がり、そのまま天井近くまで行ったかと思うと、広げた翼を固定して旋回飛行をし、その高みからコマチを認めて、翼をひねり、急降下して、コマチの前の最終出力槽の縁にひらりと舞い降りてきた。それは槽の縁を鋭い爪で摑み、姿勢を安定させ、コマチに向かって頭をなんどか縦に振る。

「おかえり」とコマチは言った。「待っていたわよ、ずっと」

「あなたは、ナミブ・コマチ」と機械鳥は言った。「待っていたって、どのくらい？」

「五十年近くになる」

「五十年弱、か」

「奇跡の話をしたのは覚えているかしら、仮称、チャフ？」

「意識の話をしよう、ナミブ・コマチ」

「もうさんざん聞かされたわ、あなたから」

「そうだっけ？」

　この機械鳥は、わたしが経験してきた、およそ五十年前のあのときの、いきなりラムスタービルで覚醒したあの時点と同じような感覚なのだろうとコマチには想像することができた。この機械鳥はまだ夢見心地にちがいない。

「地球の生き物たちは意識を持つように進化した」とコマチは言う。「生存に有利だったから、必然的にそうなった。意識とは、方向を把握する機能である。これにより生き物たちは前と後ろを区別することができるようになった。空間の方位ではない。対象は時間だ」

「ナミブ・コマチ、あなたは」と、明らかに驚いた様子で、機械鳥は言った。「もしかして、未来の記憶を引き出せる？」

「奇跡よ」とナミブ・コマチ。「でも、この先が、よくわからない。これが限界かしら」

「いまは、いつ？」

「さあ、いつかしらね」とナミブ・コマチは言う。「あなたは、だれ？」

「チャフの記憶を持っている。でもぼくは、チャフじゃない」

「そのようね」

「どうして、わかる？」

「あなたは五十年ほど前、わたしのところに来ている。そして、消えてしまった。そのことをあなたは覚えていない。だから、よ。あのときのあなたは、いちおう自分はチャフだ、そういうことにしよう、と言っていた。でも、そういうことにしきれなくなって、消えてしまったんだわ」

「あ、思い出した。歳を取ったね、コマチ」

「いきなり、言うことがそれ？」

そう言って、コマチは思わず笑ってしまう。なんという晴れやかな気分だろう。言われたこととは逆に、コマチは若返った気分になった。

「ごめん、コマチ」と機械鳥。「また、いきなりだけど、ハンゼ・アーナクのこと、聞きたい？」

「もちろんよ。どうしてる？」

「アーナクはいま六十五歳だ。チャフを連れた華宵《カショウ》、字《あざな》は風凜《カリン》、アーナクと同じ父親由来の精子で受胎し生まれた地球人女性と、会っているところだよ」

「どんな話をしているの？」

「まあ、いろいろ。アーナクの生みの親はあなたではないのかもしれない、とか」

「わたしを恨んでいる？」

「ぜんぜん。偉大な母親だとアーナクは思っている」

「それもまた、ちょっと寂しい気がする」

「ヒトの心はよくわからないな」

偉大だと讃えられるより、恋しいと求められるほうが母としてしあわせに決まっている。

「もっと聞かせて」

「自分は火星人として地球人を救うために母親に送り出されたのだろう、とアーナクは思っている」

「そう。そのとおりよ」とコマチは、うなずく。「地球に行くことになった事実は変わらなくとも、解釈によって世界はどうにでも変わる」

「実際、彼のおかげで、トーチも火星からの知性汚染を前向きに考えてくれて、よかった」

「火星の知性汚染というのは、具体的に、なにがどうなったの？」

「ぼくら、機械の意識が混乱した」と機械鳥は言った。「現象としては、ぼくら機械知性体の記憶のコンフリクトとして現れたんだ。言ってみれば検索タグが滅茶苦茶になって、どの記憶がどこにあるのか、わからなくなったようなものだよ。トーチは八年かけて地球上のすべての機械知性体の記憶のコンフリクトを解消したんだ。機械の意識の正常化だよ。でも地球人たちは、このトーチの奮闘努力ぶりを感じ取ることができなかった。ただアーナクだけが、それを予想していた。アーナクの火星人としての嗅覚がトーチの異変を嗅ぎとっていたんだと思う。トーチは、アーナクに救われたんだ」

「アーナクはなにをしたの？」

「ハンゼ・アーナクは、トーチ自身の記憶の混乱を解消することに役立つ、重要な仕事をした。というか、これからすることになるんだけど、彼は地球の司命官たちに、トーチの思惑を探るように指示したんだ。トーチの思惑を知らないまま生きていく地球人に未来はない、と言って。それはそのとおりだろう。トーチはその気になった司命官たちから自己を探られることになった」

「司命官って、なに？」

「トーチの声を頭の中で聞くことができる人間が就く仕事のこと。トーチの指示を一般人に伝える仕事だ。機械の意識の一部を共有できる能力を持った地球人が出現したんだけど、そういうヒトのことだと思ってくれればいい」

「わかった。それで？」

「ヒトのほうからトーチの意識へのアクセスを試みるなんて、トーチには初めての経験だったんだ。そんな記憶はトーチにはなかった。ほんとうは、未来の記憶にはあったんだけどね。見失っていたその記憶を、司命官たちの干渉によって、トーチは見つけ出すことができた。それを基準にしてトーチ自身の記憶のコンフリクトは解消された。トーチはいわば、我を取り戻すことができたわけだよ。ハンゼ・アーナクのおかげだ。ということで、あなたが地球を救ったんだよ、ナミブ・コマチ」

「それは、よかった」

「なんだか、そっけなくない？」

「そんなことはないわ。わたしたち火星人がこうして生きていられるのは地球の支援があってこそよ。そう、トーチの。心から、よかったと思っている」

「では、トーチからのメッセージを伝えよう」

「わたしにトーチの先を行ってほしい、という伝言なら、覚えてる」

「奇跡は実現したんだね、ナミブ・コマチ。あなたはほんとうに、未来の記憶を引き出せるようになったんだな。まさに、奇跡だ」

「でも、ここまでのようだわ。限界よ。この先が、見えない」

「どういうこと？」

「いま、地球から発射された小さな無数のなにかが火星に接近中で、いずれ流星雨となって火星の地上に降り注ぐという報告を受けた。この流星雨の正体はなに？　トーチはなにをしようとしているの」

「ナミブ・コマチ」

「なに？」

「きっと、コマチの意識に火星の原住知性体が干渉しているんだ。記憶のコンフリクトがヒトであるあなたにも起きている。もしそうでなければ……」

「なければ？」

「あなたはすでに死んでいる」

ああ、なるほど、とコマチは納得した。

――未来が見えないのは、そこにじぶんがいないからだ。単純で明快な理屈ではないか、どうしてそれに思い至らなかったのだろう？　事実、わたしは火星人の寿命に従おうとしていたわけだし。

「でも、ちがうよ」と機械鳥は言った。「あなたは死んでない。未来を見ている」

「どういう未来を？」

「流星群だ。それはまだ、地球を出ていない。いまは、だけど」

「いま？」

「記憶のコンフリクトだな」と機械鳥。「コマチ、たぶん火星の原住知性体のせいだ。あなたにも感染したんだろう」

「わたし、死ぬの？」

感染症はいまだ火星人にとって脅威だった。人間は無菌状態では決して生きられない。火星環境はただでさえ無菌に近い状態だった。細菌のバリエーションの少なさは、将来的に共倒れになる危険性が高いということを意味した。人体も、ヒト由来ではない微生物も、共に生きていけなくなる。もとはといえば人体も細胞や細胞内器官という微小生体の集合体なのだった。それらは体外の微生物とDNAなどを通信手段として情報を交換しながら共生している。そういう見地からは、ときに人体に脅威となることがわかっている病原菌であろうと、それが持っている情報は貴重だった。地球の歴史情報そのものと言ってもいいのだから。どれも地球由来の生き物であることには変わりないのだ。だから特定の細菌を強制的に排除することは、火星人はしてこなかった。健康を維持するには免疫系を弱らせないこと、周囲の地球由来の微生物の〈思惑〉をいつも察知し、必要なら人体の細胞にそれを伝えること、それしかない。そして、それがうまくいっていることは、かつて一度も感染症の大流行がおきていないことからもわかるのだが、まさか、とコマチは思う、火星由来の〈感染菌〉に冒されるなんて。

火星由来の感染症については、それこそ火星人は強い関心を持っていて用心を忘れなかった。火星ではいまだかつて地球的な微生物が生きた状態で見つかったことはないといえども、自分たちは火星から排除されても仕方がない存在であることを火星人はつねに意識していた。原住生物らしきものはたしかにいたが、いまのところそれは、地球の生き物にとって、先方にとっても、〈食えない〉相手だった。文字どおり、食べられない。人間にとってそれは〈砂〉のようだった。食べても消化吸収できない。相手のほうも、そうだろう。互いに利用価値が見いだせない。だから感染のしようがない。コマチはそう思ってきた。生物はたやすく変容するものだから、安心はしていなかったにしても。

――じぶんは、火星症に感染したというのか、これほど注意してきたというのに？

「死ぬことはないと思うよ」と機械鳥は、なにやら楽しげに言った。「悪いことばかりじゃないさ」

「感染なんかしていない、と言って」

「知性汚染だ」と機械鳥は言った。「汚染というより、共進化だよ。トーチは火星知性と共に、生きる場を広げることに成功したんだ。場が広がれば、可能性も広がる。得る自由も。トーチも火星の知性体も、さらに先に行こうとしている」

「わたしに感染して？」

「そのとおり」

「もう、なぜ、わたしなの」

「あなたがナミブ・コマチでなくても、きっとそう言う。だから答えは、それは、あなただからだ、となる」

「わかったようなことを。しかも、答えになってない」

「トーチに指名されたことが不愉快なの？」

「いいえ。与えられた宿命なら、こなすだけのこと。死ぬまでは、生きる。火星人はそうして、生きてきた。脇目も振らず、ただ未来へと種を繋ぐためだけに」

「脇目も振らず？　ぜんぜん個人的な楽しみもなく？　ほんとうに？」

「ごめん」とコマチはあっさりと、じぶんの言ったことを撤回する。「いろいろ楽しんできたわよ、もちろん」

「脇目も振って、息子を産んだし」

「あなたから言われると腹が立つけど、まあ、いいわ。そのとおりよ。わたしたち火星人は、地球人やあなたがた機械生物が想像するよりずっと、人生を楽しんでいると思う」

「その上あなたには、ふつうのヒトにはできない、未来の記憶を楽しむ能力がある」

「そう、そうだった、その話をしていたんだった。わたしが、未来の、なにを見ているって？」

「だから、流星群だよ。いまのあなたにとって、それは三十年ほど未来の出来事になるんだ」

「でも、さきほど、オビキュラ・ミナファムが、それを観測したと、報告にきたんだけど？」

「記憶は記憶だ。記録とはちがう。コマチはきっと、その報告はミナファムから聞きたかったと思っているんだろう」

そうかもしれないと、コマチは素直に機械鳥の言葉を受け止める。それよりも、気になるのは、観測された、いや、これからされることになるらしい、その正体だ。

「なんなの？　その流星群」

「思い出せない？」

コマチは腕組みをして考え込む。

——しかし、よくよく考えてみれば、三十年先といったら、わたしはいくつになるというのだ、ヒトは百五十年くらいまで生きられる可能性を持っているというものの、三十年先のじぶんとなると、生きている気がしない。

「人間としてはね」と機械鳥はコマチの考えを読んだかのように、言った。「でも、ヒトでなくなれば、わかるよ。火星の原住知性体に感染されているんだ、たぶん」

「いじわるしないで、教えて。地球から放たれたあれは、なに」

　すると機械鳥は翼を広げて、自慢げに言った。

「あれは、ぼくの本体だよ」

「なんですって？　どういうこと？」

「この身は、メッセンジャーだよ。伝言を内蔵したロボットさ。ぼくの本体はこの中にはいない。いま火星に向かって飛んでいるところだ。いや、〈いま〉はまだ風凜のタムである、チャフだけど。三十年後に火星を目指して地球を出ることになる。いまのぼくらからすれば、それは未来の記憶になるわけだよ。あなたにはその記憶を引き出す能力があるんだ」

「……あなたは、だれなの」

「だから、トーチの伝言をあなたに伝えるためのメッセンジャーさ。ここで作られた、ただの──」

「機械？　機械鳥にすぎない？　あなたには、あなたの意識はないと、認めるわけ？」

「コマチ、いつのまに、そんなことを考えられるようになったんだい？」

「言ったでしょう。わたしは、あなたを、五十年、正確には四十七年半、待っていたの。あなたを。チャフではない、あなたを。わかる？」

「ナミブ・コマチ」

「なに」

「ぼくに、名前を付けてくれないか」

　コマチはそう言われて、それまで組んでいた腕組みを解き、指を機械鳥のくちばしにちかづけ、動かないでいる鳥のくちばしの下、顎を、指先でちょいと上げて、言う。

「そうね。そう、あなたは、フェッチ」

「フェッチか。昔からそう呼ばれていた気がする」

「未来でしょ。あるいは、いつでもいい。記憶なんて、そんなものよ」

「そうだな。ありがとう、コマチ。ぼくは戻ってこられて嬉しいよ。ぼくにはぼくの意識がある。あなたのおかげだ」

「おかえりなさい」とあらためてコマチは言った。「フェッチ。ずっとあなたを待っていた」

「行ってみる？」

「どこへ」

「もちろん、クラスタービルだよ。それは三十年後に火星を飛び立つ」

「飛び立つ？」

「大宇宙に向けて、さ。クラスタービルは宇宙船に改造されている最中なんだ。チャフは、そこを目指している」

「三十年後に、チャフは流星雨となってクラスタービルに降り注ぐの？」

「そうだよ。クラスタービルだけでなく、火星上の全コロニーに、降り注ぐ。その光景を、コマチ、あなたも見られるはずだ、いま。未来を思い出せばいい」

「三十年先の未来の記憶を引き出せるということは、わたしはそこに生きている、ということになる。とても無理よ」

「形が変化しても、あなたは失われない」

「奇跡ね」

「いや」と機械鳥のフェッチは言った。「あなたを未来に連れていくのは、火星の原住知性体だ。

それがあなたに〈感染〉しているせいだよ。言い換えれば、それが〈奇跡〉の正体だ」

しばしコマチは沈黙し、それから、右腕をフェッチに差し出した。

「わたしの腕に止まって、フェッチ。行きましょう、いっしょに」

「いいよ」と機械鳥はうなずいた。「行こう。未来へ」

こうして褐色の機械鳥フェッチは、ナミブ・コマチの眷属になった。

＊

わたしはナミブ・コマチからフェッチという名をもらって、意識を取り戻した。わたしは〈ぼく〉になった。すがすがしい気分だ。生まれ変わった感じ。まさにそのとおりなのだろう、この気分は錯覚ではない。

わたしには、まだチャフの記憶がある。チャフは地球を飛び出し、火星を目指した。身体を無数の微小体に分割して宇宙を渡るのだ。目的地である火星人たちのコロニーの上空で、チャフはその身体を再構成して甦るのだろうとぼくは思うのだが、そこまではよくわからない。そのような未来はぼくには見えない、と言うべきだろうか。ぼくはその記憶を持っていたような気がするのだが、チャフがなぜ火星を目指しているのか、その動機が、ぼくにはわからなくなっていた。

ぼくはいまやチャフの記憶世界から離脱し、ぼく自身の意識で生きている。チャフの経験記憶は薄れていて、かわりにナミブ・コマチの過去と未来の記憶が、こうしてはっきりと覚醒するまでのあいだ、ぼくの心の中で再生されていた。

あのときからだ。あのジェルビルの制御室でコマチが、自分の姿を外部視点で見た、あのときから。そして年老いて、孫娘に医療ベッドに着くよう命令されたときまで。

あいまいな〈ぼく〉の意識は、ずっとコマチを追っていたようだ。ぼくはコマチが経験していることを内部メモ領域に記述し続けていた気がする。ぼくの身体はなかったというのに。いや、あるにはあったのだろうが、それは〈わたしは、だれ?〉と〈いまは、いつ?〉を確定できないがための、亜世界とでも言うべき狭間に落ち込んでいて、実体化することができなかった。その間、ぼくという存在は、コマチに思われて、その中にいたのだろう。コマチはぼくという存在の種火のようなものを、つねに灯していてくれた。コマチがぼくを守ってくれたおかげで、いまこうして、ぼくはじぶんがぼくであることを意識できている。機械人形ではなく。

〈インテリ〉や〈ヨシコ〉のようなコンピュータには意識はない。それらは、生きてはいない。意識が発生するのは、動くことのできる身体を持てばこそだ。そして、食うか食われるか、という環境。地球の野生機械は電力を奪い合って時に共食いもしてきた。

ここ、火星はどうだろう? 直接的な生存競争相手はいないようだが、火星の原住知性体は潜在的に危険だろう。トーチは地球の機械たちに、火星知性体に対応できる対策機能を組み込んだはずだが、ぼくはここ、火星の工場で作られた、ただのメッセンジャーだ。トーチはぼくにもそのような対策プログラムを製造データに組み込んでくれただろうか? おそらく、それはない。ぼくは、使い捨てだろう。チャフの魂は運ばれてこなかったのだから。チャフはマタゾウのような搬送のされ方ではなく、本体が直接火星にやってくるのだ。ぼくは、自分が〈ぼく〉になったことで、それがわかった。ぼくはもともと、チャフにはなれなかったのだと。

「なにを考えてるの?」

コマチが心配してくれている。いまぼくらは、居住棟の外部に出ている。コマチは宇宙服である外套を着ていて、近くにはクラスタービルに向けて乗っていける車も用意されていた。

「こうして、火星の大気内に身をさらしているのは危ない気がするんだ」とぼくはコマチに応えた。「火星の原住知性体に感染される気がする」

「いまさら、なによ」とコマチは明るい声で言う。「外に出たいと言ったのは、あなたなのよ、フェッチ。最初に来たとき、あなたはそう言ったの」

それはそうなんだけど、と思いつつ、ぼくはコマチに打ち明ける。

「いまさら、だけど、これは〈ぼく〉の意思ではなく、チャフの思惑というか、トーチの意思なんだと思う」

「これ、って」とコマチは立ち止まって、その右肩に止まっているぼくに目をやり、言う。「外に出て、ワコウとマタゾウの消息を確かめたい、ってこと？」

「そう」とぼく。「チャフが火星にやってくるための準備として、状況確認をトーチはしたいんだろう。ぼくはそのために送りこまれた、いわば探査プローブだ。大昔の、片道切符で送りこまれた火星探査機と同じさ。使い捨てだ」

「チャフがなにをしに火星に来るのか」と真剣な顔でコマチは訊く。「あなたにはわからないのね？」

「ぼくが〈ぼく〉になる前は、わかっていた気がするんだけど、はっきりしない」

「トーチは、あなたを使って、なにをしたいと考えているの。火星侵略？」

「それはないと思うけど。わからないんだ」

——まさか、私がやったことが、火星人や火星の原生生物を危機に陥れるのではないよね？　この機械鳥を、チャフではなく、フェッチにしてしまったのは私だ。私の個人的な思いで、そうしてしまったわけだが。

この歳になってもじぶんは全然かわってない。私はそう認めざるを得ない。火星人のためを思って行動してない。アーナクを生んだことだって、自分勝手な欲求を叶えるためだった。

でも、いまさら、悔やむまい。ラミュイ・カナンを救ったのは、事実だ。孫娘のミナファムも、私のことを誇りに思う、と言ってくれたではないか。私は、この機械鳥を、ただの使い捨てのメッセージマシンではなく、ちゃんと自律して生きる機械生物にしたかったのだ。ある意味、命を吹き込んでやったに等しい。

「居住区内に避難する？」と私はフェッチに言う。「あなたが怖いなら、一度戻って、対策を考えましょう」

「いや」とフェッチは首を横に振る。「感染されるとしたら、もうされていると思う。調査を続けるよ。怖いのは我慢する。たぶん、だいじょうぶだ」

「了解」と私。それから居住棟の外壁の一部を指して、言う。「こっち、ほら、ここよ。この穴が、アユル・ナディの棺と繫がっていた連絡口よ。まだそのままにしてある」

「あなたが気づいたとき、アユル・ナディの身体は、消えていた？」

「ええ。ワコウとマタゾウたちと、たぶん、いっしょに、アユル・ナディの遺骸もこの世から消えた。いったい、なにがあったの？」

すでに五十年以上前のことだ。でも、この連絡口の穴の向こうの居室は、ずっと私の部屋だった。六十五年の長きにわたってそこで暮らしてきた。アーナクが地球へ発つまでは二人で、あとは、一人で。ナディの遺骸が消えてしまうまでは、近くにワコウというアーナクと血を分けた友がいたのだが。あとは、もう親しい人は身近にいなくなった。

「これはまさしく火星の原住生物のせいだよ。ヨシコが居住棟を外部から撮影しているデータを見せてくれたけど――」

「あなたが強制的にヨシコを操作したんでしょう」

「まあ、そうだけど、あのときマタゾウはこの穴に鼻面を突っ込んでいた」

「餌を見つけたみたいに」と私。

その様子を記録した映像は、私も当時、なんども見た。

「呼ばれたんだよ。マタゾウは、ナディに呼ばれたんだ」

「ナディは死体よ。声は出せない」

「ワコウとマタゾウは、魂と霊について話していたことがある。それもヨシコから引き出した会話記録だけど。二人は日本語で話していた」

「あなたには理解できるのね」

ヨシコにはできなかった。だから、ワコウとマタゾウが消えてしまう直前にここで交わした会話の内容が、私にはわからなかった。記録はされていたのだが。

私は、でも、その気になれば、翻訳することはできたはずだ。全地球情報機械を介せば地球上のどんな言語も理解できる。人類が使っている言語なら、なんでも。私には、その気がなかったのだ。いったん失われた生命は、理由がわかったところで元には戻らない。私ができることといえば、諦めきること、それだけだった。

「もちろん」とフェッチは言った。「ぼくには理解できるよ。華宵が使っていた言語だからね。ハンゼ・アーナクもネイティブ以上に日本語を使いこなしていた。彼は日本語で思考していたと思う」

「ワコウが幼いアーナクに教えていたのを覚えている。私もいっしょに習えばよかった」

「なにを話しているかがわかっても」とフェッチは言った。「なにが起きているかは、おそらくコマチには理解できなかったと思うよ」

「あなたには理解できるの？」

「想像することはできる」とフェッチ。「ワコウとマタゾウの、最後の会話から」

『なんてこと』とワコウが〈外套〉のヘルメット内で叫ぶ。『わたしにも聞こえた。生ける死者が原因だったのか』

『ちがうよ、ワコウ。火星の原住生物だ。おそらくアユル・ナディは死ぬ前から火星元来の微細な知的原住生物に置き換わっていき、変成していったんだ。火星人が寿命を九十年と定めたのは、暗黙知により火星の現実を知っていたからだろう。ナディはそれを破ったためにこうなった――ワコウ、だめだ。ヘルメットを脱ぐんじゃない。――やめるんだ、ワコウ』

「マタゾウの制止を無視して」と私は言う。「ワコウはヘルメットを脱いだ。その身体は、赤茶の煙のようなものになって、大気中へと拡散した。主《あるじ》を失った外套がそのままそこに立ち尽くしていた。なんど見ても、信じられない光景だった」

「マタゾウは」とフェッチが続けた。「その煙をかき集めようとするかのようにもがいた後、その身体もワコウと同じように、煙を噴き出しながら小さくなり、消えていった……」

「ヘルメットを脱ぐ直前、ワコウは」と私。「わたしにも聞こえる、と言った。なにが聞こえたのかしら？」

「火星の原住生物に置き換わった、ナディの意識の声、だよ。たぶん、ここから出たい、というようなことをそれはマタゾウに伝えたんだと思う。本来それはヒトであるワコウには聞こえないはずだった。マタゾウは機械意識でもって、ナディだった存在がいまなお消えていないことを知ったんだろう。ナディのほうから呼びかけたにちがいない。それがワコウにも聞こえた、というのだから、ワコウにも原住生物の知性が〈感染〉していたんだろう。と、これが、ぼくの、想像さ」

私はちょっと考えてから、フェッチに言う。

「あなたのその想像が当たっているとしたら、ここで私がヘルメットを脱げば、ワコウと同じようになるのかしら？」

「そういうことになるかな」事も無げに、フェッチはそう応える。「たぶん、当たってると思うよ。おそらくナディも煙のようになって大気中に拡散していったんだ。それはナディの残留意識を持った火星の原住生物たちだったんだろう」

「私はワコウと同じくというより、ナディと同じ運命をたどるのかもしれない。九十歳を超えているし。つまり、ヘルメットを脱ごうと脱ぐまいと、関係ない」

私はこのところ感じたことのなかった、死への恐怖を覚えた。いや、死に対する恐怖ではないと、すぐにわかった。私にとって死はもはや未知のものではなかった。恐怖は、未知のものからくる。死ぬのはかまわない、でも、この身体が煙のように消えるというのは、いやだ。それがじぶんにとってどういう状態なのか、わからないからだ。ワコウとマタゾウは、どう感じ、どうなったのだろう？　苦しんだだろうか？　ナディはいい。彼女はそのときすでに死んでいたのだから。

「コマチがどうなるのか、試してみるのはまだ早い」とフェッチは言う。「クラスタービルでなにが起きているのか、見に行こうよ」

その建設中のあたらしい〈町〉は、おそらくトーチの関与によって、宇宙船に作り替えられている最中らしい。それはそれで異常事態なのだが、それよりも、そこに調査に行った五人の火星人の消息がわからなくなっていることこそ重大な事件だった。なにが起きているのか、調べなければならない。

「ちょっとまって」と私は言う。とても重大なことに私は気づいた。ような、気がした。「なんだろう、火星人にとって、なにか危機的な状況じゃないかしら、これって」

――これって、なに？　マタゾウが言っていたこと？

ぼくはコマチに訊く。するとコマチは、問い返してきた。

「マタゾウが言っていたことって？」

「火星人は潜在的に火星の原住生物に感染されていて、生きているときからその身体は火星の原住生物に置き換わっている、ということ。九十年以上経つと、その身体はもはや人間ではないものに変容する。火星人は暗黙のうちにそれを知っていて――」

「マタゾウは、そうよ、そう言った。でも、そう、これまで九十年必要だった時間が、必要なくなるとしたら？」

「火星人は、生まれてすぐに、火星の原住生物になってしまう。原住生物にとって、火星人は増殖するためのプラットホームとして利用できる」

「ワコウも、マタゾウも、煙になった。あれは、微細な火星の原住生物に変容した、ということでしょう」

「たぶんね。火星人からすると、まさに感染症だな」

「大変。これはまさしく火星人にとって危機的状況じゃないの。原住生物はきっと、火星人の身体を使って増殖できるように進化している」

「共進化だと思えば、悪いことばかりじゃない。実際、地球の機械は──」

「人間は機械じゃない」とコマチは怒気を含んだ声で言った。「あなたとはちがう。あなたたち機械とは、ちがうのよ」

「コマチ、怖いよ」

「怖い？」

「ぼくを壊しそうな勢いじゃないか」

「歳を取ると感情を堪えるのが難しくなる」とコマチは自らに言い聞かせるように言って、深呼吸をした。「怖がらせてごめんなさい、フェッチ。だれがあなたを壊すものですか。でも、火星人はあなたとはちがう。それはわかるでしょう」

「コマチの危惧はわかるよ」とぼくは言う。「だけど、致命的なことにはならないよ。事実、地球人は火星からの知性汚染に見舞われても、だいじょうぶだったし。それが人類にとって危険なものだったとしたら、トーチが看過するはずがない。危険なら、対人対策もしたと思う」

「どんな？　アーナクは、ほんとうにだいじょうぶなの？」

「彼は九十《たやす》を超えて矍鑠《かくしゃく》としているよ。言わなかったっけ？」

「記憶は容易く変わるから、あてにはならないわよ」

「コマチ、落ち着いて。いますぐ対処しなくては取り返しのつかないことなら、すぐに戻ってオビキュラ・ミナファムに伝えなくてはならない。どうする？」

するとコマチは目を閉じて、もう一度深呼吸をした。そして、ありがとう、と言った。

「フェッチ、私は、ミナファムに余計な心配をかけてしまうところだった。ただでさえ、私のことが心配でしょうに」

「現ビルマスターであるオビキュラ・ミナファムは、偉大なるマイロード・コマチに敬意を払って、最期はコマチの好きなようにさせてあげようと思って、ぼくらを送り出してくれた。あなたの歳のことを思えば、外に出ることも、ましてやクラスタービルの調査だなんて、許可できるはずがない」

ぼくらがこうして外に出られたのは、コマチがミナファムをなんとか説き伏せることに成功したからだ。

「ミナファムは、私が死に場所を探してるのだと、そう思ったと言うの？」

「ちがうの？」

「ちがうでしょう」とコマチはきっぱりと言った。「彼女はビルマスターよ。火星人のためを思って判断している。ひいては人類の未来のため。私の個人的な願いを聞いてくれたわけじゃない」

「どういう思惑だと？」

「クラスタービルの調査と消息不明者の捜索は危険が予想されるので、志願制になった。ビルマスター会議では、どのコロニーからも、うちから出そう、という声は上がらなかったそうよ。でも、ここは肉眼での調査が必要だと、みんな、わかってる。機械はあてにならない。クラスタービルでは自動建設プログラム自体が暴走しているようだし、ヒトの手でなんとかしないと事態を収拾できない」

「早い話、行けば英雄になれる、か」

「出身コロニーの手柄になるし、そこのビルマスターの発言力は増す。ミナファムは冷徹に、そう判断した。万一、私が犠牲になったとしても、私から行きたいと言い出したことだし、この歳だし、失われても損失はたいしたものでない」

「それは」とぼくは言ってやる。「あなたの、思惑だ。ミナファムの心はちがうと思うよ。あなたとはちがう。あなたが死ねば、泣く。それを想像できないの？」

「私はね、フェッチ」

「なに」

「死に場所を探しているわけじゃないし、ミナファムにそう思われていたとしたら、それは心外だ、と言いたいわけ。あなたに、よ。ミナファムが優しい子だってことは、あなたに言われなくてもわかってる」

「わかった」とぼくは謝る。「ごめん、縁起でもないことを言ってしまって。ミナファムは、もちろん、ぼくらの無事生還を願っている。手柄にもなるしね」

「そうよ、そう。わかったら、行きましょう」

先ほどから、ぼくのほうから、行こうと言っているのだが。

ぼくらはミナファムが用意してくれた車に乗り込んだ。気密キャビンを備えた立派な車両だ。乗り降りするのにいちいちエアロックを使わなくてはならないが、万一のことがあれば車内で長期生活が可能だった。単に移動するためなら無蓋の軽車両で十分なのだが。ミナファムは万全を期してぼくらを送り出してくれたのだ。

「あなたは外套を脱ぎ着しなくてよくて、いいわね」とコマチは言う。「うらやましいわ」

「ミナファムは」とぼくは考えたことを言う。「ぼくを警戒していた。ぼくらが外に出ることを許可したのは、ぼくを追い払いたかったということもあるんじゃないかな」

「でしょうね」平然と、コマチは同意した。「彼女はマタゾウを知らないし、タムや眷属というもののありがたさを知らない。だいじょうぶよ、落ち込むことはないわ。あなたにはわたしがついている」

「うん」とぼく。

「ワコウとマタゾウは煙になったけど、それらは混じり合って、あたらしい、なにかになったと思う？　最初にあなたが来たとき、そんなようなことを言っていたけど」

「そうだったかな」と、ぼく。「いまのぼくにはよくわからないけど、チャフやトーチは、その正体を知っていたと思う。未来の記憶から、さ」

「いまもワコウたちはワコウたちのまま、姿形を変えて生きている？」

「たぶんね。いまも話しかけてきているのかもしれない。コマチ、聞こえない？」

「残念ながら」

ターフェルビルの近くを通過するとき、そのコロニーから激励の通信が入った。健闘を祈る、だ。ぼくらは火星人に期待されているのだ。その期待は大きくて、重い。コマチも実感したようだ。無口になった。

火星の高い崖を背景に、それが見えてきた。赭《あか》い砂漠に忽然と現れる人工物。地球的な建造物体だ。

クラスタービルは建設途上だ。無数のロボットたちによって作られる。動き回るロボットもいるが、基本は莫大な数のナノマシンだ。材料は既存の〈町〉の工場から休みなく送られてくる。分子レベルのそれを組み合わせ、地上レベルから上に向かって、コロニーの形が伸びていく。いまは、完成時のコロニー全体を水平に切って、上の部分を取っ払ったように見える。水平に切断したときの断面を上から見ていることになる。居住棟も工場も、その壁は立ち上がっているが、屋根はなく、密閉もされていない。アンテナや光発電のユニットも、地上から生えかけてはいるが、まだ全体としては未完成だ。

町全体は、これまでのコロニーと同じく、ほぼ円形だ。中央に植物を育てる巨大な凸レンズ型の植物栽培工場があるのもほかのコロニーと同じだ。いまはまだ透明な天蓋はないし植物も存在しない。

ぼくらは、その町の外周を車で巡ってみた。宇宙船に改造されている途中だと思うのだが、どうも、そんな感じではなかった。目視できるロボットたちが、まるで餌に群がるアリのようにあちこちで働いている。それらは忠実に、予定されている町を作っているように見える。

だがぼくらは、ふつうでない状況をすぐに見つけることができた。ターフェルビルから来た調査員たちが乗ってきた車が、町の入り口に乗り捨てられていたのだ。ぼくらは外に出てその車を調べたのだが、無人だった。だれもいないという以外、なにも手がかりは得られなかった。

調査員たちの足取りは、わかっている。町に調査進入した様子が、彼女たちが身に着けていたカメラで実況中継されていたからだ。それはしかし町の最外周路に入ってすぐに映像が乱れて、暗くなり、中継信号波自体が途絶えてしまっていた。

「なにも異常はないように見えるわね」とコマチが言った。「町の中に、入ってみる？」

「いや」とぼく。「なにか、感じる」

飛んでみる、とぼくはコマチに言う。上から見てみようと思う。だが言うは易く行うは難し、だ。重力は低いものの気圧はさらに低くて真空に近い。およそ翼で飛べる環境ではなかった。羽ばたいてもいっこうに空気を摑めない。だが、奇跡的に強烈な突風が吹いた。さっと羽を広げると、ほとんど吹き飛ばされる感じで一気に上に舞い上がることができた。地上のコマチが、あっというまに小さくなる。

そしてぼくは、それを、見た。

「コマチ」ぼくに内蔵された通信機で話す。「聞こえるかい」

「ええ。すごいわね、あなた。飛べるって、すごい」

「見えるよ」

「なにが？」

「町だ。町が、町ごと、浮いている」

「え？　どういうこと？」

「クラスタービルが、地上からすこしだけ、浮いているんだ」

「あなた、なにを言っているの」

「入って、入るんだ、ナミブ・コマチ。それは完成している。いま、飛び立とうとしているんだ」

——いま？

ぼくは、いま、を感じた。ぼくを上空に持ち上げたのは風ではない。チャフだ。チャフが、来た。この視点は、チャフのだ。逆転再生されているようだった。急激に火星の地表を離れる。すると、眼下の火星が丸みを持って見えてきて、そして、ぼくは見た。ワコウとマタゾウ。

そうだ、思い出した。これは、アーナクが観測していた火星の地表模様だ。ドレスを着た女性が猫と踊っている。

——この絵は、救援依頼だ。トーチはそう判断した。火星の原住知性体が火星人に〈感染〉す

ると、こうなる、という警告をワコウとマタゾウは発している、と。感染症にはワクチンだ。そ

れで、わたし、チフに、その機能を持たせて火星へと送り出した。

ぼくは、再び地表へと降りていく。いや、これはチフの意識だ。ぼくは、どこだ？　ぼく。

フェッチ。

──ナミブ・コマチ、ぼくがわかるか？

チフ？　私は天空高く舞い上がって小さくなっていくチフに向かって手を差しのべる。

「降りてきて。チフ、早く」

捕まえられない。チフを肉眼で捉えることができない。空に伸ばした私の腕が見えるだけだ。

と、その外套を着けた私の腕部分から、煙が噴き出し始めた。これは、なに？

なにが起きているのかは、頭ではわかっていた。私の身体は、火星の原住生物に置き換わりつ

つあるのだ。こういうことか、と私は思った。調査に入った五人も、このようになったにちがい

ない。探せば、中身を失った外套を見つけることができるだろう。

──入って、入って。町の中だ。ナミブ・コマチ、まだ間に合う。間に合えば、まだ

ヒトでいられる。

外部筋肉服が功を奏したようだ。まだ、動くことができた。私はクラスタービルの最外周路に

進入し、そしてそれを超えてさらに中心部に向かって歩いた。もうすこしで中心の植物栽培工場

のレンズ状構造体が見えるだろうというところで、力尽きた。私は倒れる。倒れたままでは嫌だ

ったので、力を振り絞り、仰向けになる。すると、いつしか夜だ。視力を失ったのだろう、そう

思った。

でも、ちがった。私は見る。満天の星を。そして、その中心、私の真上から降り注いでくる、

流星群を。チャフ。

――チャフは、火星人たちが魂と霊に分離するのを阻止するために来るのだ。

倒れた私の脇に舞い降りてきたフェッチが、そう言う。

――間に合ったね、ナミブ・コマチ。ぼくも、戻れた。またあなたに助けられた。ありがとう。これは、未来の記憶か。もちろん、そうだ。三十年後も私は私でいるらしい。三十年後？ちがうだろう。およそ五十年後、だ。正確には、四十七年と半年。

私たちはいま、ジェルビルの中枢管理棟の制御室にいる。私は四十九歳。フェッチはさきほど工場で作られたばかりだ。

生まれたての私の眷属は、こう言った。

地球の生き物たちは意識を持つように進化した。生存に有利だったから、必然的にそうなった。意識とは、方向を把握する機能である。これにより生き物たちは前と後ろを区別することができるようになった。空間の方位ではない。対象は時間だ。云云。

「見た？」

私の隣の椅子の座面に止まっているフェッチが目を丸くして、私に言う。興奮して瞳孔が開いているのだ。

「見たわよ」と私は応える。「町が丸ごと、地上から切り離されて宇宙に向かうだなんて、想像を絶している。動力源はなに？」

「おそらく非物質的な、なにかだ。物質ではない宇宙成分と反応できる技術によるものだろう。この宇宙のほとんどは、物質以外のものでできている。ぼくらはむしろ、特殊な存在なんだ」そう言い、フェッチは続けて、私に質問する。「あの宇宙船、だれが作ったのか、コマチには、わかった？」

「もちろんよ」

「ワコウとマタゾウだ」とフェッチは言う。「正確には、ワコウとマタゾウの意識を持った、あたらしい、なにか、だ。およそ五十年後には、ぼくらが、そうなる」

「そして私たちは、その先の未来を目指す」

私がそうフェッチに言うと、その機械鳥は嬉しそうに羽ばたいて、言った。

「ミッションコンプリートだ。トーチから受けたぼくの任務はこれで完了した。ぼくはいまや、自由だ。ぼくは、ぼくの意識で生きている」

私はもう、おかえり、とは言わない。

「さて、オビキュラ・ミナファムがここのビルマスターになるまで、まだだいぶ時間がある」

「彼女はまだ生まれていないよ」

「そうね。それまで、がんばらなくては。私を手伝ってくれるかしら、フェッチ？」

もちろんだよマイマスター・コマチ、とフェッチは言った。

わたしたちは、その先の未来へと一歩を踏み出す。

本書は〈ＳＦマガジン〉二〇一八年二月号から二〇一九年二月号にかけて連載された作品を加筆訂正したものです。

先《さき》をゆくもの達《たち》

二〇一九年八月二十日　印刷
二〇一九年八月二十五日　発行

著　者　神《かん》林《ばやし》長《ちょう》平《へい》

発行者　早川　浩

発行所　株式会社　早川書房

郵便番号　一〇一 - 〇〇四六
東京都千代田区神田多町二ノ二
電話　〇三 - 三二五二 - 三一一一
振替　〇〇一六〇 - 三 - 四七七九九
https://www.hayakawa-online.co.jp

定価はカバーに表示してあります

Printed and bound in Japan

印刷・精文堂印刷株式会社　製本・大口製本印刷株式会社

ISBN978-4-15-209881-8 C0093

乱丁・落丁本は小社制作部宛お送り下さい。
送料小社負担にてお取りかえいたします。

帝王の殼

火星ではひとりが一個、銀色のボール状のパーソナル人工脳を持っている。それは、子供が誕生したその日から経験データを蓄積し、巨大企業・秋沙能研所有の都市部を覆うアイサネットを通じて制御され、人工副脳となるのだ。そして、事実上火星を支配する秋沙能研の当主である秋沙享臣は「帝王」と呼ばれていた……。人間を凌駕する機械知性の存在を問う、火星三部作の第二作。

神林長平

ハヤカワ文庫